묵향 14
외전-다크 레이디
부활하는 다크

묵향 14
외전-다크 레이디

초판 1쇄 발행일 · 2007년 06월 22일
초판 3쇄 발행일 · 2015년 02월 28일

지은이 · 전동조
펴낸이 · 유용열
기   획 · 김병준
편   집 · 마지현, 김민태
펴낸곳 · 도서출판 스카이미디어

주소 · 서울시 동대문구 용두동 234-35번지 대명빌딩 201호
전화 · (02)922-7466
팩스 · (02)924-4633
E-mail · skymedia62@hanmail.net
출판등록 · 제6-711호

Copyright ⓒ 전동조 2015

값 9,000원

ISBN · 978-89-92133-19-7 04810
ISBN · 978-89-92133-00-5 (세트)

※ 온라인상의 불법 복제물의 유포나 공유는 저작자의 재산권을 침해하는
   중대한 범죄 행위로 관련법에 의거해 처벌 대상이 됩니다.
※ 작가와의 협의에 의하여 인지는 생략합니다.
※ 잘못된 책은 본사나 구입하신 서점에서 교환해 드립니다.

DARK STORY SERIES Ⅱ

묵향

외전-다크 레이디

전동조 장편 판타지 소설

14 부활하는 다크

차례
부활하는 다크

몬스터에게 배후가 있다? ················7
제임스의 이상적인 기사상 ················17
리치가 된 마왕 ················32
라나의 결심 ················45
크라레스 군부의 반발 ················51
탈출하는 다크 ················59
헬 프로네의 새로운 주인 ················71
등잔 밑이 어둡다 ················77
라나의 시녀가 된 다크 ················93
인신매매범에 팔리다 ················99
닭대가리 아르티어스 ················120
실버 드래곤의 레어는 하렘 ················146

차례
부활하는 다크

- 내 아들 내놔! ……………………………161
- 죽음의 기사 ……………………………173
- 정신계 마법의 치료 ……………………178
- 혼란스런 과거의 기억 …………………189
- 발록과의 혈투 …………………………208
- 황당해진 마왕 …………………………219
- 황실 사냥 대회 …………………………230
- 미네르바와 그린레이크의 갈등 ………242
- 파괴되는 엘프리안시 …………………256

[부록] 다시 읽는 다크 스토리 ……………277

몬스터에게 배후가 있다?

"세상에……."

끝도 없이 널려 있는 시체를 보고 모두들 혀를 내둘렀다. 수많은 병사들과 말, 그리고 크고 작은 몬스터들의 시체들……. 눈에 보이는 모든 곳이 그들의 시체로 가득 메워져 있었다. 또한 죽어 널브러져 있는 시체는 웬만한 전쟁터는 두루 돌아다녔다고 자부하는 병사들이 봐도 오금이 저릴 정도로 처참한 모습이었다.

분위기가 이상하게 돌아가자 털보가 언성을 높이며 부하들을 꾸짖었다. 여러 전쟁터를 전전했던 자신도 이런 처참한 광경은 거의 보지 못한 것이 사실이었지만, 그렇다고 이렇게 두려움에 휩싸인 상태에서 임무를 수행하게 된다면 더욱 좋지 않은 결과가 뒤따른다는 것을 잘 알고 있었기 때문이다.

"이 자식들! 이런 것 한두 번 보냐? 이번 정찰 활동을 시작하고 이런 장면은 몇 번이나 봤잖아. 용병이라는 것들이 겨우 이런 것 때문에 감탄사를 터뜨려서야 뭐가 되겠나? 너희 셋은 저쪽을 정찰해 봐! 그리고 너희 셋은 이쪽을!"

"예!"

용병 기사들이 정찰을 위해 떠난 후, 털보는 해골바가지를 보며 슬쩍 질문을 던졌다. 한 번 혼이 난 덕분인지 그의 목소리는 매우 조심스러웠다.

"대장, 더 이상 둘러볼 필요가 있겠습니까? 곳곳에 널려 있는 시체들로 미루어 보아 몬스터의 반란 규모가 상상 이상인 것 같기는 합니다. 하지만 아무리 그래도 몬스터는 몬스터입죠. 기사단들이 투입되기 시작하면 곧 진압될 것입니다."

"글쎄……."

다소 애매모호한 대답을 하던 용병대장의 눈길이 어느 한곳에서 멈추었다. 그는 여태껏 자신이 찾고 있었던 것을 드디어 발견한 것이다.

"저리로 가자."

용병대장이 앞서서 달려가자 그 부하들도 헐레벌떡 상관의 뒤를 따라갔다. 용병대장이 발견한 것은 깊숙이 파여 있는 타이탄의 발자국이었다. 용병대장은 타이탄의 발자국을 가리키면서 말했다.

"역시, 이 정도까지 사태가 심각한데 기사단을 투입하지 않았을 리가 없지."

털보는 약간 질린다는 듯 주변을 둘러보며 중얼거렸다.

"기사단을 투입했는데도 피해가 이 정도라는 말입니까?"

"나도 그 점이 마음에 걸리는군. 자, 타이탄의 발자국을 따라가

세. 저쪽으로 맹렬히 달려갔으니까 말이야."
"옛!"
 타이탄들의 발자국은 상당한 간격을 두고 하나씩 깊숙하게 찍혀 있었다. 용병들은 곧이어 타이탄들이 왜 그쪽으로 달려갔는지 알 수 있었다. 오우거의 시체들이 하나씩 발견되기 시작한 것이다. 그것도 뒤에서 검에 맞은 흔적으로 보아 타이탄들은 오우거들을 추격하면서 그들을 죽이며 나갔다고 추리할 수 있었다.
 "오우거들이 저쪽으로 도망친 모양이군. 타이탄들은 그쪽으로 계속 추격해 들어갔고……."
 그들의 추격은 산 뒤편에서 끝이 났다. 산 뒤편에 어지럽게 흩어져 있는 오우거와 미노타우르스의 발자국들을 발견한 것이다. 그리고 타이탄들의 발자국도 그곳까지만 발견할 수 있었다.
 "갑자기 대형 몬스터들의 발자국이 많아졌습니다. 그걸 보면 이곳에 대형 몬스터들을 매복시킨 후 끌어들인 것이 아닐까요?"
 "쯧쯧, 자네는 대형 몬스터들이 그 정도로 지능이 높다고 생각하나?"
 사실 오크나 트롤, 고블린 같은 경우 꽤나 지능이 높다고 볼 수 있었지만, 오우거나 미노타우르스 같은 대형 몬스터는 지능지수가 아주 낮았다. 그리고 그들은 본능적으로 단독 생활을 즐기는 놈들이다. 그런데 그들이 어떻게 매복 작전 같은 것을 생각하고, 또 실행할 수 있겠는가? 그것을 잘 아는 털보가 아무 소리도 못 하자 용병대장은 날카로운 눈초리로 주위를 빙 둘러본 후 말을 이었다.
 "몬스터들을 조종하는 뭔가가 있어. 그리고 그것은 아마도 인간이겠지."

"예? 인간이라구요? 어떻게 몬스터들을 인간이 조종할 수 있다는 말씀이십니까?"

"그거야 당연한 노릇 아닌가? 저 트롤이나 오크의 시체를 좀 봐."

용병대장은 쓰러져 있는 벌거벗은 몬스터의 시체가 있는 한곳을 가리키면서 말했다.

"자네는 이런 자국을 본 적이 없나?"

트롤의 시체를 봤을 때는 확실하진 않았지만, 생긴 것과 어울리지 않을 정도로 연약한 피부를 가진 오크의 시체에는 그 흔적이 뚜렷하게 남아 있었다. 여기저기 묵직한 것에 짓눌린 듯한 흔적들, 그리고 곳곳에 햇빛이 파고들어 그을린 자국들……. 평범한 사람이라면 몰라도, 그것은 털보에게 매우 눈에 익은 것이었다.

"이건 갑옷을 입은 흔적이 아닙니까?"

"바로 그거야. 이놈들은 시체가 되기 전에는 갑옷을 입고 있었어. 흔적으로 보아하니 아무래도 강철로 만든 아주 묵직한 것을 입고 있었겠지. 그리고 아무리 여기저기 둘러봐도 몬스터들이 사용했음직한 무기는 보이지 않지? 저 병사의 시체를 봤을 때 도끼에 찍혀서 죽었음이 분명한데, 이 전장 어디에도 몬스터들이 사용했음직한 도끼는 보이지 않지 않나? 아마도 전투가 끝난 후 모두 다 거둬 간 것이 분명하다고 봐야지. 그건 그렇고, 자네는 몬스터들이 강철 갑옷을 입고 강철 도끼를 들고 다닌다는 말을 들어 본 적이 있나?"

"없습니다."

털보는 고개를 가로저으면서 시인했다. 물론 몬스터들이 농가에서 약탈한 도끼라든지 곡괭이 같은 농기구나, 토벌대를 역으로 토벌해 버린 후 뺏은 검이나 창 같은 무기를 소지하는 경우도 있었다. 하지만 갑옷만은 어떻게 되지 않는 것이다. 가죽 갑옷 같은 경우 잘 안 맞는 부분을 잘라 내든지 해서 어떻게든 입을 수 있겠지만, 각자의 체형에 맞춰 제작되는 강철로 된 갑옷만은 절대로 몬스터들이 입을 수 없었다. 인간과 몬스터들은 체형 자체가 완전히 달랐으니까 말이다.

"어떤 놈들이 몬스터들에게 갑옷과 무기를 대준 거야. 그리고 여기에 타이탄들의 잔해가 있어야 정상인데, 그것도 없지 않나? 갑옷이나 무기라면 몰라도 몬스터들에게 있어서 타이탄의 잔해는 아무 짝에도 쓸모가 없을 테니까 놔뒀을 것 아닌가."

"혹시, 알카사스 쪽이 승리하면서 회수해 간 것이 아닐까요? 아니면 전세가 어느 정도 고착되었을 때를 노려서 회수했던지 말입니다."

"자네 말에도 일리는 있어. 하지만 승리했다면 병사들의 시체를 장사지냈겠지. 병사들의 시체를 거두기 힘든 여건이라면 최소한 귀족들이나 기사들의 시체라도 거두어서 묻어 줬을 거야. 하지만 그것도 아니었어. 그리고 오던 길에 여기저기 있던 반쯤 뜯어 먹힌 시체들 못 봤나? 몬스터들이 전쟁을 끝낸 후 승리를 축하하며 식사를 한 것이겠지. 완벽한 승리를 쟁취하지도 못한 상태에서 저렇듯 느긋하게 식사까지 할 수 있었을까?"

"과연… 그렇군요."

"이보게, 카마엘!"

용병대장의 호명에 마법사 한 명이 앞으로 쓱 나서면서 퉁명스럽게 대답했다. 그의 경우 여기에 파견되어 온 마법사였고, 한낱 용병 나부랭이에게 존칭을 쓸 이유가 없었기 때문이다.

"왜 그러시오?"

"통신 마법진을 그려 주게. 전하께 보고를 해야겠어."

"그러지요."

잠시 후 마법진이 완성되고, 수정 구슬에 상대편 마법사가 모습을 드러냈다.

"여기는 총사령부 통신실…, 어, 자네는 카마엘이군. 듣자 하니 용병들하고 떠났다던데, 무슨 일인가?"

"용병대장이 사령관 전하께 보고 사항이 있다고 합니다."

"그래, 말해 보게."

용병대장이 앞으로 쓱 나서서는 수정 구슬을 향해 말했다.

"정찰을 해 본 결과 아무래도 어떤 국가가 몬스터들과 연합하고 있거나, 아니면 최소한 연관은 짓고 있는 것이 틀림없소."

"그게 정말이오?"

"틀림없소. 몬스터들은 잘 만들어진 두터운 강철 갑옷을 두르고 있고, 강철로 만든 도끼나 검 따위를 가지고 있었소. 몬스터들이 그런 것을 만들 줄 모른다는 것은 그대도 잘 알고 있지 않소? 누군가가 그것을 만들어 줬다고 봐야 하겠지. 그것도 각종 몬스터의 체격에 잘 맞춰서 제작되었을 거요. 인간이 입는 갑옷은 도저히 몬스터들이 입을 수 없으니까 말이오."

수정 구슬에 노마법사의 의아스러운 표정이 비춰졌다.

"그럴 리가……."

"그리고 이곳에서 타이탄들도 다수 파괴된 것 같소. 거대한 오우거나 미노타우르스의 사체도 있소. 하지만 타이탄의 잔해는 찾을 수 없었소. 몬스터들에게 그 무거운 타이탄의 잔해를 굳이 운반할 필요가 있었겠소? 타이탄의 잔해를 필요로 하는 종족은 인간밖에 없지 않소? 그러니 당연히 그 잔해가 흘러 들어간 곳이 몬스터들과 손을 잡은 인간들의 본거지일 것이오."

"그렇다면 귀하는 어떻게 하실 참이오?"

"타이탄의 잔해를 따라서 추적해 갈 거요."

"추적할 단서는 있소?"

"아무래도 타이탄의 잔해를 오우거가 운반해 간 것 같은데, 무거운 짐 덕분에 평상시보다는 발자국이 깊게 파일 테니 추적은 문제가 없을 듯하오."

"알겠소, 이 사실을 전하께 전하겠소. 귀하는 일단 전하의 명령이 떨어질 때까지 현 지점에 대기했다가 지시를 받도록 하시오. 귀하의 무운을 빌겠소. 그럼 이만……."

통신을 끝낸 후 용병대장은 부하들에게 지시를 내렸다.

"타이탄 잔해의 이동 경로를 따라간다. 자, 모두들 집합시키도록 해라."

"지금 말씀입니까?"

대장의 명령에 털보는 조심스럽게 질문을 던졌다. 수정 구슬 속의 그 노마법사는 이곳에서 대기하라고 했었기 때문에 대장의 의도를 정확히 파악할 필요가 있었던 것이다.

"그렇다, 지금 당장!"

"예."

털보는 재빨리 정찰을 위해 산개해 있는 부하들을 불러들이기 시작했다. 상부의 명령은 어떤지 모르겠지만 대장은 지금 당장 떠나기를 원하고 있었다. 그리고 털보는 오랜 용병 생활을 통해 눈에 보이지도 않는 '상부' 보다는 눈에 보이는 '대장' 을 따르는 것이 만수무강에 훨씬 유리하다는 것을 잘 알고 있었다.

카마엘은 수정 구슬을 집어 든 후 마법진을 발로 쓱쓱 지우면서 약간 신경질적으로 따지듯 말했다.

"이보시오, 대장, 내가 상부에서 듣기로는 그대들이 맡은 것은 단순한 정찰 임무였소. 우리들은 그것을 보조하는 것이었고 말이오. 그리고 방금 현 지점에서 대기하라는 지시가 있지 않소? 그런데 지금 움직인다는 것은 항명죄에 해당하오."

이 마법사가 말은 이렇게 하지만 목숨 걸고 적진 깊이 들어가는 것을 겁내고 있다는 것을 눈치 챈 용병대장은 무섭게 눈을 빛내면서 말했다.

"그럼 네놈은 어떻게 하겠다는 거냐?"

마법사는 매서운 용병대장의 눈길을 슬쩍 피하며 궁시렁거렸다.

"이보시오, 우리는 그대들을 돕기 위해 파견된 거요. 그렇게 위협적으로 나온다면……."

"한낱 목숨이 아까워서 정찰 임무를 포기하겠다는 것인가? 만약 그딴 소리를 한 번만 더 한다면 내가 여기서 네놈을 죽여 주겠다. 그러니 그만 입 닥치고 내가 하라는 대로 해, 알겠어?"

아무리 용병이긴 해도 저쪽은 기사였다. 그리고 카마엘은 마법사, 둘이서 정면 대결을 한다면 결코 승리할 수 없었다. 그것을 잘 알고 있는 카마엘은 치밀어 오르는 노기를 가라앉히며 나중을 기약했다. 나중에 본국으로 돌아가면 용병대장의 부당한 행위에 대해서 상부에 보고할 생각이었던 것이다.

"총사령부로부터 새로운 지시 사항이 하달되었습니다."
 널찍한 탁자였지만, 그곳에 앉아 있는 사람은 거의 없었다. 공국의 주인인 대공은 행방불명이었고, 치레아 기사단은 수도로 이동해 버렸기 때문이다. 그 때문에 고위급의 기사들 및 마법사들이 부재중인 상태였다. 그렇기에 이 회의는 본의 아니게 치레아 공국에서 최고의 권력자가 되어 버린 그란트 반 리에 카르토 백작이 주재하고 있었다.
 "오늘부터 본국은 몬스터들의 통치 하에 들어가게 됩니다."
 그 말에 회의 석상에 앉아 있던 모든 인물들이 경악한 듯 웅성거리기 시작하자, 그는 손을 들어 모두를 조용하게 만든 후 말을 이었다.
 "물론 그것은 표면적인 사실입니다. 토지에르 전하께서는 강력한 마법의 힘으로 몬스터들을 지배하시게 된 것 같습니다. 그리고 그것들을 이용해서 현재 알카사스 및 아르곤 제국과 전쟁을 벌이고 계신 것이죠."
 회의 석상에 앉아 있던 장군들 중에서 가장 나이가 많아 보이는 인물이 질문을 던졌다.
 "그렇다면 얼마 전 총사령부의 명령으로 치레아 변방의 요새들이 밤낮을 가리지 않고 몬스터들의 침입에 대비하고 있었던 것은 적들을 기만하기 위한 술책이었다, 이 말씀인가요?"
 "그렇습니다. 몬스터들의 발원지는 경들도 아시다시피 말토리오 산맥의 양 끝단이죠. 하지만 여태껏 말토리오 산맥의 중심을 끼고 있는 본국의 피해가 거의 전무한 이유가 바로 그것입니다. 몬스터들은 토지에르 전하의 지시에 의해 움직이고 있습니다. 하지만 이것을 타국이 괴이하게 여길 우려가 있기에 본국이 몬스터들에게 점령된 것으로 해야 할 필요성이 생기게 되었단 말입니다."

여기까지 말한 카르토 백작은 주위를 쓱 훑어본 후 목소리를 낮춰서 말했다.

"물론 이 사실은 절대적으로 기밀입니다. 여기에 계신 분들 외에는 아무도 알아서는 안 됩니다. 대공 전하께서 안 계신 상태에서 이곳을 폐허로 만들 수 없기에 항복하는 것이라고 부하들에게 지시하십쇼. 그러면서 대공 전하께서 돌아오시는 그때까지 무슨 일이 있더라도 몬스터들과의 충돌을 피해야 한다고 설득해야만 합니다, 아시겠습니까?"

"으음, 적을 속이려면 먼저 아군을 속여라, 이것이군요."

"바로 그렇습니다. 몬스터들 또한 쓸데없이 주민들이나 병사들과 충돌을 일으키려고 하지는 않을 것입니다. 하지만 이쪽에서 시비를 건다면, 아무리 토지에르 전하의 지시를 받는다고 하지만 그 흉폭한 것들이 어떤 식으로 움직일지 예상할 수 없습니다. 그것들은 워낙 난폭한 것들이니 그 본성이 되살아날 수도 있는 것 아닙니까? 그러니 될 수 있다면 조심하는 것이 좋겠다는 것이지요."

"알겠습니다, 부하들에게 지시해 놓겠습니다."

"그리고 시민들에게도 이 사실을 주지시켜 놓을 필요가 있습니다. 몬스터들을 향해 돌을 던지거나 혹은 공격하지 않도록 철저하게 단속해야만 할 것입니다."

"옛!"

제임스의 이상적인 기사상

"헉헉헉!!"

 가쁜 숨을 내쉬며 빠른 속도로 달리고 있는 소녀, 그녀의 아름다운 미모는 찰랑거리는 금발과 더불어 한껏 빛나고 있었다. 그녀는 큼직한 철봉을 양손에 쥐고 달리고 있었는데, 가녀린 몸매로 미루어 봤을 때 굉장히 힘이 드는 듯했지만 소녀는 연신 땀을 흘리면서도 포기하지 않고 자신에게 허용된 범위인 둥근 마법진 안을 쉬지 않고 달리고 있었다. 하지만 나중에는 체력이 완전히 바닥났는지 헐떡거리면서 쓰러졌다.

 밖으로 튀어나오는 것이 아닐까 생각될 정도로 벌떡벌떡 요동치는 심장, 온몸은 솜털 하나의 무게도 견디기 힘들 정도로 나른해져 오고 있었다. 몸속의 모든 피는 어디로 가 버렸는지 가벼운 현기증까지 치밀어 올라 순간적으로 사위가 시커멓게 보이기까지 했다.

다크는 헐떡거리면서 이렇게 자신이 힘겹게 수련한 것이 몇 년 만인지 생각했다.

수십 년 전, 아직 내공의 힘이 쌓이기 전에 이런 단순무식한 육체의 수련을 했었다. 하지만 내공이 쌓이기 시작한 후에는 이런 수련은 무의미해졌다. 폭발적인 내력을 근력에 싣는 요령을 익힌 후 순간적이나마 수십 배의 힘도 뽑아낼 수 있었다. 그 후 그는 육체 수련보다는 정신 수련에 더욱 무게를 두기 시작했고, 강기(剛氣)를 익힌 후 육체 수련은 더 이상 할 이유가 없어져 버렸다. 왜냐하면 그때를 전후하여 그는 환골탈태(換骨奪胎)하여 새롭게 더욱 강인한 육체를 얻었기 때문이었다.

하지만 내공을 사용할 수 없는 지금, 그녀에게 남은 것은 환골탈태를 거쳐 보통 사람들보다는 월등한 힘을 발휘할 수 있는 강화된 육체뿐이었다. 하지만 말이 좋아 강화된 것이지, 처음부터 형편없이 가느다란 이 육체가 힘을 내면 얼마나 낼 수 있다는 말인가? 일단 단단한 근육이 붙고 또 그곳에 원활하게 산소와 영양분을 공급해 줄 혈관이 두껍게 발달하지 않은 팔다리는 큰 힘이 되어 주지 못했다.

크루마의 지하 궁전에서 탈출 시도를 했을 때, 그녀가 기사들에게 뭇매를 맞은 것도 당연했다. 일단 그들은 육체적으로 강인한 남자였다. 그것도 엄청난 수련을 거친. 거기다가 맹목적인 견인족들과 달리 원활하게 돌아가는 대가리까지 가지고 있었다. 그런 그들이라면 그녀의 수십 배가 넘는 힘을 한꺼번에 낼 수 있었다. 근위 기사단의 그래듀에이트급 기사들을 상대로 두 명이나 부상을 입힌 것도 알고 보면 상대가 방심한 덕분에 얻어 낸 행운에 가까웠다.

약간의 가속이 붙었을 때 얘기기는 하지만 1초에 2, 30미터를 움직일 수 있는 기사들을 상대로 내공 없이 승부를 건다는 것은 거의 불가능에 가깝기 때문이다.

쉬지 않고 달리다가 지쳐서 쓰러지는 소녀의 모습을 멀리서 바라보는 제임스의 입가에는 살며시 미소가 어렸다. 저 머나먼 아르곤의 오지(奧地)에서 그녀를 처음 알게 된 후부터 그녀는 계속 그를 놀라게 만들었다.

헤즐링인지 인간인지조차 헷갈리는 그녀였지만, 어찌 되었건 그녀는 그가 존경해 마지않는 발렌시아드 대공 전하에게 검술로써 패배를 안겨 준 유일한 인물이었다. 그것만 해도 제임스의 존경심을 사기에 충분한데, 그녀는 미네르바의 함정에 빠져 모든 것을 잃은 상황에서도 희망을 버리지 않고 도망갈 궁리만 하고 있는 것이다. 전혀 기죽지 않고 말이다.

그녀를 납치하는 등 지어 놓은 죄가 많은 까미유는 그녀에게 공포심을 느낄지 몰라도 제임스가 바라보는 다크에 대한 시각은 조금 달랐다. 최악의 상황에서도 희망을 잃지 않고 조금의 틈이라도 엿보이면 돌파하겠다는 그 근성, 정말이지 기사로서 귀감이 된다고 할 수 있었다. 어떻게 보면 삶에 대한 집착이 강하다고 볼 수도 있겠지만, 제임스가 알고 있는 한 그녀는 그렇지 않았다. 만약 그녀가 살아남고자 하는 마음이 진짜로 강했다면 포로가 된 즉시 코린트에 협조하겠다고 공언했을 것이다. 원래가 자신의 삶을 중시하는 놈들은 남의 삶 따위는 하찮게 생각하니까 말이다. 하지만 그녀는 빈말이라도 그렇게 하지 않았다.

무슨 일이 있더라도 한 번 자신이 내뱉은 말에 대해서는 책임을 지는 사람, 최악의 상황에서도 국가와 황제를 향한 충성심에 변함이 없고 약자를 위해서는 자신의 목숨을 내던져 강자들과 싸우는…, 그것이야말로 제임스가 그리고 있는 이상적인 기사의 모습이었다. 그리고 그녀는 그 모든 조건을 다 갖추고 있었다.

운명의 장난 덕분에 서로가 적인 채 마주하고 있었지만, 그녀는 제임스가 그리는 이상적인 기사상을 갖추고 있었다. 물론 그것이 조금의 오해가 가미된 착각이라고 하더라도 말이다. 그것만 해도 그의 존경을 사기에 모자람이 없는데, 그녀의 용모는 남자라면 누구라도 빠져들 만큼 사랑스럽지 않은가? 거기에다가 로체스터 공작의 지시에 따라 그녀를 책임지면서 곁에서 지켜보며 대화를 나누다 보니 제임스는 점점 더 그녀에게 빠져 들고 있었다. 하지만 그는 될 수 있는 한 그녀에게 너무 가까지 다가가지 않기 위해 노력 중이었다. 여자를 많이 다뤄 봤던 그의 본능이 그렇게 만드는 것도 있었지만, 일단 그녀는 포로였고 가장 중요한 죄수였기 때문이다.

"왜 여기에 계시나요? 안 들어가실 건가요?"

갑자기 들려온 목소리에 제임스는 흠칫하며 시선을 뒤로 돌렸다. 그의 등 뒤에서 무녀가 다소곳한 시선으로 그를 바라보고 있었다. 제임스는 무녀가 이토록 가깝게 다가올 때까지도 몰랐을 정도로 딴 곳에 신경 쓰고 있었던 자신을 책망했다. 그랬기에 무녀에게 대한 말투도 은연중에 약간 딱딱해져 있었다.

"언제 오셨습니까?"

"예? 예, 방금 왔습니다."

"그러십니까? 함께 들어가시지요."

무녀는 슬며시 제임스의 옆쪽에 자리를 잡고 마법진 안으로 들어섰다. 신분상으로 따지자면 제임스가 앞장서고 그녀가 뒤에서 따라가야 옳았지만, 그는 검객 특유의 습관상 딴 사람이 뒤에 서 있는 것을 별로 좋아하지 않았다.

그런 자그마한 불쾌감을 알아챈 후부터 그녀는 제임스와 함께 걸어갈 때는 언제나 옆에 자리를 잡았다. 높은 신분과 직책에도 불구하고 언제나 온화하고 부드러운 태도를 유지하는 그에 대한 자그마한 배려였던 것이다.

"오늘도 열심이시네요, 아저씨."

"으으흠!"

아름다운 무녀는 반가이 인사를 건넸지만, 소녀는 그것이 마음에 들지 않았는지 헛기침을 세차게 하며 슬쩍 고개를 돌렸다.

"두통은 어떠신가요? 좀 괜찮아지셨습니까?"

소녀로부터 아무런 대답이 없자 무녀는 다시금 부드러운 어조로 끈질기게 말을 걸었다.

"두통이 일어나는 횟수가 조금 줄지 않았습니까?"

"너 따위와 다시 말을 한다면 내가 사람이 아니다."

소녀는 투덜거리며 땀에 흠뻑 젖은 몸을 일으켰다. 소녀는 이곳에 온 후 매일같이 열심히 운동을 하고 있었다. 이러면서 기다리다 보면 언젠가는 또다시 기회가 올 것이다. 그때는 그 기회를 놓치지 않도록 충분한 대비가 되어 있어야만 했다. 소녀를 감시하는 기사들은 그녀가 마법진만 벗어나지 않는다면 무슨 짓을 해도 상관하지 않았기에 그녀는 마음껏 육체를 혹사하고 있었던 것이다.

투덜거리면서 실내로 들어가는 그녀의 뒷모습을 보며, 무녀는 생긋 미소만 보냈다. 여태껏 수련을 하며 별의별 사람들을 다 겪어 본 그녀에게 있어서 그런 퉁명스런 반응쯤은 별로 특별한 것도 아니었기 때문이다.

소녀가 몸을 씻은 후 옷을 갈아입고 나오자, 여태껏 무녀와 이런저런 얘기를 나누며 기다리고 있던 제임스가 다크를 향해 말했다.

"좋은 소식이 도착했습니다. 드로아 대 신전에 치료를 부탁했더니 대 신전으로 온다면 치료를 해 주겠다고 하더군요. 대신 한 가지 조건이 있답니다."

"뭔데?"

"원칙적으로 정신계 마법에 대한 부작용을 치료받는 것은 드로아 종단의 무녀여야 한답니다. 그런데 다행히도 치레아 대공께서는 여자시니까 무녀로 등록만 하신다면 치료를 해 주겠다고 하더군요."

"나보고 무녀가 되라고? 오래 살다 보니 별 미친 소리를 다 듣겠네."

퉁명스럽게 말하는 다크를 향해 제임스는 조리 있게 설득하기 시작했다.

"무녀가 되라는 말이 아니라, 무녀로 등록만 하면 됩니다. 그렇게 되면 여태껏 대공을 괴롭히던 그 두통은 완전히 없어질 겁니다."

"겨우 두통 때문에 나보고 팔자에도 없는 무녀가 되라는 말인가?"

"이 말은 안 하려고 했는데 말입니다. 이대로 계속 그것을 방치

한다면 언젠가는 미쳐 버릴 수도 있다고 합니다. 물론 사람에 따라서는 점차 증상이 가벼워지기 시작해서 자연적으로 치유되는 경우도 있습니다만……. 아무리 그래도 운에 모든 것을 맡길 수는 없지 않습니까?"

"내가 한 번 안 한다고 했으면 안 하는 거야. 뭐 미쳐 버린다면 그것도 나름대로 괜찮겠지. 도중에 치유된다면 그것도 좋고."

다크야 아무것도 아니라는 듯 툴툴거렸지만, 제임스의 입장에서는 절대로 그렇지 않았다. 만약 진짜로 그녀가 미쳐 버린다면 그 뒷수습이 골치 아파지기 때문이다. 제임스는 다크와 예의에 어긋나지 않을 정도의 시간 동안만 대화를 한 후, 헤어지자마자 곧장 로체스터 공작의 집무실로 갔다.

"그녀가 드로아 교단으로 가는 것을 거절했사옵니다, 전하."
"그래? 그렇다면 일이 어려워지기 시작하는군."
"예, 전하."
"그렇다면 어떻게 한다? 그녀가 미칠 때까지 여기다가 잡아놓을 수도 없고, 그렇다고 드래곤에게 인계를 할 수도 없고 말이야. 크루마와 뒷공론까지 했다는 것을 드래곤이 안다면 가만히 있지 않을 텐데 말이야. 이래저래 문제군."

이때, 뒤에서 듣고 있던 레티안이 참견해 왔다.
"이렇게 하면 어떻겠사옵니까? 전하."

그 순간 제임스와 로체스터의 시선이 레티안 쪽으로 즉시 움직였다. 둘 다 뭔가 좋은 대답을 구하는 듯한 표정들이었기에 레티안으로서는 조금 당황스러웠지만, 그녀는 언제나 그러하듯 나직한 어조로 말을 이었다.

"치레아 대공의 처리는 본국으로서는 가장 골치 아픈 사안이옵니다. 죽이자니 뒤가 껄끄럽고, 또 드래곤에게 넘기자니 크루마와의 맹약이 걸린다는 것이옵니다. 2차 제국 전쟁에서 본국이 막대한 희생을 떠안았을 때, 크루마는 참전하지 않고 조용히 힘을 키워 왔지 않사옵니까? 그런 만큼 크루마의 신경을 건드린다는 것 또한 별로 본국에게 유익하지 않사옵니다. 하지만 이렇게 하면 두 마리 토끼를 한꺼번에 잡으실 수 있을 것이옵니다."

"어떻게?"

"일단 치레아 대공을 처형했다는 소문을 퍼뜨리는 것이옵니다. 물론 드래곤의 귀에 들어가지 못하게 비밀스럽게 소문을 내야 하지만, 크루마에는 그 정보가 들어가도록 하는 것이 핵심이옵니다. 그렇게 되면 크루마는 그 사실을 드래곤에게 알릴 가능성이 크옵니다."

레티안의 말에 로체스터가 약간 떨떠름한 어조로 말했다.

"설마, 그들이 그것을 드래곤에게 알려 봐야 좋을 것이 없을 텐데……. 그리고 그들은 치레아 대공의 뒤에 있는 드래곤의 존재를 아직 모르는 것이 아닐까? 만약 미네르바가 그 사실을 알고 있었다면 드래곤과 관계를 맺고 있는 그녀를 납치하는 짓은 절대로 하지 않았을 거야. 만약 드래곤에게 그 사실이 새어 나가기라도 한다면 크루마는 곧장 멸망의 길로 들어선다는 것을 잘 알 테니까."

레티안은 고개를 끄덕이면서 시인했다.

"물론 전하의 말씀도 옳으시옵니다. 하지만 그녀의 두통은 정신 마법의 후유증이 아니옵니까? 그것을 보면 그들은 정신 마법을 동원하여 치레아 대공을 신문했음이 틀림없사옵니다. 아마도 그 과정에서 그들은 그녀와 드래곤의 관계를 알아냈을 것이옵니다. 그렇기 때문에 본국에다가 그 골치 아픈 일을 팔밀이한 것이지요."

"일리가 있군."

"예, 그들은 본국에서 치레아 대공을 죽이기를 간절히 원하고 있사옵니다. 그런 다음 드래곤에게 밀고하면 곧장 본국은 파멸당할 것이 뻔하기 때문이옵니다."

"아니지, 그건 경이 잘못 생각하고 있는 것 같군. 만약 우리 쪽에서 화풀이하러 온 드래곤에게 전후 사정을 알려 준다면 어떻게 되겠나? 드래곤도 바보가 아닌데, 설마 한쪽 말만 듣고 일을 처리할 리가 없지 않나? 치사한 방법을 동원해서 그녀를 잡아들인 것은 그 쪽이 아닌가 말이야."

"그렇지 않사옵니다. 그들은 자신들이 한 짓은 슬쩍 숨기고 드래곤에게 코린트가 강압적으로 시켰기에 어쩔 수 없이 했다고 말할 것이 분명하옵니다."

"그렇게 되면 큰일이 아닌가? 그것을 잘 알면서도 그런 헛소문을 퍼뜨리자는 이유는 뭔가?"

"그러면 당연히 드래곤이 응징하기 위해서 올 것이고, 그때 본국에서는 그녀를 드래곤에게 양도하는 것이옵니다. 아마도 치레아 대공은 자신이 어떻게 해서 이곳으로 잡혀 왔는지 드래곤에게 고자질하겠지요. 그러면 크루마는 끝장이옵니다. 또 설혹 크루마가 운 좋게 살아남았다고 하더라도 맹약을 깬 것은 자신들이기에 이쪽에다가 뭐라고 탓할 수 없는 처지에 놓이게 되는 것이지요. 그러니 더 이상 본국에서 뒤탈을 걱정할 필요가 없지 않겠사옵니까?"

로체스터 공작은 이 기가 막힌 계략에 놀랐다는 듯 감탄사를 터뜨렸다.

"호오! 정말 기가 막힌 계책이군, 그래."

"과찬이시옵니다, 전하."

"그럼 지금부터라도 슬슬 소문을 퍼뜨리게. 하지만 조심해야 할 것이야. 크루마 쪽에서 이쪽의 속셈을 눈치 챈다면 모든 것이 수포로 돌아갈뿐더러 더 이상 그런 잔꾀를 써먹을 수 없다는 것을 명심하게. 크루마는 똑같은 수단에 두 번 속을 만큼 만만한 놈들이 아니야."

"최선을 다하겠사옵니다, 전하."

이때 밖에서 경비병의 목소리가 들려왔다.

"중앙 통신실에서 전하께 전할 급한 통신문이 있다고 하옵니다."

"들라고 해라."

"옛! 전하."

곧이어 나이가 꽤 많아 보이는 노마법사가 들어와서는 정중하게 인사를 건넸다.

"로체스터 공작 전하를 뵈옵니다."

노마법사는 지체하지 않고 그가 가지고 온 서류를 건넨 후 말했다.

"일단 현 지점에 대기하라고 일러 놨사옵니다. 용병 기사단의 향후 행동에 대한 지시를 조속히 내려 주시옵소서."

"알았네, 물러가게."

"옛, 전하."

노마법사가 물러간 후 로체스터 공작은 서류를 쭉 훑어봤다. 그런 다음 그것을 레티안에게 건네며 말했다.

"기사단까지 괴멸시키는 것을 보면 몬스터들의 세력이 아주 대단한 모양이야."

서류에 쓰인 내용이 그렇게 많지가 않았기에, 레티안은 모든 것을 빠른 속도로 훑어본 후 담담하게 물었다.

"용병대장이 건의한 대로 타이탄의 잔해를 추격하라고 이를까요?"

로체스터 공작은 씁쓸한 미소를 지으며 고개를 가로저었다.

"아니, 지시를 내릴 필요도 없네. 아마도 그는 벌써 잔해를 따라 이동하고 있을 거야. 그는 원래 그런 사람이니까 말이지."

"만약 그가 독단적으로 행동하려고 한다면 내부에서 충돌이 일어날 것이옵니다. 용병들은 그의 말을 따른다고 해도, 마법사들은 그의 부하가 아니니까요."

"후후훗, 누가 감히 그에게 반항하겠나? 반항하다가 몇 대 맞고는 지시에 응할 테지. 그건 그렇고, 까미유와 로젠은 어떻게 되었지? 아마도 며칠 내로 그 녀석들을 써먹어야 할지도 모르는데 말이야."

"예, 퇴원하는 즉시 근위 기사단 기동 연습장으로 가라고 지시해 뒀사옵니다."

"좋아, 그들에게 지급할 타이탄은 기동 연습장에 도착했나?"

"예, 전하, 분명히 네 대의 적기사 I 이 도착한 것으로 알고 있사옵니다."

레티안은 이렇게 말한 후 로체스터 공작을 슬쩍 살펴봤다. 그녀는 분명히 네 대의 적기사 I 을 생산하여 그곳으로 보내라던 로체스터 공작의 지시를 받았었다. 하지만 그곳으로 보내지고 있는 초특급에 랭크되어 있는 기사는 다섯 명이었다. 그렇기에 그녀는 혹시 자신이 잘못 알고 있는 것이 아닌가하여 숫자까지 말하며 확인한 것이다. 하지만 로체스터 공작은 슬쩍 고개만 끄덕임으로써 그녀의 보고가 틀림이 없다는 것을 확인시켜 주었다. 그렇다고 로체스터 공작이 말하지도 않는데, 자신이 왜 네 대만을 보내느냐고 물어볼 수도 없었기에 그녀는 그 부분을 슬쩍 넘긴 후 질문을 던졌다.
"그런데 생산창에 가서 받아가라고 하면 될 것을 왜 기동 연습장까지 가라고 하셨사옵니까?"
"어차피 그 녀석들은 기동 연습장으로 가서 여태껏 빈둥댔던 것에 대한 대가를 치러야지. 오랫동안 검술 연습도 안 했을 텐데, 곧바로 타이탄을 지급한 후에 전장으로 보낼 수는 없는 노릇 아닌가?"
조금 미심쩍은 부분이 있었지만 레티안은 공손하게 대답했다.
"예, 전하."
로체스터 공작은 제임스 쪽으로 시선을 돌리며 말했다.
"경은 당장 근위 기사단 기동 연습장으로 가게. 원래는 그 말썽꾸러기들의 훈련을 용병대장에게 맡길 계획이었는데, 그는 지금 임무를 맡아 없잖나. 그렇다고 이렇게 어수선한 상황에서 내가 직접 갈 수도 없는 노릇이고 말이야. 아무래도 자네 정도는 되어야 그놈들의 상대가 되지 않겠나?"
제임스는 시원하게 대답했다.
"알겠사옵니다, 전하."

"거기에 도착하면 네 대의 적기사Ⅰ이 도착해 있을 거야. 그것을 까미유를 제외한 전원에게 분배해 주도록 하게."

"예? 그렇다면 까미유는······."

로체스터 공작은 일부러 제임스의 말을 끊으며 확정적으로 말했다.

"경은 그렇게만 하면 돼. 그럼 이만 가 보게나."

제임스 역시 레티안과 같은 의문을 느꼈지만, 어쩔 수 없었다. 로체스터 공작은 까미유의 처리를 어떻게 할 것인지 대답해 줄 생각이 전혀 없는 것 같았기 때문이다.

"옛, 전하."

레티안은 제임스가 떠나고 난 후 자신이 가지고 왔던 서류를 공작에게 건넸다. 레티안은 이것을 제임스에게까지 말할 필요성을 느끼지 못했기에 아직까지 보고하지 않고 있었던 것이다.

"이것은 크라레스 쪽에서 도착한 최신 정보이옵니다."

"벼룩이 보낸 것인가?"

"예, 전하."

로체스터는 서류를 읽어보다가 문득 말했다.

"왜 크라레스는 치레아 공국에 몬스터가 침입한 것을 방관하고 있는 거지? 도대체 이해할 수가 없군."

"상부로부터 지시가 있었다고 하옵니다. 치레아 공국의 파괴를 막기 위해서, 그곳에서의 접전은 칙명으로써 불허한다는 것이지요."

레티안의 설명이 도움이 되지 않은 듯, 로체스터 공작은 고개를 갸우뚱하며 말했다.

"이해할 수가 없는 노릇이야. 아무리 치레아 공국이 독립 국가고, 또 치레아 대공이 자리를 비운 상태라고 하지만 그곳은 크라레스 제국의 속국이 아닌가? 그녀가 없으니 그 공백을 크라레스의 황제가 책임져 줘야 하는 것 아닌가?"

"아무래도 몬스터들과 모종의 협약을 맺은 것 같사옵니다. 그렇게밖에는 생각할 수 없지 않사옵니까?"

레티안의 말에 로체스터 공작은 어이없다는 듯 되물었다.

"모종의 협약이라고?"

"예, 사실 치레아에서 몬스터들을 상대로 대규모 접전을 벌인다면 그곳은 폐허가 될 것이 분명하옵니다. 그러니 크라레스는 치레아를 몬스터에게 그냥 넘겨주는 대가로 그곳을 파괴하지 말라든지, 뭐 그런 밀약을 맺지 않았을까요?"

"쯧쯧, 레티안. 경은 간혹 가다가 한 번씩 이상한 소리를 하는군."

"예? 무슨 말씀이시옵니까? 전하."

"경은 쉬운 일을 너무 어렵게 생각해서 본질적인 문제를 놓칠 때가 있어. 이것은 인간들끼리의 문제가 아니라 그 무식하기 짝이 없는 몬스터와의 일이라는 것을 염두에 두어야 해. 그렇다면 한번 말해 보게. 크라레스가 왜 그놈들과 밀약을 맺어야 하지?"

"방금 전에 말씀드렸지 않사옵니까? 치레아를 보호하기 위해서······."

로체스터 공작은 딱하다는 듯 혓바닥을 차면서 말했다.

"쯧쯧, 그게 아니지. 몬스터들이 인간들과 맺은 그딴 협약을 제대로 이행할지도 의문이지만, 정작 중요한 것은 이거야. 크라레스 황제의 입장에서는 치레아가 몬스터들에게 짓밟히는 것이 훨씬 유리해. 치레아 대공은 없어졌지만, 그녀의 영지인 치레아가 몬스터 따위에게 뭉개졌다는 소문이 퍼졌을 때 과연 그녀를 돌봐 주는 드래곤이 가만히 있을까?"

레티안은 그제야 뭔가 깨달았다는 듯 고개를 주억거렸다. 그것을 보며 로체스터는 흡족하게 미소 지으며 말을 이었다.

"지금 크라레스를 가장 위협하는 것은 몬스터들이야. 그 때문에 전번에 뚱뚱한 놈이 사신으로 와서 구원을 청한다고 주절거리지 않았느냐? 하지만 치레아가 짓밟힌다면 그 모든 것을 드래곤이 한꺼번에 해결해 줄 거야. 자기 아들의 영토에 침입한 몬스터들을 드래곤이 가만히 놔둘 리가 없지. 그 저주받은 생명체에게는 그 정도는 아주 손쉬운 일이니까 말이야. 그것을 보면 뭔가 있는 것이 분명해. 경은 그렇게 생각하지 않나?"

"과연 그렇사옵니다, 전하. 즉시 크라레스에 대한 첩보 활동을 더욱 강화하라고 이르겠사옵니다."

"나도 설마하고는 있지만… 아무래도 몬스터의 배후에 크라레스가 있는 것이 아닌가하는 찜찜한 기분이 드는 것을 어쩔 수 없군. 하지만 과연 그들이 무슨 재주를 부려서 그 포악하고 무식하기 그지없는 몬스터들을 포섭했을까? 그것을 도무지 이해할 수가 없단 말이야."

리치가 된 마왕

"우와아아! 드디어 퇴원이로군요."

신이 난 듯 큰 소리로 떠들어 대는 까미유를 향해 눈살을 찌푸리며 로젠이 투덜거렸다.

"야, 제발 호들갑 좀 떨지 마라. 제2근위대장이자, 후작의 작위를 가지고 있는 녀석이 원……. 체통을 생각해야지. 낯 뜨거워서 함께 다니겠냐?"

"그러는 형은 기분 좋지 않수? 나는 감옥에서 풀려난 기분인데……."

헤벌쭉 미소를 지어 대는 까미유를 바라보며 로젠은 씁쓸한 미소를 머금을 수밖에 없었다.

"야야, 안 그래도 내가 감옥에서 풀려난 해방감을 마음껏 즐기고 있는데 옆에서 계속 밀래? 오스카 너, 퇴원 기념으로 오늘 나한테 죽도록 맞고 싶냐?"

 까미유가 뜬금없이 옆에 앉아 있는 자신을 보며 시비를 걸어 오자 오스카는 황급히 변명했다.

 "제가 아니라 옆에서 스칼이 미는 거라니까요."

 슬쩍 옆에 앉은 스칼에게 책임을 떠넘기자 스칼이 펄쩍 뛰며 변명했다.

 "옆에 각하께서 앉아 계신데 어떻게 제가 감히 오스카를 밀수가 있겠습니까? 마차가 비좁은 거라니까요. 사실 말이 나왔으니 말이지만, 어떻게 마차 한 대에 다섯 명씩이나 타고 갈 수 있단 말입니까? 발렌시아드 대공 전하와 크로데인 후작 각하께서 퇴원하시는데 겨우 마차 한 대만 보낸 놈들이 죽일 놈들이죠. 그러니까 나중에 거기에 도착한 다음 이따위로 마차를 배정한 수송부 장교 놈을 작살내 버리십쇼."

 "으음, 물론 그것도 생각해 두고 있었어. 하지만 두들겨 패 버리고 싶은 수송부 장교 놈은 여기에 없는데 어떻게 할까? 참, 이것은 어때? '필요는 창조의 어머니' 라는 말이 있지 않나?"

 능글능글 미소 짓는 까미유의 속마음을 모르겠다는 듯, 두 부하들은 어리둥절한 표정으로 되물었다.

 "그런데요?"

 "너희 두 놈이 옆에 찌그러져 있으면 내 공간이 조금 더 확보되지 않을까?"

 능청스레 말하는 까미유를 향해 오스카와 스칼이 기가 차다는 듯 이구동성으로 말했다.

 "원, 농담도……."

"농담? 내가 지금 농담하는 것으로 보이나? 죽고 싶냐?"

오스카와 스칼은 까미유의 시퍼런 눈동자에 질려서 옆으로 사사삭 이동하여 최대한 붙어 앉았다. 사실 그들이 타고 있는 마차는 세 사람이 충분히 앉아서 갈 수 있는 공간을 가지고 있었다. 하지만 처음에 탑승할 때 발렌시아드 패거리와 함께 자리할 수 없다고 농담을 흘리며, 앞에 발렌시아드 기사단 둘을 앉게 하고 뒷좌석에 근위 기사단 패거리 셋이 앉았던 것이다. 그런데 한참 가다가 자리가 좁다고 몰아붙이는 데야 할 말이 없는 것이다.

까미유가 뒷좌석의 반 정도를 차지하고 앉아서 히히덕거리고 있는 꼴을 보며 로젠이 말했다.

"이봐, 메글리 경."

"옛, 대공 전하."

"저놈하고 자리 바꿔 줘. 저래서야 오스카하고 스칼이 너무 불쌍하잖아."

까미유는 로젠의 말에 얼른 반박을 하며 나섰다. 사실 두 부하들에게 시비 건 것은 순전히 재미를 위해서 그런 것이지, 자리가 비좁아서 그런 것이 아니었기 때문이다.

"메글리는 좋을지 몰라도 저는 싫다구요. 여기가 얼마나 편한데……."

"괜히 죄 없는 부하들 들볶지 말고 이리로 와. 여태까지 쌓여 있던 스트레스를 그런 식으로 엉뚱한 데 화풀이하면 로체스터 전하께 일러바친다."

로체스터 공작을 들고 나오자 까미유는 언제 자신이 그랬냐는 듯 딴청을 부리기 시작했다. 아무리 막 나가는 그라 해도 로체스터 공작은 좀 상대하기가 껄끄러운 존재였기 때문이다.

"예? 제가 언제 싫다고 했습니까? 헤헤. 이봐, 메글리 경, 이쪽으로 와 주게. 발렌시아드 대공 전하께서는 내가 옆으로 가기를 원하시니 말일세."

"그러죠, 각하."

자리를 바꿔 앉은 후 까미유는 짐짓 시치미를 떼고는 점잖은 표정으로 말했다.

"요즘 '대' 발렌시아드 공국을 다스리시는 대공 전하의 지위가 밑바닥으로 떨어진 모양이죠? 직접 처리하지 못하시고 로체스터 전하의 이름까지 파시는 걸 보면⋯⋯."

까미유는 일부러 '대'에다가 힘을 주어 말했다. 키에리 대공과 로젠 대공을 비교하여 비꼬는 것이다.

그와 동시에 로젠의 눈초리가 실쭉 가늘어지며 꽉 주먹을 움켜쥐었다. 얼마나 세게 쥐었는지 주먹에서 우드득 소리가 났다. 발렌시아드 공국은 순전히 키에리의 실력에 의해 손에 넣은 광대한 영지였다. 거기에다가 황제로부터 발렌시아드 기사단까지 받았다. 그 정도면 웬만한 국왕에 못지않은 지위였던 것이다. 까미유는 아무 생각 없이 단순히 농담으로 한 것이었지만, 로젠은 갑자기 그 엄청난 국가를 이어받았다는 것에 대해 심한 부담감을 느끼고 있었다. 거기에다가 아버지로부터 물려받았던 발렌시아드 기사단까지 전멸당했으니, 겉으로 드러내지는 않고 있었지만 그가 느끼고 있던 자괴감(自愧感)은 매우 심각한 것이었다.

까미유가 무의식중에 자신의 치명적인 약점을 슬쩍 찌르자 로젠은 평상시와 달리 매우 분명하게 분노를 표출했다. 평상시에 온화

했던 그가 평상심을 잃자, 마차 안의 공기가 요동치기 시작했다. 로젠은 마스터의 경지까지는 이르지 못했지만, 그래도 키에리로부터 직접 사사받은 매우 실력 있는 검객이었다. 사태가 이 지경에 이르자 까미유는 뭔지는 모르겠지만 자신이 실수했다는 것을 깨닫고는 모르는 척 시치미를 떼며 슬쩍 질문을 던졌다.

"그건 그렇고, 어디로 가는 건지 알아요? 형."

로젠은 치밀어 오르는 분노와 허탈감을 억지로 참으며 까미유에게 대답했다. 하지만 그의 말투는 매우 딱딱하게 변해 있었다.

"가는 방향을 보니, 근위 기사단 기동 연습장일 가능성이 커. 수도가 아니라 코린티아시 쪽으로 가고 있잖나."

"기동 연습장이요? 우리들은 모두 타이탄도 없는데 거기 가서 뭐 하려구요."

"글쎄, 그건 가 보면 알겠지."

그 말을 끝으로 로젠은 시선을 창밖으로 돌려 버렸다.

근위 기사단의 기동 연습장은 지금은 사라져 버린 코린티아시 외곽에 있었다. 물론 그때는 근위 기사단을 위해서 가까운 수도 외곽에 훈련장을 마련해 놓은 것이었지만, 코린티아시가 먼지로 화해 버리고 케락스로 수도를 옮긴 후에는 얘기가 조금 달라졌다. 근위 기사단의 기동 연습장에서 훈련을 하게 되는 타이탄은 모두 다 근위 타이탄, 즉 코린트가 보유하고 있는 최신형 타이탄이 된다. 그렇기에 첩자들의 이목을 차단하기 위한 각종 시설이 마련되어 있어야 했고, 그런 만큼 그 면적도 엄청나게 넓었다. 또, 그것은 타이탄이 움직일 충분한 공간 확보라는 것 외에도 첩자가 육안으로 관찰하지 못하게 하기 위한 이유도 있었다. 아무튼 이런저런 이유로 근위 기사단 기동 연습장은 그 면적이 엄청나게 넓었고, 그런 것을 또다시 케락스시 옆에 하나 더 만든다는 것은 무리가 있었다. 그렇기에 그들은 사라져 버린 코린티아시 쪽으로 방향을 잡고 3일간의 마차 여행을 하게 된 것이다.

드넓은 코린토비아 평원을 가로질러 남쪽으로 내려오던 중, 그들은 마차의 오른쪽 창문을 통해 선홍빛 해가 검붉은 대지 아래로 잠겨 드는 모습을 볼 수 있었다. 이 순간만큼은 사방이 모두 핏빛으로 붉게 물들고 있었다. 자연이 하루에 한 번씩 만들어 내는 장관이었다. 그 황홀한 장관을 바라보던 까미유의 눈이 이채롭게 빛났다.

"형! 혹시 느꼈수?"

"뭘?"

"사악한 뭔가가 저 앞쪽에서 희미하게 느껴지는 것 같은데……."

까미유가 가리킨 방향은 마차가 지금 나가고 있는 그 방향이었다. 즉, 남쪽이라는 말이다.

"글쎄… 나는 잘 모르겠는데."

"그런가? 너무 희미한 느낌이라서… 내가 잘못 느낀 것인지도 모르지."

그렇게 얼버무리기는 했지만, 까미유는 자신의 느낌이 잘못되지 않았다는 것을 잘 알고 있었다. 하지만 그 느낌을 알아채지 못한 로젠에게 설명할 방법이 막막했기에 그냥 얼렁뚱땅 넘겨 버렸다. 또 로젠이 뭣 때문인지 확실히는 잘 모르겠지만, 지금 기분이 별로 좋지 않은 상황인데 로젠보다 자신의 실력이 높은 것 같은 티를 낼 수 없었던 것이다.

이제 해는 져 버렸고, 마차는 어두운 밤길을 희미한 등잔불에 의지해서 달려가고 있었다. 겨울이라서 낮이 짧았기에 어쩔 수 없이 강행군을 하고 있는 중이었다. 세 시간 정도 더 달린 후 그들은 여관에 도착했고, 그곳에서 잠을 청했다. 하지만 까미유는 늦도록 잠들 수 없었다. 점점 더 밤이 깊어갈수록 남쪽에서 느껴지는 사악한 기운이 더욱 또렷하게 느껴지고 있었던 것이다. 까미유는 창문을 열고는 은은하게 마기가 뿜어져 나오는 남쪽의 밤하늘을 하염없이 바라보다가 내뱉듯 말했다.

"저 남쪽에 뭐가 있는 거지?"

까미유는 그것이 매우 궁금했다. 자신이 병실에서 허송세월을 보내고 있는 동안 세월은 흐르고 흘러 또 다른 사건들을 만들어 낸 것이다. 과연 그것이 무엇일까? 까미유에게 시간이 있었다면 그는 곧장 궁금증을 해결하기 위해 혼자, 혹은 부하들을 이끌고 달려갔을 것이다. 그에게 주어져 있는 제2근위대장이란 직책은 그만큼 자유스러웠던 것이다. 일단 사건을 저지른 후에 보고를 올려도 될 정도의 막강한 권한이 주어져 있었다.

제2근위대가 이렇듯 전폭적인 권한을 쥐게 된 것은 지금은 권력의 전면에서 물러나 있는 키에리 발렌시아드 대공의 배려였다. 그는 제2근위대에 단독 행동을 할 수 있을 만한 막강한 권한과 함께 충분한 힘 또한 줬다. 적기사 다섯 대와 거의 마스터급에 근접하는 최고급의 검객들만 배치했던 것이다. 그렇지만, 제2근위대가 그토록 엄청난 권한과 힘을 가질 수 있었던 것도 첫 번째 대장으로 임명되었던 제임스 드 발렌시아드 후작의 인품을 모두가 믿었기 때문이었다. 그리고 다음 대장으로 임명된 까미유 드 크로데인 후작 또한 약간 엉뚱하기는 했지만 그것을 이어받기에 손색이 없었다.

어쨌든 지금은 아무리 단독 행동을 할 수 있는 전폭적인 권한을 가지고 있다고 하더라도 까미유는 밤하늘의 저편에 은근히 퍼져 있는 사악한 기운을 보며 궁금증을 삭일 수밖에 없었다. 그에게는 지금 권한만 있을 뿐 힘이 없었다. 전번 전투에서 모든 타이탄을 상실한 탓이었다. 그리고 그에게는 지금 수행해야만 하는 로체스터 공작의 지시가 있었다.

'왜 기동 연습장으로 가라는 것일까?'

까미유는 창문을 닫고는 천천히 걸어가서 침대에 몸을 눕혔다. 어쨌든 이틀 후면 로체스터 공작의 계획을 알 수 있을 것이기 때문이다.

크라레스 황성 지하 깊숙이 마련되어 있는 마왕의 안식처. 예전에는 국가반역죄 같은 것을 저지른 중죄인들만이 수감되던 곳이었지만, 지금은 마왕의 안식처로서 새롭게 변모해 있었다. 죄수들을 수감하던 감방(監房)들과 그들의 탈출을 막던 수많은 구조물들은 어느새 철거되어 없었고, 드넓은 광장만이 남아 있다. 그리고 그 광장의 바닥에는 수많은 마법진들이 설치되어 어둠의 기운을 뿜어내고 있다. 거대한 마법진의 수는 총 여섯 개로, 자그마한 한 개의 마법진을 사이에 두고 네 개의 마법진이 둘러싸듯 존재하고 있고, 그 밑에 또 다른 마법진이 하나 만들어져 있었다. 그리고 마왕은 제일 밑에 따로 떨어져 있는 마법진 위에 서 있었다. 마왕은 지금 자신이 가지고 있는 모든 힘을 다 짜내고 있는 듯 얼굴이 일그러질

대로 일그러져 흉악한 모습을 하고는 마법진을 발동시키고 있는 중이다.

중얼중얼 주문을 외우고 있는 마왕의 주변으로 사악한 기운이 엄청나게 모여들고 있다. 그가 모아들인 사악한 기운은 주위에 모여 있는 네 개의 증폭 마법진을 거쳐 중앙의 마법진으로 집약된다. 크라레스의 황성인 크라레인시의 외곽을 방어하게 되어 있는 방어 마법진의 모든 힘이 이곳 증폭 마법진으로 흘러들고 있기에 마왕의 힘은 수십 배로 증폭되어 세찬 마나의 폭풍을 만들고 있다. 토지에르라는 나약한 육신을 가진 인간을 그 매개체로 삼고 있는 한, 그가 뿜어낼 수 있는 마력(魔力)에는 한계가 있기에 이런 거추장스러운 도움을 필요로 하고 있는 것이다.

마왕의 모든 힘이 집중되는 그 순간, 내밀고 있던 마왕의 손이 마나의 압력에 견디지 못하고 산산이 터져 나가기 시작했다. 그리고 엄청난 폭주가 시작되려 했다. 그것을 보고 마왕의 뒤에 서 있던 몇몇 하급 악마들이 뛰어들어 그것을 막고자 했으나 이미 중앙의 한 지점에 뭉쳐진 마나의 양은 그들의 한계를 가뿐히 뛰어넘고 있었다.

"피하시옵소서."

"이제 금방이다. 네놈들은 마나가 폭주하지 못하게만 막아!"

마왕이 여태껏 불러들이는 데 성공한 다섯의 하급 악마들은 사력을 다해 마왕을 도왔다. 그리고 토지에르는 비 오듯 땀을 흘리면서도 흉측한 미소를 짓고 있었다. 이제 조금만 더하면 되는 것이다. 그는 어둠의 마왕, 마계에서는 불가능을 가능으로 만드는 최고의 다섯 마왕 가운데 하나였다.

여흥으로 즐기는 일이라고 하기에는 너무나도 과도한 수고와 노력을 하고 있는 중이었지만, 그래도 이런 악조건을 뛰어넘어 목적을 달성하면 그 쾌감은 더욱 진할 것이 분명했다. 초인적인 노력으로 토지에르라 불리던 늙은 육신의 모든 것을 다 쥐어짜는 그 순간 암흑의 기운이 한군데로 모이며 엄청난 회오리를 형성하기 시작했다. 그리고 한순간 그 회오리는 흩어져 버렸고 그 속에는 8미터에 달하는 거대한 악마가 검은 날개로 몸을 감싼 채 송곳니를 드러낸 모습으로 서 있었다.

"성공했는가?"

악마는 천천히 다가와서는 토지에르의 앞에 무릎을 꿇으며 정중하게 말했다. 하지만 그의 목소리는 다시는 듣고 싶지 않을 정도로 음침하면서도 사악한 어조였다.

"지고하신 어둠의 마왕께서 이계 정복에 다시금 소인과 같은 미천한 종을 불러 주셔서 감읍할 따름이옵니다."

마왕은 이미 탈진해 버렸는지 그 '미천한 종'에게 아무런 답변도 하지 못하고 주저앉았다. 그는 정말 다시는 하고 싶지 않을 정도로 극심한 중노동을 한 것이다. 폭주하는 것을 바로 잡는 것이 조금만 늦었어도 엄청난 폭발에 휘말려 마계로 강제 소환당할 뻔한 것이다. 물론 그가 힘들여 여기까지 끌고 온 하급 악마들과 함께 말이다.

악마는 마왕의 상태를 지긋이 바라본 후 천천히 손을 들어 올려 마왕에게 자신이 가지고 있는 마나를 뿜어 넣었다. 그 역시도 하급 악마이기는 했지만, 지금 이곳에 모여 있는 다른 놈들과는 차원이 다를 정도로 강했고, 어느 정도 고위급의 흑마법도 사용할 줄 알았기 때문이다.

 잠시 후 마왕은 정신이 드는지 고개를 들어 악마를 천천히 올려다보며 투덜거렸다.

 "발록(Barlog) 따위를 소환하는 데도 이렇게 힘이 들어서야."

 발록은 여전히 음침한 어조로 말했다.

 "주인님, 예전에는 드래곤의 육신을 빼앗아서 사용하지 않으셨사옵니까? 그런데 왜 이번엔 이렇게 허약한 인간의 몸을······."

 "멍청한 것! 전에는 그것 때문에 드래곤들이 개입하는 바람에 실패하지 않았더냐? 똑같은 실수를 두 번이나 반복하라는 말이냐?"

 "하지만 지금 이 상태로는 힘드실 것이옵니다, 주인님. 그 늙은 육신과 허물어져 가는 뼈대, 그리고 물렁한 뇌에서 뽑아낼 수 있는 능력은 보잘것없기 때문입니다."

 "그것은 나도 알고 있으나······."

 "이렇게 하면 어떠하올는지요. 그 늙은 육신으로도 몇 배의 힘을 끌어낼 방도가 있사옵니다. 생사를 뛰어넘어 정신만이 남게 하는 것이옵니다. 원래가 정신은 주인님의 것, 육신의 장벽을 뛰어 넘는다면 어떻겠사옵니까?"

 더 이상 들어 볼 것도 없다는 듯 마왕이 외쳤다.

 "리치(Lich)가 되라는 말이냐?"

 "그렇사옵니다, 주인님."

 "그래, 그것도 좋은 방법이겠군. 크하하하핫!"

 리치라는 것은 매우 우수한 실력을 지닌 고위급의 흑마법사가 마법의 힘으로 자신의 모든 생명력을 보석 같은 어떤 유형의 물체 안에다가 가둬 버리면서 탄생하게 되는, 속된 말로 '걸어 다니는 시체'였다. 물론 일반적인 언데드(Undead)들과는 달리 마법도 사용할 수 있다. 그 외에도 리치는 이미 자신의 모든 생명의 근원을 어떤 물체에 가둬 버린 후였기에, 나이를 먹지 않을뿐더러 죽지도 않는다. 또 웬만한 상처 따위로는 그를 죽음으로 몰아넣을 수 없다. 리치를 죽이는 방법은 본체를 완전히 박살 내 버리든지, 아니면 그가 생명력을 저장해 놓은 물체를 파괴하는 것뿐이었다.

　대부분의 언데드들 중에서도 리치는 매우 특이한 점을 하나 가지고 있다. 그것은 바로 자의적이라는 것이다. 좀비(Zombie) 같은 대부분의 언데드 몬스터들의 경우 그들이 무덤에서 살아 나오는 것은 타의적인 것이다. 하지만 리치는 자신 스스로 불사의 존재로 만드는 것이다. 그런데 영생을 얻는다는 매우 훌륭한 이점이 있음에도 대부분의 흑마법사들이 리치가 되지 않는 이유는 일단 그 외모에 있다. 원래의 모습을 유지하는 것은 고사하고 리치가 되면 거의 말라비틀어진 살점이 붙어 있는 뼈다귀뿐인 시체의 형상으로 바뀌게 된다. 마법의 힘으로 유지되고 있을 뿐, 그 육체는 이미 사멸해 버렸기 때문이다.

　그리고 리치가 되는 것에 성공했다고 하더라도 눈에 띄는 그놈의 외모 덕분에 꼼짝하기 힘들다. 리치가 된 그 순간, 그는 '나는 아주 사악한 흑마법사니까 누구든지 나를 죽인다면 영웅이 될걸?' 하고 공포한 것이나 마찬가지이기 때문이다. 그리고 그가 자신의 모든 생명을 담아 놓은 물체의 보관에도 신경을 써야 한다. 누군가가 슬며시 숨어 들어와서 그것을 파괴한다면 그의 목숨은 바로 그 순간 끝장나기 때문이다. 그렇기에 리치가 된 그 순간부터 그는 누구도 찾기 힘든 산간벽지에 숨어 살아야 하는 신세로 전락하게 되는 것이다.

어쨌든 흑마법사들이 리치가 된다면, 얻는 것도 많지만 잃는 것은 더욱 많다. 그래서 흑마법사들은 영생이 탐나기는 하지만 절대로 리치가 되려고 하지 않는 것이다. 하지만 현재 마왕의 입장에서 봤을 때는 잃는 것보다는 얻는 것이 더욱 많다고 봐야 하지 않을까? 마왕의 입장에서 봤을 때 하잘것없는 육신 따위는 어떻게 되어도 상관없었다. 특히나 그 육체는 자신의 것이 아니니 구워 먹든 삶아 먹든 순전히 마왕 마음이었던 것이다.

라나의 결심

로체스터 공작의 밀명으로 그 부하들이 치레아 대공을 처형했다는 소문을 은밀하게 퍼뜨리고 있는 그 무렵, 코린트의 황궁 한 구석에서는 언제나처럼 긴 금발을 단정하게 뒤로 묶은 후 로브를 이마까지 깊숙하게 뒤집어쓴 정식 무녀의 복장을 하고 있는 무녀가 한 가지 일로 심각한 고민을 하고 있었다. 과거 자신이 저질러 댄 철없는 짓거리 때문에 자신을 원수 보듯 미워하는 저 소녀, 그 소녀와 어떻게 화해를 할 것인지 궁리하고 있는 것이다.

무녀는 자신이 근처에 서 있는데도 불구하고 눈길 한 번 주지 않고 달려서 지나가는 다크를 보고는 잠시 망설였다. 오늘은 '감시자' 격인 제임스와 함께 온 것이 아니었기에 소녀와 얘기라도 나눌 작정이었다. 그녀는 생각을 정리한 듯 다크를 따라 달리기 시작했다. 그녀의 육체에는 신성 마법에 의한 근력 강화를 시킨 덕분에 쉽게 다크를 따라잡을 수 있었다. 무녀는 다크와 나란히 달려가며 생긋이 미소 지으며 인사를 건넸다.

"변함없이 건강하시군요, 아저씨."

숨이 턱에 찬 듯 헐떡거리며 다크는 옆쪽으로 슬쩍 시선을 돌렸다. 꼴도 보기 싫었기 때문이다.

"헉헉! 미친 소리 하고 있네."

하지만 무녀는 그 정도에서 물러서지 않았다. 이런 푸대접은 그동안 수없이 당해 봤기에 별로 새로울 것도 없었기 때문이다.

"지금 생각해 보면 아저씨가 나를 왜 이렇게 싫어하는지 나도 이해할 수 있어요. 정말 죄송하게 생각합니다. 저 때문에 얼마나 고통을 받으셨는지 잘 알거든요. 하지만 계속 이렇게 지낼 필요가 있을까요? 세월이 많이 흘렀으니 저를 용서해 주실 수는 없을까요?"

"헉헉헉, 절대로, 헉헉, 절대로 용서 못 해!"

"어떻게 하면 저를 용서해 주실 수 있겠어요?"

무녀는 신성 마법의 덕택인지 오랜 시간을 달렸어도 호흡이 하나도 가빠지지 않았다. 그녀는 계속 따라서 달려가며 이런저런 말로 다크를 설득했다. 그런 모든 말이 다크에게는 헛소리들로 들렸기에 그녀는 거의 한 귀로 듣고 한 귀로 흘리고 있었는데, 갑자기 뭔가 매혹적인 제안이 들려왔다. 다크는 자신이 잘못 들은 것이 아닌지 확인 작업에 들어갔다.

"헉헉, 뭐라고?"

"제가 아저씨가 탈출하는 것을 도와 드리면 저를 용서해 주실 거냐구요."

다크는 더 이상 달릴 기분이 아닌 듯 속도를 줄였다. 그런 다음 가쁜 숨을 몰아쉬며 주위를 둘러봤다.

"진담이냐?"

"예, 아저씨가 왜 여기에 잡혀 오셨는지는 잘 모르겠지만……. 하지만 예전의 아저씨의 성품이라면 절대 나쁜 일을 하셨을 거라고는 생각하지 않아요. 그러니 제가 힘이 된다면 도와 드리겠다는 것이지요."

"흐음, 어려울 텐데?"

"그렇게 어렵지도 않을 거예요."

"어째서?"

"아저씨가 여기서 도망칠 힘이 없다는 것은 모두 다 알고 있는 사실이거든요."

"그거야……."

"그러니까 제가 도와 드린다면 쉬울 거라는 거죠. 아무도 아저씨가 누군가 딴 사람의 도움을 받을 수 있다는 것은 생각하지 않고 있는 것 같았으니까요."

자신 있는 라나에 비해서 다크의 반응은 지극히 회의적이었다.

"글쎄, 너 따위가 도와준다고 뭔가 바뀔 수 있을 거라고 나는 생각하지 않는데?"

"한번 믿어 보시라니까요."

"언제, 어떻게 할 건데?"

"오늘 저녁에 탈출하도록 하죠. 저도 준비할 것이 있구요. 저녁 식사를 단단히 한 후 준비하고 기다리세요. 해가 질 때쯤 올게요. 참! 뭐 필요하신 것은 없으신가요?"

"한 이 정도 길이의 짤막한 검, 그 뭐라더라… 그렇지, 샤벨

라나의 결심 47

(Shabel)을 구해다 줘. 아주 얇고 가벼울수록 좋아. 그리고 혹시 시간이 난다면 검의 손잡이를 이런 식으로 바꿔 줘. 대장간에 가서 말하면 될 거야."

다크는 손짓으로 검의 크기를 말한 후, 자신이 좋아하는 손잡이의 방식을 땅바닥에 슬쩍 그리면서 설명한 후 곧장 그 흔적은 지워 버렸다.

"그리고 전에 마나를 흡수하면서 근력을 높여 주는 장갑을 써 본 적이 있는데, 그걸 내가 쓸 수 있을까?"

"글쎄요. 저는 마법 쪽은 잘 몰라서 확실한 대답을 해 드릴 수는 없네요. 혹시 몸속에 있는 마나는 느껴지세요?"

"당연히 느껴지지. 하지만 그걸 사용할 수가 없을 뿐이야. 아마도 이 녀석들이 막고 있는 모양이야."

다크는 자신이 양쪽 손목에 차고 있는 팔찌들을 가리키며 말했다. 라나는 살며시 미소 지으면서 말했다.

"아마 써도 별 상관은 없을 거예요. 원래 마법 도구들은 그 사용자의 마나를 강제적으로 흡수하는 방식으로 만들어져 있다고 들었거든요. 그렇기에 마법 도구를 이용해서 능력 이상의 마법을 구사하면 목숨을 잃는 경우도 있다고 했어요. 그러니까 아저씨의 몸속에 마나가 있기만 하면 아무런 상관이 없다는 말이 되겠죠."

"그래? 그렇다면 힘을 배가시켜 주는 그런 마법 도구를 하나 구해 줄 수 없을까?"

그 말에 라나는 약간 미안한 듯한 어조로 말했다.

"아저씨, 죄송하지만 그 부탁은 들어 드릴 수가 없어요. 저는 신을 받드는 사제거든요. 마법 도구를 살 수 있을 정도로 그렇게 돈이 많지 않아요."

 다크는 이리저리 궁리하다가 문득 떠올랐다는 듯, 자신의 목걸이와 귀걸이를 풀었다. 물론 이것들은 아르티어스 어르신이 파이어해머를 족쳐 만들어 준 것으로 대단히 값진 세공품들이었다. 그녀는 사로잡힌 채 크루마를 거쳐 코린트로 왔지만 그녀의 신분이 신분인 만큼 그녀가 가지고 있던 물건은 검 외에는 압수당하지 않았기에 가지고 있었던 것이다.

 "이걸 팔면 안 될까?"
 "예? 그건 매우 소중한 것 같은데, 팔아도 괜찮겠어요?"
 "물론이지."

 라나는 다크가 내미는 것을 자세히 살펴봤다. 어렸을 때부터 그녀는 무녀로 성장했기에 보석이나 장신구 따위와는 무관한 삶을 살아왔다. 그래서 다크가 내미는 이 물건들이 얼마나 엄청난 가치를 가지고 있는지를 알지 못했다. 사실 그녀가 내미는 목걸이나 귀걸이에 붙어 있는 보석들은 아주 작았고, 전체적으로 어린 소녀에게 어울리도록 아주 예쁜 모양을 하고 있었다. 보통 금은 세공품들의 경우 붙어 있는 보석들의 덩치가 클수록 비싼 것이 일반적인 상식이니까 라나는 이것으로 그 비싼 마법 도구를 살 수 있을 거라고는 생각하지 않았다. 하지만 일단 부탁을 받았으니까 성심껏 대답했다.

 "글쎄요. 저는 보석이나 뭐 그런 것에 대한 가치는 잘 모릅니다. 그러니까 이걸 팔아서 마법 도구를 살 수 있을지 그건 잘 모르겠어요. 하지만 여기는 코린트의 수도니까 금은방들도 많거든요. 그러니까 아마도 괜찮은 가격에 팔 수 있을 겁니다."

"좋아, 그리고 이 정도 길이의 짧은 단도(Dagger)도 몇 개 부탁해. 아주 가벼운 것일수록 좋아."

"예, 한번 구해 보겠습니다."

"그건 그렇고, 탈출할 방법에 대해서는 아직 듣지 못한 것 같은데?"

"그건 나중에 자연히 아실 수 있을 겁니다. 그럼 나중에 올게요."

라나는 살포시 미소 지으며 떠났다. 그리고 그 자리에 남은 다크는 라나의 갑작스런 탈출 제안을 어떻게 받아들여야 하는지 열심히 궁리했다. 하지만 그것도 잠시, 원래 그런 쓸데없는 것으로 시간 낭비는 되도록 사양하는 이 행동파는 머리 쓰는 것을 포기하고 자리에서 일어섰다. 이미 운동의 열기로 넘쳐 있던 그녀의 몸은 싸늘하게 식어 있었다.

"나중에 알 수 있겠지. 설마 신을 받든다는 무녀가 거짓말을 하겠어? 샤워나 해야겠군."

크라레스 군부의 반발

똑똑.

가벼운 노크 소리였지만, 가장 윗자리에 앉아있던 노장군은 매우 신경질적으로 외쳤다.

"무슨 일이냐?"

그러자 그 회의 석상에 앉아 있던 모든 장군들의 이목이 문 쪽으로 쏠렸다. 그때, 문밖에서 낮은 목소리가 들려왔다.

"수도 방위 사령부 예하 부대로부터 긴급 전문이 도착했습니다."

"그래, 가져오게."

"옛!"

곧이어 두터운 회의실 문이 열리고, 젊은 장교 한 명이 날랜 걸음걸이로 걸어 들어왔다. 그는 회의실 안에 거의 20여 명이나 되는 장군들이 앉아 있는 것을 보고는 매우 긴장한 듯했지만, 그런 표시를 내지 않으려고 노력했다. 그는 재빨리 오른손 주먹을 꽉 쥔 채 왼쪽 가슴에 절도 있게 올려붙이며 경례를 올렸다. 그런 후 재빨리 노장군에게 자신이 가져온 전문을 건넸다. 그런 다음 다시 한 번 더 경례를 올리고는 신속히 방에서 나갔다.

전문을 받아 들고 훑어보던 노장군이 한껏 격앙된 음성으로 외쳤다.

"경들, 희소식이 도착했소."

노장군은 주위를 쭉 둘러본 후 말했다.

"스바시에 대공 전하께옵서 이곳으로 오고 계신다고 하오."

그러자 여태껏 무겁게 가라앉아 있던 실내의 분위기가 서서히 밝아지기 시작했다.

"장군, 총사령관 전하께서 돌아오신다면 이제 케프라 공작의 독주는 끝나는 것이 아니겠습니까?"

"사령관 전하께서는 절대로 저 빌어먹을 흑마법사들이나 구역질 나는 몬스터 따위에 의지하지 않으실 겁니다."

"우선 냄새나는 몬스터들을 황궁에서만이라도 쫓아내 버려야 합니다."

갑자기 여기저기에서 별의별 의견들이 튀어나오기 시작했다. 루빈스키 대공이 중상을 당한 후, 그다음에 벌어진 토지에르 폰 케프라 공작의 독주. 많은 수의 몬스터들을 아군으로 끌어들인 것까지는 그들도 충분히 이해할 수 있었다. 그들을 최전선에 투입하여 지금도 꽤나 많은 실리를 취하고 있다는 것을 잘 알고 있기 때문이다.

하지만 지금 크라레스 제국의 모든 실권은 토지에르가 움켜쥐고 있었다. 황실의 안전을 위해서라는 명목으로 '가짜 반란'을 일으켰을 때, 이곳에 모인 장군들 중의 상당수도 토지에르의 의견에 찬동하여 그와 함께 행동했었다. 하지만 반란에 성공한 후, 토지에르는 안전을 위해서라는 명목으로 오로지 그만이 지하에 모셔 둔 황제를 알현했다. 그런 다음 황제의 이름을 빌려 모든 업무를 독선적으로 처리해 나가고 있었다.

하지만 그것은 표면적인 이유였을 뿐, 장군들의 불만이 머리끝까지 치밀어 오르게 된 원인은 따로 있었다. 각 장군들이 말했듯이, 군대가 해야 할 몫을 몬스터들이 대신함으로 인해서 그들이 설 자리가 없어져 버린 것이 가장 큰 이유였다.

"자자, 모두들 참으시오. 수도 외곽에서 연락이 왔었으니 한 시간 정도만 기다리면 전하를 뵈올 수 있을 것이오. 잠시 휴식을 취했다가 전하께서 도착하시면 다시 회의를 시작하도록 하는 것이 좋겠소."

노장군은 주위에 앉아 있는 장군들의 얼굴을 쭉 훑어본 후 말을 이었다.

"그리고 전선에 파견 나가 있는 각 기사단에도 통보를 해 주는 것이 좋겠소."

"예, 그건 제가 지시해 두겠습니다."

장군들이 초조하게 기다리는 가운데, 루빈스키가 도착했다. 장군들은 루빈스키가 탄 마차가 호위병들에게 둘러싸인 채 성내로 들어서는 것을 마중했다. 그들은 저 교활하기 그지없는 토지에르와 만나기 전에 그보다 먼저 루빈스키 공작을 만나서 설득하여 자신들의 편으로 끌어들일 필요성을 느꼈기 때문이다.

크라레스 군부의 반발 53

"어서 오시옵소서, 스바시에 대공 전하!"

저마다 인사를 건네는 장군들을 보며, 루빈스키는 약간 창백한 얼굴에 미소를 지어 보였다. 그의 몸은 아직 완쾌되지 않았다. 하지만 조국 크라레스가 국운을 건 마지막 전쟁을 벌이고 있다는데 가만히 누워 있을 수는 없었기에 그 소식을 접하자마자 달려온 것이다.

"경들, 오랜만이구려. 전쟁으로 바쁠 텐데 이렇게 모두들 나를 마중 나와 줘서 고맙소. 제국과 폐하께서 가장 나를 필요로 하실 때 자리를 떠나 있을 수밖에 없었던 점을 매우 유감으로 생각하오."

루빈스키는 장군들을 쭉 둘러본 후 말을 이었다.

"일단 모두들 모여 있는 것을 보니, 내가 따로 그대들을 소환할 필요는 없어진 것 같군. 폐하를 알현한 후에 회의를 시작할 테니 모두들 그렇게 알고 준비해 두시오."

"가셔도 폐하를 만나시기는 어려울 것이옵니다, 전하."

"그건 무슨 말이오?"

"케프라 공작 전하께서는 전세가 완전히 기운 것을 느끼시고 황실의 안전만이라도 도모하기 위해서 반란을 일으키셨습니다."

"아아, 그 일은 알고 있소. 토지에르는 반란을 일으키기 전에 병석에 있는 나에게 놀라지 말라면서 전령을 보내 주었소."

"예, 그것은 케프라 공작 전하께서 황제의 자리를 차지함으로써 코린트로부터 폐하를 인도하라는 요청을 사전에 차단하기 위한 조치였음을 저희들도 잘 알고 있사옵니다. 하지만 그 조치가 지금에 이르러서는 매우 변질되어 버렸사옵니다."

"어떻게 말이오?"

"케프라 공작은 폐하를 대신하여 국가의 전권을 잡고난 후에 권력이 주는 달콤함에 맛이 들었는지, 지금은 모든 일을 독단적으로 처리하고 있사옵니다. 현재 돌아가는 상황으로 봤을 때, 실제로 폐하를 유폐시킨 후 자신이 황제가 되려고……."

노장군의 말에 루빈스키는 안색을 굳히며 꾸짖었다.

"닥치시오! 토지에르는 이전부터 국가의 모든 중대사를 도맡아서 처리해 왔소. 그런 그가 새삼스레 권력에 탐닉(眈溺)한다는 것은 말이 안 되지 않소?"

"하지만 전하, 황제의 자리와 신하의 자리는 완전히 다른 것이옵니다. 지금 케프라 공작 전하께서는 완전히 황제처럼 행동하고 있사옵니다. 반란이 성공한 후 케프라 공작을 제외한 그 누구도 황제 폐하를 뵌 사람이 없사옵니다. 어쩌면 케프라 공작은 폐하를 이미 시해해 버렸는지도……."

"말도 안 되는 소리! 그따위 망상이나 할 시간이 있으면, 국가와 폐하를 위해서 어떤 일을 할 수 있는지 그거나 생각해 보시오!"

루빈스키는 더 이상 들어 볼 것도 없다는 듯 서둘러서 그 자리를 떠나 버렸다. 표면적으로는 몬스터들을 앞에다가 세워 놨지만, 이것도 분명히 전쟁이었다. 이번 전쟁에서는 어떤 일이 있어도 코린트를 끝장내 버려야 한다. 코린트라는 거대한 산맥을 넘기 위해서 모두가 일치단결을 해도 모자랄 판에, 자신이 얼마나 자리를 비웠다고 벌써부터 내분의 조짐이 보이다니…….

"쓸모없는 것들!"

루빈스키는 곧장 토지에르를 만나러 갔다.

"드시라고 하십니다."

오랜만에 만나는 토지에르의 모습은 너무나도 많이 바뀌어 있었다. 그는 과거와 달리 주렁주렁한 장식물이 달려 있는 해괴하게 생긴 갑옷을 입고 있었으며, 실내임에도 불구하고 갑옷의 투구까지 써서 눈만 드러내고 있었다. 오랜만에 상관을 맞이하면서 그는 투구를 벗을 생각도 하지 않고 말했다.
"어서 오십시오, 스바시에 대공 전하."
루빈스키는 과거와는 달리 그의 몸에서 엄청나게 사악하기 그지없는 이상한 기운이 뿜어져 나온다고 생각했다. 하지만 그동안에 무슨 일이 벌어졌었는지 알 수 없었고, 또 여태껏 온갖 고난을 함께해 온 토지에르였기에 루빈스키는 반가운 어조로 인사를 받았다.
"가장 중요한 시기에 자리를 비워서 미안하게 되었네. 그래, 잘 있었는가?"
"예, 그리고 이 갑옷은 몬스터들을 조종하기 위해 특별히 제작된 것입니다. 그렇다 보니 오랜만에 뵙는 전하의 앞에서 계속 착용하고 있어야 함을 이해해 주십시오."
토지에르는 루빈스키가 물어보기 전에 먼저 선수를 쳤다. 갑옷을 입고 있는 이유는 몸을 리치로 만든 것을 숨기면서, 동시에 아직까지는 나약하기 그지없는 자신의 몸을 보호하기 위해서였다. 하지만 당분간은 이 사실을 숨길 필요가 있었다. 바로 눈앞에 서 있는 이 무사는 아직까지 이용 가치가 있기 때문이다.
"나는 그런 사소한 것에 신경 쓰지 않으니까 마음 쓸 필요 없네. 갑옷에서 뿜어져 나오는 그 사악한 기운도 그것과 관계가 있는 것인가?"

"예, 원래가 몬스터라는 것이 악의 기운과 연관이 있는 것들 아니겠습니까? 그건 그렇고 몸은 좀 어떠십니까?"

"그런대로 돌아다닐 만은 하네."

"그것 참 다행이군요. 그렇잖아도 전하께서 안 계시다 보니 여러 가지로 어려움이 많았습니다. 지금 전쟁은 두 곳에서 집중적으로 진행되고 있습니다. 알카사스 방면과 아르곤 방면이지요. 아직까지는 코린트를 향해서 이빨을 드러낼 수는 없지 않겠습니까?"

"당연한 선택이야."

"코린트에서 몬스터 뒤에 본국이 있다는 것을 눈치 채는 것은 시간문제일 것입니다. 코린트가 그것을 눈치 채고 본국을 타도하기 위한 행동에 들어가기 전에 아르곤이나 알카사스 둘 중 하나는 끝장내야만 합니다. 전하께서 그것을 좀 맡아 주시지 않겠습니까?"

"좋아, 최선을 다하겠네. 그건 그렇고, 전선으로 떠나기 전에 폐하를 뵙고 인사를 드리고 싶네. 모두들 폐하를 뵙고 싶다면 자네를 통해야만 한다고 하더군. 주선을 해 주겠나?"

속으로 뜨끔했지만, 토지에르는 내색하지 않고 여태껏 생각해 뒀던 대답을 호기롭게 떠들어댔다.

"물론입니다. 폐하께서도 전하를 뵙기를 학수고대하시며 기다리셨으니까요. 하지만 폐하께서는 이곳 황궁이 아닌 다른 안전한 장소에 피신해 계시다 보니 지금 당장 뵙기는 힘들 것 같습니다. 스바시에 전하께서는 크라레스를 지탱하는 가장 큰 기둥, 따라서 수도 주변에 각국에서 보낸 숨겨진 눈들이 전하를 예의 주시하고 있음은 당연할 것이고, 자칫 들킬 염려도 배제할 수 없습니다. 또한 전선의 상태는 1분 1초를 지체하기 힘든 상황입니다. 언제 코린트가 간섭해 올지 알 수 없으니까 말입니다. 폐하를 뵙는 것은 언제든지 할 수 있는 것이 아니겠습니까? 일단 전선이 안정되고 난 후에 돌아오셔서 폐하와 느긋하게 포도주라도 한잔 나누면서 오랜 시간 대화를 나누는 것이 좋을 것 같습니다."

루빈스키는 조금 전에 장군들로부터 들은 말이 있었기에 약간 미심쩍은 기분이 드는 것도 사실이었지만, 토지에르의 말 또한 일리가 있었기에 뒤로 물러섰다.

"으음, 자네 말에도 일리가 있군. 그렇다면 다음에 폐하를 뵐 때, 아르곤 교황의 목이나 알카사스 국왕의 목을 선물로 가져와야겠군."

"그렇게 전해 드리겠습니다."

"그럼, 다음에 보세나."

루빈스키가 문을 나서고 난 후 어디선가 껄끄러운 목소리가 나지막이 들려왔다.

"그를 죽여 뒤탈을 없애는 것이 좋지 않았겠사옵니까?"

"아직은 쓸모가 있어. 만약 뭔가 눈치 챈다면 사로잡아서 꼭두각시로 만들면 돼. 이 늙은 육신을 버리고, 저 녀석의 육체를 쓰면 되지 않겠나? 아주 단련이 잘된 육체였어. 드래곤에는 비길 수 없겠지만, 내가 본 것 중에는 인간들 중에서 최고로군. 크카카카카."

토지에르의 목소리는 변해 있었다. 리치와 같은 미라와 같이 바짝 말라 버린 언데드(Undead)가 되어 버린 이상 그의 목소리는 변할 수밖에 없었다. 루빈스키가 방문했을 때는 자신의 정체를 숨기기 위해서 마법을 통해서 음성변조(音聲變造)를 해야 했지만, 이제 그가 떠난 마당에 더 이상 숨길 이유가 없어졌기 때문이다.

탈출하는 다크

라나는 잠시 망설였다. 자신은 신녀가 내린 교령을 받들어 그것을 실행하기 위해 이곳에 왔다. 어둠의 세력으로부터 이 세상을 구해 낼 영웅을 찾아내어 그가 하는 일을 도와주라는 것, 그러면서 신녀는 코린트의 수도 케락스시로 가라고 명했다. 하지만 그녀는 오랜 시간 황궁 한 귀퉁이에서 할 일 없이 지내면서 자신에게 주어진 임무에 대해 회의감을 느끼고 있었다.

코린트는 예로부터 엄청난 군사 대국이었다. 또 자타가 공인하는 세계 최강의 제국이었다. 코린트의 군대에는 수많은 군사들이 있었고, 또 그들을 치료하기 위해 각 종단의 무수한 신관들이 고용되어 있었다. 그리고 그 종단들 중에서 가장 강한 세력을 떨치는 것은 아레스를 모시는 자들이었다. 아레스는 전쟁의 신으로서 코린트의 호전적인 기호와 잘 맞았기에, 그 신관들이 상당히 높은 자리를 차지하고 있는 것이다.

　라나는 이미 코린트의 최고 사령관인 로체스터 공작까지 만나서 신탁을 전했다. 하지만 그 후 뭐가 바뀌었는가? 그녀는 그때나 지금이나 코린트가 어떤 방향으로 나갈 것인지 결정하는 것에 관여할 수 있는 아무런 힘도 능력도 직책도 주어지지 않고 있었다. 코린트의 군부는 라나를 필요로 하지 않는 것은 고사하고 그녀가 가지고 온 신탁을 정적(政敵) 타도에 이용했으며, 또 그런 사실이 외부에 새 나가지 않도록 슬그머니 라나를 감시까지 하고 있었다.

　그런 모든 것을 눈치 채지 못할 정도로 라나는 멍청이가 아니었다. 그녀는 어렸을 때부터 수준 높은 교육을 받아 온 뛰어난 무녀였기에, 코린트의 그러한 처사는 어떻게 보면 배신행위라는 생각까지 들게 만들고 있었다. 또, 현명한 그녀는 코린트의 수뇌부가 왜 그런 행동을 할 수밖에 없는지까지도 어느 정도는 짐작하고 있었다. 바로 권력에 대한 탐욕이었다. 한 사람이나 혹은 한 국가가 오랜 세월 최강자의 자리를 차지하고 있으려면, 수많은 다른 사람이나 국가가 그 자리에 올라서지 못하게 막아야 하는 것이다.

　물론 라나는 제임스의 설명을 통해 로체스터 공작이 개인의 권력에 집착하는 인물이 아님을 잘 알고 있었다. 또한, 그는 충신이라는 단어가 아깝지 않은 코린트의 신하였다. 그리고 그는 그의 모든 능력을 동원하여 자신의 조국 코린트가 초강대국의 위치를 유지하기를 원하고 있었다. 만약, 악의 세력이 번성하더라도 코린트에 득이 된다면 기꺼이 그들의 행동을 방관할 것이 분명한 인물이었던 것이다.

　그녀는 제임스와의 잦은 만남을 통해서 다크라는 소녀가 대단히 뛰어난 인물임을 알아냈다. 그리고 그녀는 제임스가 매우 조심스럽게 대할 정도로 신분 또한 높은 것이 분명했다. 그렇기에 라나는 이곳에서 무작정 허송세월을 하는 것보다는 그녀의 탈출을 도와줌으로써, 새롭게 일을 시작해 보려 하고 있었다. 과연 라나의 짐작대로 그녀가 대단한 인물이라면 탈출을 도와준 자신을 외면하지는 않을 것이고, 그녀의 도움은 앞으로 어둠의 세력과 싸우는 데 큰 힘이 되어 줄 것이기 때문이었다.

그리고 그것은 오늘 낮에 보석상점에 가서 확인된 것이 아닌가? 목걸이는 고사하고 그 조그마한 귀걸이 한 쌍만 팔아도 다크가 원하던 모든 것을 구입하고도 돈이 남을 정도로 그녀가 건네준 장신구는 엄청난 가치를 가지고 있었다. 자신이 건넨 귀걸이 한 쌍을 보고 놀라움을 감추지 못하던 금은방의 주인들……. 라나는 열 곳이 넘는 금은방들을 돌아다니며 그중에서 가장 후하게 가격을 불렀던 곳에서 귀걸이를 팔았다. 한 쌍으로 제작되어 있음이 분명했던 목걸이까지 함께 넘기면 더욱 높은 가격을 지불하겠다는 금은방 주인의 제안을 거절했던 것은 귀걸이만 팔아도 충분했기 때문이었다.

뛰어난 실력을 지닌 드워프가 자신이 가진 모든 재능을 총동원하여 만든 최고의 걸작품들을 꼭 싸구려 모조품들처럼 아무렇지도 않게 몸에 지니고 있다가 현금으로 바꿔 오라고 턱 내줄 수 있는 간 큰 사람이 몇이나 될까? 귀걸이 한 쌍만 해도 8백 골드나 하는 물건을 말이다. 그것도 목걸이와 함께 판다면 1천 골드를 주겠다니……. 보통 용병들이 목숨 걸고 싸운 다음 얻는 한 달 수입이 10 골드 정도임을 생각한다면 정말 터무니없이 높은 가격이라고 할 수 있었다.

　그것을 보면 다크라는 저 소녀가 옛날에 만났을 때는 어땠는지 몰라도, 지금은 그런 것을 아무렇지도 않게 생각할 정도로 막대한 재산을 가지고 있다는 것은 분명한 사실이었다. 그렇다면 저 소녀는 어떻게 그렇게 엄청난 재산을 가지게 되었을까? 장사를 했다 하더라도 겨우 10년 만에 절대로 이 정도로 엄청난 부자가 될 수는 없었다. 또 예전에 봤을 때도 싸움밖에 할 줄 모르는 검객이었는데, 무슨 수완이 있어서 장사를 한단 말인가? 그렇다면 뭔가 권력이라든지 뭐 그런 것과 모종의 연관을 맺고 있지 않을까? 권력만 있다면 돈은 함께 굴러오는 것이니까 말이다. 만약 그녀에게 권력이 있다면 라나에게 엄청난 힘이 되어 줄 것이다.

　"여신님이시여, 제가 잘못하고 있는 것이옵니까?"

　라나는 나직한 어조로 여신의 뜻을 물었다. 물론 여신님이 자신과 같이 비천한 종에게 직접 대답을 내려 주실 것으로는 처음부터 기대도 하지 않고 한 물음이었다. 그리고 언제나와 같이 그 어떤 대답도 없었다. 그녀는 그냥 답답한 마음에 무의식적으로 떠든 것에 불과했으니까 말이다.

　라나는 한참을 더 서성이면서 갈등하지 않을 수 없었다. 만약 다크라는 소녀를 도와주는 것이 순수하게 옛날의 빚을 갚는 의미였다면 이렇게까지 갈등하지 않았을 것이다. 라나는 너무나도 머리 회전이 빨랐기에 자의는 아니었지만 그녀의 속마음에는 그녀를 이용할 수 있을지도 모른다는 생각이 슬쩍 들었고, 그 때문에 고민하고 있었던 것이다. 인간 세상에서 그런 하찮은 잔꾀는 많이 쓰이고 있을 것이다. 하지만 자신은 무녀가 아닌가? 신의 뜻을 대변하는…….

'그래, 나중에 도와 달라는 말만 하지 않는다면…, 그렇다면 아무 문제없을 거야. 아마 여신께서도 내가 이렇게 못된 생각을 품었던 것을 용서해 주시겠지.'

어느 정도 마음을 정리한 라나는 총총히 다크의 숙소를 향해 걸음을 옮기기 시작했다. 이미 자신의 제자는 케락스에 있는 신전에 부탁해 두었고, 제임스가 마련해 준 숙소에 남아 있는 짐이라고 해봐야 별로 소중한 것도 없었다. 또, 감시자의 눈이 번뜩이는 이때 과감하게 짐을 챙길 수도 없는 노릇이었다.

만약 다크의 탈출을 돕는다면 지금이 가장 좋은 시기였다. 여기저기에서 몬스터들이 날뛴다는 소문이 무성하게 들려오고 있었다. 그리고 그 때문인지 모르지만, 가장 큰 걸림돌이라고 할 수 있는 제임스가 자리를 비운 것이다. 어제 제임스가 어딘가로 떠난다면서 다크의 병간호를 부탁한다고 인사를 했던 것이다. 그리고 오늘 그의 모습은 볼 수 없었다. 다크의 감시를 총책임지고 있는 제1근위대장인 그가 떠났다면, 탈출이 한결 쉬워질 것은 분명했다.

천천히 어둠이 깔리기 시작할 때, 라나는 다크의 숙소에 도착했다. 여태껏 그녀가 여러 번 이곳에 왔었기 때문이었는지 그녀를 제지하는 사람은 한 명도 없었다. 다크는 정원에서 기다리고 있다가 시큰둥한 어조로 물었다. 아직까지 라나의 진심이 어떤 것인지 알지 못했기 때문이었다.

"준비는 끝났어?"
"예."

라나는 살짝 다크와의 거리를 좁혔다. 주변에서 그들을 지켜보고 있는 눈들이 많을 것이니 대비를 해야 했다.

"이것을 끼세요."

살며시 내미는 작은 반지, 파란색의 보석이 박혀 있는 마법 도구였다.

"이것도 역시 시동어로 '파워 업'이라고 외치면 되는 것인가?"

"잘 아시는군요."

반지를 슬며시 손가락에 끼자 살짝 빛이 나며 반지는 스스로 주인의 손가락에 맞춰 크기를 줄였다. 모든 마법을 띤 반지는 그렇게 제작되어 있었다. 사람들의 손가락 굵기는 매우 다양하기에 어쩔 수 없이 추가되는 사항이었다.

다크는 반지를 끼자마자 나직하게 시동어를 외쳤다.

"파워 업!"

몸속에서 반지 쪽으로 마나가 흘러 들어가는 것이 슬며시 느껴졌다. 그녀가 직접 마나를 움직이고자 했을 때는 그렇게도 안 되더니 마법 도구는 그것을 별로 어렵지 않게 해내고 있었다.

"검은?"

라나는 긴 로브 자락을 슬쩍 들치며 검을 건넸다. 그리고 그와 동시에 여기저기에서 뭔가 경악한 목소리들이 터져 나오며 두 명의 기사가 몸을 날려 왔다. 그리고 저 뒤편에 있던 기사들은 이쪽의 기사들이 몸을 날리는 것을 보고는 약간 뒤늦기는 했지만 그들도 이쪽으로 몸을 날려 왔다. 그들은 라나와 다크를 감시하던 중에 검을 건네는 것을 본 것이다.

다크는 재빨리 검을 뽑아 들었다. 그런 다음 검의 손잡이를 꽉 쥐자 오랜만에 느껴지는 이 푸근한 느낌.

"호호홋!"

몸은 최상의 상태였다. 거기에다가 전에 지하 궁전에서 탈출할 때와는 달리 검도 자신의 취향에 맞는 것이었고, 온몸에 힘이 넘치고 있었다. 절로 살기 어린 웃음이 터져 나올 수밖에……. 다크는 더 생각할 것도 없다는 듯 접근해 오고 있는 기사들을 향해 달려들어갔다.

라나는 황급히 다크를 뒤쫓으면서 주문을 외웠다.

"자애로우신 지혜의 여신이시여, 저 용맹한 전사를 위해 힘을 주소서!"

그리고 한순간 다크의 몸에서 옅은 빛이 흘러나오는 듯하더니 다크는 더욱 맹렬하게 검을 휘두르고 있었다. 무녀로부터 축복을 받은 순간, 검의 무게가 더욱 가볍게 느껴지고 있었던 것이다.

상대의 맹렬한 검격에 기사들은 당황하고 있었다. 과감하게 휘둘러 오는 검! 상대는 가냘픈 소녀, 그것도 마나까지 봉인된 소녀라는 생각 자체가 무색해지는 순간이었다. 저쪽에서 네 명의 기사가 가담하기 전에 이미 두 명의 기사는 피를 흘리며 쓰러지고 말았다.

"너는 먼저 도망 가!"

새로이 네 명이 도착하자 라나가 도우려 했지만, 다크는 귀찮은 듯이 말했다. 라나 또한 미숙하지만 검술을 배운 적이 있었다. 물론 호신을 위해서였다. 뛰어난 미모를 지닌 무녀들이 세상 밖으로 나가서 무슨 일을 당하게 될지 알 수 없었기에 교단에서는 무녀들에게 검술을 가르치고 있었다. 아데나 교단의 신성 마법들 중에서는 공격 마법이라는 것이 없었기 때문이었다. 그런 그녀가 봤을 때, 다크의 검술은 상상 이상이었다. 오히려 자신이 옆에 있다는 것이 거추장스러울 정도로……. 라나는 재빨리 계획해 놨던 탈출로를 향해서 몸을 날렸다. 네 명의 기사들과 어울려 칼질을 하고 있는 다크를 뒤에 남겨 두고 말이다.

"뭣이? 그녀가 탈출했다고?"
레티안의 보고를 받는 순간, 로체스터 공작의 얼굴은 한껏 일그러졌다.
"예, 전하."
"마나도 쓸 수 없는 상황인데 어떻게 탈출할 수 있다는 말인가? 아무리 뛰어난 기사라고 해도 마나가 봉쇄된 상태라면 힘을 못 쓴다는 것은 누구나 다 알고 있는 사실인데……."
레티안은 잠시 당황스런 표정을 지었지만, 곧 솔직하게 대답했다. 숨겨서 될 일도 아니니까 말이다.
"그것이… 무녀가 도왔다고 하옵니다."
"무녀? 제임스가 데려왔던 그 아데나 신전의 무녀?"
"예, 전하. 전하도 아시다시피 신성 마법은 마나하고는 무관한 것이라서……. 그녀 혼자 힘으로 빼간다면 막는 것이 별로 어렵지 않았겠지만, 문제는 그녀가 신성 마법으로 치레아 대공을 도와줬다는 데 있었다고 하옵니다. 사실 치레아 대공이 어느 정도 힘만 차린다면 웬만한 기사들로는 막기가 매우 힘들지 않사옵니까?"
로체스터 공작은 얼굴이 벌게져서는 탁자를 세게 내리쳤다. 물론 신경질이 나서 그런 것이었지만, 그가 한번 내리치자 탁자는

'퍼억' 하는 굉음을 내며 돌 맞은 개구리마냥 너덜너덜해진 채로 쭉 뻗어 버렸다.

"이런, 제기랄! 지금이 얼마나 중요한 때인데……. 수도 경비 사단들과 근위 기사단을 총출동시켜서라도 빨리 그녀를 잡아 와!"

펄펄 뛰는 로체스터 공작을 향해 레티안은 냉정한 어조로 조언했다.

"그렇게 추격 작전을 대규모로 벌이신다면 크루마가 눈치 챌 것이옵니다."

레티안의 지적에 로체스터 공작은 망연한 듯 중얼거렸다.

"크루마? 그렇지, 크루마가 있었지. 이런 빌어먹을! 하필이면 지금 한창 헛소문을 퍼뜨려 놓은 상태에서 탈출이라니……."

"만약 이번 일이 연극이라는 것을 크루마가 안다면, 결코 두 번의 기회는 없을 것이옵니다. 그들도 바보는 아니니까 말이옵니다."

"이런, 젠장! 군대를 동원할 수도 없다면……. 지금 당장 마법사 세 명 정도와 오너급 근위 기사 다섯 명 정도를 대기시켜라. 그리고 정찰대에 연락해서 용기사를 세 명 정도 지원받도록 해. 내가 직접 그녀를 잡아들이겠다."

레티안은 다급하게 로체스터 공작을 말렸다. 어느 곳에 크루마의 첩자가 있을지 모른다. 이쪽이 크루마의 미네르바를 중점적으로 감시하는 만큼, 적들도 로체스터 공작을 감시하고 있을 것은 불을 보듯 뻔한 사실이었다.

"고정하시옵소서, 전하. 전하의 마음은 충분히 이해하오나, 전하께서 직접 나서시면 아니 되옵니다. 모두의 이목(耳目)이 전하를 바라보고 있음을 잊지 마시옵소서."

탈출하는 다크 67

"그것도 그렇군. 그렇다면……."

잠시 고민하던 로체스터 공작은 키에리에게 부탁하는 것이 제일 좋겠지만 그는 중요한 일 때문에 이곳에 없다는 것을 상기했다.

"별수 없군. 좋다, 제임스를… 제임스를 불러들여라."

"발렌시아드 각하께서는 기동 연습장에 계시옵니다. 아마도 불러들이는 데 최소한 한 시간은 필요할 것이옵니다."

"조금 늦어도 상관없으니 최대한 빨리 제임스를 불러들여라. 아무래도 그녀의 실력이 실력이니만큼 웬만한 기사들로는 생포하기 어려울 것이다. 기사들에게도 그녀를 발견하면 정면충돌은 삼가고 제임스의 도착을 기다리라고 지시해라."

"옛, 전하."

"헉헉헉… 젠장! 끈질긴 놈들……."

다크가 비 오듯 땀을 흘리고 있는 것에 비해 라나는 여태까지 열 번이 넘는 신성 마법을 사용했음에도 거의 지친 것 같지 않았다. 보통 전장에서 신성 마법을 통하여 병사들의 사기, 방어력, 근력, 체력 회복 따위를 담당하는 것이 신관의 몫이었고 그것은 상당히 고된 일이었다. 하지만 그것은 대부분의 경우 다수의 병사들을 향해서 사용하는 것이었지, 오늘처럼 단 한사람만을 향해 사용하는 일은 거의 없었다. 그렇기에 라나는 탈출하면서 지속적으로 신성 마법으로 그녀를 도왔음에도 거의 지치지 않았던 것이다.

"괜찮으세요?"

"별로 괜찮지 않아. 하지만 지난번에 탈출했을 때보다는 아주 상태가 양호한 편이야."

일단 상대를 따돌린 직후였기에 라나는 다크의 몸에 있는 상처를 치료하는 것부터 시작했다. 다크는 두 곳 정도 상처가 있었지만, 그렇게 깊은 것은 아니었다. 하지만 빨리 치료해야 적들이 피의 흔적을 따라서 추격해 올 것을 방지할 수 있었다.

포션을 약간 바른 후 신성 마법을 동원하여 치료를 보조하자 상처는 순식간에 아물어 버렸다. 자신의 몸에 나 있던 상처가 사라지는 것을 보며 다크는 눈앞에 있는 이 소녀가 꽤 쓸모가 많다고 생각하고 있었다. 예전에 봤던 그 골칫덩이에다가 짐덩이가 아니었던 것이다.

"세월의 장난이라는 것은 정말 무섭군."

나직이 중얼거리는 다크, 아무리 10년 가까운 세월이 흘렀다고 하지만 이렇듯 사람이 바뀔 것이라고는 생각도 해 본 적이 없었던 것이다.

라나는 신성 마법을 사용하느라 정신을 집중한 상태여서 그녀의 말을 듣지 못했기에 되물었다.

"예? 무슨 말씀이신지……."

"아무것도 아니다. 자, 다 끝났으면 빨리 가자."

"잠깐만요, 아저씨."

"왜?"

"이쪽으로 가면 케락스시의 외곽으로 빠집니다."

"그런데?"

"그리로 가는 것보다는 빙 둘러서 케락스 시내로 되돌아가는 것이 좋지 않을까요?"

"너 돌았냐? 내가 방금 도망쳐 왔던 곳으로 왜 돌아가야 하지?"

콧방귀를 뀌며 퉁명스레 대답하는 다크. 하지만 라나는 부드러운 어조로 대답했다.

"케락스 시내로 들어가서 숨는 것이 가장 좋을 거라고 저는 생각합니다. 케락스시는 코린트 최대의 도시입니다. 인구가 무려 50만 명이 넘는 상업 도시죠. 그 수많은 사람들 사이에 섞이는 것이 산길로 도망치는 것보다는 좋지 않을까요?"

잠시 궁리를 해 보는 다크였다.

"상당히 괜찮은 의견이야. 그런데 어떻게 숨어들지? 아마도 여기저기에 경비병들이 쫙 깔려 있을 텐데? 그리고 어디로 가야 케락스시인지나 알고 있어?"

그것이 가장 큰 문제였다. 다크는 이곳 코린트의 지리를 알지 못했다. 그렇기에 이렇듯 아무 생각 없이 죽자고 도망쳐 나온 것이 아니던가? 하지만 계속 남쪽으로 내려가다 보면 크라레스가 나올 것이라는 사실은 알고 있었다. 전번 전쟁에서 코린트를 향해 북진해 들어갔던 경험이 있기 때문에 코린트의 남쪽에 크라레스가 있음을 알고 있었던 것이다.

"이 근처 지리는 잘 모르지만, 최소한 케락스시가 어디에 있는지는 알고 있습니다."

헬 프로네의 새로운 주인

까미유는 황당하다는 듯 외쳤다.
"어? 어? 잠깐! 왜 나한테는 안 주는 거야? 응?"
잠시 제임스가 아무런 말도 없이 자신을 바라보자 까미유는 음흉스레 미소 지으면서 나직이 말했다.
"너, 나 놀리려고 괜히 그러는 거지?"
하지만 제임스는 정색을 하고 말했다.
"여기에 너한테 줄 타이탄은 없어."
"그럼 아직 도착하지 않은 거구나. 괜히 사람을······."
"그것도 아니야. 나는 이곳에 오기 전에 분명히 전하께 지시를 받았어. 여기 있는 적기사들을 로젠 형하고 메글리, 오스카, 스칼에게 전해 주라는 거였지. 하지만 너한테 적기사를 주라는 지시는 들은 것이 없어. 그리고 너한테 줄 타이탄은 생산 중이라는 말도

들은 바가 없고 말이야."

　제임스의 말에 까미유는 황당하다는 듯한 표정을 지었다. 기사에게 타이탄이 없다면 뭐가 된단 말인가? 그것도 자기처럼 뛰어난 기사에게 말이다. 이건 뭔가 잘못되어도 크게 잘못된 것이 아닌가?

　"그럼 나는 어떻게 하라는 거야? 타이탄도 없이 검만 들고 전장을 뛰어다니라는 말이야?"

　"글쎄, 그거야 내 알 바 아니지."

　제임스는 자신에게 할당된 각각의 적기사와 계약을 끝마친 기사들 쪽으로 시선을 돌려 외쳤다.

　"형! 오랫동안 쉬었을 테니 밖에 나가서 몸이나 푸는 것이 어때요?"

　"좋지, 너무 오래 쉬었더니 몸이 근질거리는군."

　"자, 함께 나갑시다. 제가 상대해 드리죠."

　"그럼, 나는?"

　"너는 어디 구석에 처박혀서 왜 너한테만 타이탄이 배당되지 않았는지 무릎 꿇고 반성해 봐."

　"뭣이?"

　까미유는 우울한 얼굴로 적기사Ⅰ 네 대와 적기사Ⅱ 한 대가 드넓은 대지에서 굉음을 울리며 치고받고 있는 것을 멍하니 바라봤다. 물론 적기사Ⅱ는 제1근위대장인 제임스의 것이었다. 제임스의 타이탄은 제1근위대 소속의 타이탄답게 여러 가지 문장들이 붙어 있었다. 왼쪽 어깨에는 발렌시아드 가문을 상징하는 노란색 히아신스가 그려져 있었고, 오른쪽 어깨에는 코린트를 뜻하는 백장미가 그려져 있었다. 그 외에 흉갑에는 제1근위대를 뜻하는 'I'이라는 숫자가 그려진 불을 뿜는 레드 드래곤의 문장이 흉폭하게 새겨져 있었다.

이렇듯 제임스의 타이탄에 각종 문장들이 그려져 있는데 반해 다른 타이탄들은 흉갑에 제2근위대를 뜻하는 문장 하나만이 달랑 그려져 있었다. 원래 비밀 작전에 많이 동원되는 만큼 기밀유지의 필요성 때문에 그려 넣지 않은 것이다. 6년 전의 전쟁 때 적기사가 사용되기 전에는 아예 문장 자체를 하나도 그려 넣지 않았었지만, 지금은 적기사가 코린트의 타이탄이라는 것을 알 만한 사람은 다 알기에 근위 기사단의 문장만 그려 넣은 것이다. 물론 그 적기사에 누가 타고 있는지를 알 수 있게 해 주는 가문의 문장은 빼 버리고 말이다.

로젠이 검술로는 까미유보다 조금 뒤진다고 하지만, 발렌시아드 가문의 우두머리이자 지금은 없어진 발렌시아드 기사단장이었다. 까미유는 날렵하게 움직이고 있는 적기사들을 보며 우울한 시선을 던졌다. 아마도 자신에게 적기사를 주지 않고 로젠에게 준 것을 보면 로체스터 공작은 로젠을 제2근위대장으로 점찍고 있는 것 같았다. 그리고 제2근위대를 파멸로 몰아넣은 자신은 좌천된 것이 확실하리라.

'젠장! 아무리 그래도 나한테 살짝 귀띔이라도 해 줬어야 할 거 아냐! 그리고, 나만 부하들을 다 잃었나? 그건 로젠 형도 마찬가지 잖아!'

화가 난 김에 벽을 너무 세게 후려 쳤는지 까미유가 정신을 차렸을 때는 이미 벽에 둥근 구멍이 뚫린 다음이었다. 뒤에서 병사 하나가 놀란 눈초리로 보고 있는 가운데 까미유는 마음을 안정시키려고 노력했다. 훈련을 마친 후 로젠 형이나 제임스가 이것을 보면 뭐라고 할 것인가? 그것까지 생각하면 자신에게 더욱 화가 났다. 겨우 그 정도를 참지 못하고 애꿎은 벽에다가 화풀이를 하다니…….

"제기랄!"

거칠게 욕지거리를 내뱉으며 까미유는 자리에서 일어났다. 타이탄들끼리 싸우는 굉음을 들을수록 괜히 더 신경질만 나기 때문이었다.

병사들의 숙소 뒤편, 까미유는 그곳에서 하늘을 봤다가 땅을 봤다가를 반복하다가 그것도 지루해지면 애꿎은 땅바닥을 몇 대 쳤다가 하면서 울화를 삭이고 있었다. 타이탄들끼리 격투를 벌이는 소리가 간간히 들려오기는 했지만, 원체 거리가 떨어져 있어서 그런지 그렇게 크게 들려오지는 않았다.

그리고 그의 주위에는 아무도 없었다. 까미유는 자신의 못난 꼴을 병사들에게 보이기 싫었기에 인적이 없는 곳을 찾아서 앉아 있었기 때문이다.

바로 이때 공간의 한쪽 귀퉁이가 열리면서 타이탄이 모습을 드러냈다. 타이탄의 몸체 구석구석을 차지하고 있는 울퉁불퉁한 기하학적 흔적들. 자세히 봐야 알 수 있는 흔적이었지만, 그것만 봐도 그 타이탄에는 미스릴이 입혀져 있지 않다는 것을 알아볼 수 있었다. 그 타이탄은 거대한 몸체를 조심스럽게 움직이며 멍한 표정으로 자신을 바라보고 있는 까미유에게 다가갔다. 까미유는 타이탄의 흉갑에 그려져 있는 레드 드래곤의 문장을 보고 경악하고 있는 중이었다.

"어째서 헬 프로네가 여기에……."

아무런 숫자 표시도 없는 레드 드래곤의 문장이 그려져 있는 타이탄은 이 세상이 아무리 넓고, 타이탄이 많다고 하지만 단 두 대뿐이었다. 하나는 코린트의 총사령관용과 또 하나는 황제 전용이다.

그런데 믿을 수 없게도 그 문장을 달고 있는 타이탄이 여기에 모습을 드러내고 있는 것이다.

〈네 녀석은 나의 주인이 될 충분한 조건이 갖춰져 있는 상태다. 나와 태곳적부터 내려오는 골렘의 맹약을 맺고 싶으냐?〉

매우 건방지게 울려 퍼지는 나지막한 저음의 투박한 말소리. 그제서야 까미유는 왼쪽 어깨에 그려져 있는 노란 히아신스의 문장을 볼 수 있었다. 그리고 이 타이탄의 주인이 누군지 명확하게 알 수 있었다. 바로 코린트 최강의 검객인 키에리 드 발렌시아드 대공이었다.

"설마, 발렌시아드 대공 전하께서 돌아가셨나?"

키에리는 권력의 전면에서 물러났을 뿐, 소문처럼 전사한 것이 아님을 잘 알고 있는 까미유였다.

〈그놈은 주제도 모르고 감히 나와의 계약을 파기했다. 그러면서 네놈을 추천했지. 일단 네 녀석의 실력도 나쁜 편은 아니니 제안하는 거다. 좋으냐? 아니면 싫으냐? 싫다면 새로운 주인을 찾아서 머나먼 여행을 떠나야 하니 빨리 대답해라.〉

그제서야 까미유는 이해할 수 있었다. 왜 자신에게 적기사가 주어지지 않았는지를 말이다. 그에게는 적기사 대신 키에리로부터 물려받은 헬 프로네의 주인이라는 명예로운 자리가 기다리고 있었던 것이다. 까미유는 눈시울이 뜨거워지는 것을 느꼈다. 설마 이것이 자신에게 올 것이라고는 꿈에도 생각해 본 적이 없었기 때문이다. 그만큼 헬 프로네의 주인이 된다는 것은 무인이 꿈꾸는 최고의 영광이었던 것이다.

등잔 밑이 어둡다

"뭐야! 나보고 신관 나부랭이가 되라고?"
"그것이 가장 좋은 방법입니다. 아저씨의 미모는……."
라나는 아무래도 아저씨라는 단어를 붙인 상태에서 '미모'라는 수식어를 붙인다는 것이 조금 어색했는지, 살며시 미소 지으며 말을 수정했다.
"아무래도 지금 얼굴로는 아무리 변장해도 곧장 눈에 띄게 마련입니다. 그러니 무녀로 변장을 하시는 것이 가장 좋을 듯하다고 저는 생각하는데요."
한참 궁리를 하던 다크, 힘이 제대로 돌아온 상태라면 구태여 이런 짓을 할 필요가 없지만, 아무래도 지금은 무슨 짓을 하더라도 탈출하는 것이 우선이 아니겠는가? 무녀들은 모두들 미인들이니만큼 무녀로 변장하는 게 가장 그럴듯할 것은 분명했다. 그것을 잘 알기에 다크는 떨떠름한 어조로 대답했다.
"젠장, 어쩔 수 없지."
"이것을 입으세요. 오늘 낮에 구해 온 겁니다."
라나는 자신의 짐 보따리를 뒤진 후 무녀복을 건네줬다. 하지만 그 무녀복은 라나의 옷과는 생긴 것도 조금 달랐고, 거기에 그려져 있는 문양도 달랐다.
"이건 뭐지? 네가 입고 있는 것과는 조금 다른 것 같은데……."
"아, 예. 이것은 대지의 여신 케레스를 모시는 무녀들이 입는 옷입니다. 아데나를 모시는 무녀들은 아주 드물기에 아무래도 위장을 하기에는 조금 안 좋다고 봐야 하겠죠."
무녀들이 호신용으로 검을 차고 다니기도 한다는 것을 잘 알고 있는 다크는 서둘러 무녀의 복장으로 갈아입은 후에 검을 찼다. 그런 다음 겉옷인 헐렁한 로브를 걸쳤다. 로브에 달린 모자를 깊숙이 눌러 쓰자 다크는 흔히 볼 수 있는 무녀의 모습이 되었다.
그에 비해 라나는 무녀의 옷을 벗은 후 날렵한 수렵 복장으로 갈아입었다. 몸에 꽉 끼는 가죽 바지와 가죽 재킷을 걸친 후 그 위에 약간 얇아 보이는 가죽으로 된 갑옷의 상의를 걸쳤다. 그것을 옆에서 떨떠름한 표정으로 지켜보던 다크는 드디어 참지 못하고 외쳤다.
"이봐, 나한테는 이따위 우스꽝스러운 복장을 하게 하고 너는 뭘 입고 있는 거야? 그거 빨리 벗어서 나한테 내놔."
"그건 곤란합니다, 아저씨. 저는 아데나의 무녀이기에 케레스의 무녀복을 입을 수 없어요. 그래서 이걸 입는 거죠."
"네가 아까 말했잖아. 이 얼굴로는 뭐로 분장해도 힘들다고…….

그러면서 이 망할 무녀복을 권했잖아. 너도 나하고 똑같은 얼굴인데, 왜 나만 이 빌어먹을 옷을 입어야 하는 거야?"

"그건 아저씨한테만 통용되는 거였죠. 저는 엘프로 분장을 하려고 합니다."

그 말에 다크는 아연한 표정으로 되물었다.

"엘프? 그, 당나귀 귀를 가진 놈들 말이야?"

"예."

라나는 조용히 신성 마법의 주문을 외워서 분장을 시작했다. 푸르게 빛을 뿜고 있는 그녀의 손이 쓱 훑고 지나가자 그녀의 귀는 아주 길고 끝이 뾰족해졌다.

"이건 신성 마법으로 유지되는 것이기에 저만이 할 수 있습니다. 아저씨에게도 해 드리고 싶지만, 신앙심이 없는 상태에서는 10분도 유지가 안 되거든요. 그렇다고 제가 계속 주문을 외워 드릴 수는 없잖아요."

"그건 그렇지만……."

"자, 가시죠."

"케락스시에 도착한 다음에는 어떻게 할 거야?"

"그것도 생각해 뒀습니다. 여행자 길드에 가 보면 코린트의 남쪽으로 떠나는 사람들을 찾아낼 수 있을 겁니다. 그들과 뒤섞여서 이동한다면 손쉽게 케락스시를 벗어날 수 있을 겁니다."

다크는 감탄했다는 듯이 말했다.

"호오, 제법인데?"

"감사합니다."

다크는 다시 한 번 찬찬히 라나를 바라봤다. 과연 10년이라는 세월은 무서웠다. 어떻게 사람이 이렇게 바뀔 수가 있단 말인가? 라나와 탈출을 하는 동안 여태껏 쌓여 있던 서로 간의 두터운 벽이 약간씩 허물어지고 있었다. 물론 그 벽은 다크가 일방적으로 쌓아둔 것이었지만.

 대단한 미모에 완벽한 무녀의 복장, 어디서든지 흔히 볼 수 있는 무녀의 모습이었다. 만약 무녀의 복장을 하기는 했지만, 미모가 받쳐 주지 않았다면 모두들 가짜라고 생각했겠지만 그렇지 않으니 중간 중간에 서 있는 검문소에서도 신분증을 제시하라는 따위의 말은 들려오지 않았다. 거기에다가 그녀와 함께 지나가는 엘프 여성은 엄청난 미모에다가 뾰족한 귀, 늘씬한 몸매하며… 누가 봐도 엘프가 아닌가? 알카사스에서는 엘프를 노예로 사용하기에 혹시나 도망친 엘프가 아닌가하여 신분 확인을 하겠지만, 여기는 코린트였다.
 총사령부의 명령에 따라 신관, 특히 아데나 신전의 무녀를 중점적으로 색출하여 '라나 슈바이텐베르크'라는 무녀를 잡아들이기 위해 수도권 일대의 검문검색이 강화된 상태였다. 그리고 그녀의 일행도 무조건 잡아들이라는 명령이 떨어져 있긴 했지만, 그 일행의 신분에 대한 자료는 포함되어 있지 않았다. 그 명령서에 따르면 그녀는 주로 아데나 신전의 무녀로 분장하고 돌아다니지만 사실은 밀수, 사기, 강도, 강간, 납치, 인신매매 따위의 매우 추잡한 범죄를 저질러 대고 있는 '푸른 표범'이라는 강도 패거리 두목의 정부(情婦)라고 되어 있었다. 대단한 미모에 황금색 머리카락을 가지고 있는 그녀는 과거에 진짜 무녀였던 적이 있었기에 상당한 수준의 신성 마법까지 쓸 수 있으니 주의하라는 당부 또한 잊지 않고 있었다. 그녀는 정체가 발각되자 케락스시를 탈출하여 패거리와 합류하기 위해 도주 중인 상태이니 무슨 일이 있더라도 체포하라는 지시였다.

원래 도둑질도 손발이 맞아야 해 먹는다는 말이 있다. 총사령부에서 내려온 지시 자체가 이렇게 엉터리였으니, 그 밑에서 일하는 병사들도 엉터리로 움직일 수밖에 없었다. 케락스에서 탈출하는 도둑의 정부를 체포하라는 명령이 떨어졌고, 상대의 생김새라든지 기타 모든 것은 거의 알 수가 없었다. 그렇다 보니, 케락스에서 빠져나가는 사람들에 대한 검문검색은 철저하게 이루어졌지만, 그 반대로 들어오는 사람들에 대해서는 별 조사가 없었다. 그리고 그 망할 공문 덕분에 케락스 시외로 나가려고 하던 각 종파의 무녀를 포함한 '금발'의 미녀들이 곤욕을 치러야 했다.

"또, 생사람 잡는 모양이군."

아닌 게 아니라 검문소 쪽에 거의 20여 명의 병사들이 늘어서서 무녀를 포위하고 있는 것이 보였다.

"협조해 주십시오."

병사들이 무기를 겨눈 채로 협조해 달라니……. 일단 이런 일을 당해 보면 매우 당황할 수밖에 없을 것이다. 황당한 듯한 무녀의 떨떠름하고 묘한 표정, 불꽃 문양이 그려진 무녀복치고는 비교적 화려한 로브를 입고 있는 무녀였다. 무녀는 잠시 망설이는 듯하더니 로브의 모자를 뒤로 젖혔다. 저 지휘관이 원하는 것이 그것이었으니까 말이다. 괜히 병사들하고 드잡이질을 해 봐야 좋을 것이 없으므로 무녀는 순순히 말을 들었다. 그녀에게는 죄가 없었으니까 말이다. 그러자 깊숙한 로브에 감춰져 있던 탐스런 금발이 드러났다. 아무래도 수도 생활에 거추장스러웠던지 짧게 자르기는 했지만 아무튼 '금발'이었다.

"역시, 금발이군요. 동행해 주셔야겠습니다."

무녀는 당황해서 외쳤다.

"저에게는 죄가 없습니다. 금발인 것도 죄인가요? 무언가 착오가……."

"무녀님 말씀대로 죄가 없으시다면 결국은 무죄가 입증될 겁니다. 저희들은 무녀로 위장한 죄수들을 체포하라는 명령만 받았습니다. 그 도망자는 금발에 무녀라는 것밖에 밝혀진 것이 없습니다. 자, 협조해 주시죠."

"무녀로 위장했다면 신성 마법을 쓸 수는 없을 겁니다. 저는 신성 마법을 사용할 수 있습니다. 그것을 증거로 하면 안 될까요?"

"범인 또한 예전에 무녀였기에 약간의 신성 마법을 쓸 수 있다고 들었습니다. 그러니 그것으로는 증거가 될 수 없습니다."

이곳 검문소의 지휘관은 무녀에게 상당히 정중하게 말을 건네고 있었다. 전에 봤던 검문소의 지휘관은 매우 강압적으로 나갔다가 호된 전투를 치르지 않았던가? 무녀와 그 일행이 반항을 시작하자 사방에서 구원하기 위해 병사들이 달려들어 왔고, 결국은 여러 명의 부상자를 발생시킨 대규모 패싸움으로 발전했다. 결국 그들의 반항은 어딘가에서 연락을 받고 출동해 온 기사가 도착한 후 종말을 맺었다. 두 명의 기사는 반항하는 그들을 거의 개 패듯이 팬 다음 꽁꽁 묶어서 질질 끌고 가 버렸었다.

다크의 의문점을 알아본 듯 라나가 나지막한 어조로 속삭였다.

"저 무녀는 아레스를 모시는 무녀입니다. 코린트가 가장 숭배하는 신이 아레스인 만큼 병사들도 그녀를 조심스럽게 대하는 것이지요."

"역시 모든 것에는 차별이 없을 수가 없군."

미인이라고 할 수 있는 금발의 처녀들 또한 무녀의 신세와 다를 것이 없었다. 힘이 없는 그녀들은 아예 저항조차 변변하게 못해 보고 튼튼해 보이는 죄수 수감용 마차에 실려서는 어딘가로 출발했다. 그리고 거기에는 금발이라는 죄 아닌 죄로 끌려가는 그 무녀도 포함되어 있었다.

케락스 시내로 들어오는 사람들에 대한 검문은 거의 없었기에 그들은 쉽사리 시내로 들어올 수 있었다. 사실 병사들은 시외로 나가는 '금발 소녀'를 체포하는 작업만 해도 힘겨운 실정이었기에, 시내로 들어오는 사람한테까지는 감시의 눈길이 미치지 못하고 있었던 덕분이었다. 라나는 케락스 시내로 들어오자마자 여행자 길드로 갔다. 아마도 케락스 외부로 나가는 것에 대한 검문검색을 아무리 강화해도 걸리는 것이 없으면, 그다음부터 시내를 이 잡듯 뒤지기 시작할 것이 분명하기에 하루라도 빨리 케락스시를 벗어나는 것이 중요했다.

라나는 앞서가다가 한 곳을 가리키며 말했다.

"저곳이 여행자 길드입니다. 케락스는 아주 큰 도시이기 때문에 여행자 길드가 네 개씩이나 있다고 하더군요. 저것은 그중 남쪽에 있는 거죠. 남쪽으로 여행하기 위한 동료들을 찾을 수 있을 겁니다."

등잔 밑이 어둡다 83

"그런 것은 별로 중요한 것이 아니니까 빨리 들어가서 동행할 만한 어수룩한 놈이 있는지 알아 보자."

"예, 함께 가시죠."

여행자 길드의 건물은 그렇게 크지 않은 2층 건물이었다. 건물 내부의 벽에는 수많은 종이들이 붙어 있었다. 라나는 그 종이들을 샅샅이 읽어 나갔다. 도대체 무슨 내용인가하여 다크도 그 옆에 서서 그 종이에 쓰인 글을 읽어 봤다.

「11월 23일 아르곤 뮤크시를 향해 출발. 크루마령 쟈코니아 평원을 통과하여 오실롯 왕국을 거쳐 아르곤으로 입국 예정. 크루마를 거치게 되므로 크루마에 입국 금지된 분은 사절. 자세한 것은 안내원에게 문의 요망.」

「11월 15일 엔테미어 공국 렉슨시를 향해 출발. 몬스터들이 활개를 치는 크라레스를 피해서 발렌시노 산맥을 통과하여 쥬리오 왕국, 탄벤스 공국, 토리아 왕국 순으로 이동할 예정. 자세한 것은 안내원에게 문의 요망.」

그것은 모두 각종 여행의 동반자들을 모집하는 광고들이었다.

라나는 한참 동안이나 그것들을 읽더니 한숨을 내쉬며 나지막이 말했다.

"역시 요즘 들어 남쪽에 몬스터들이 창궐한다는 소문은 들었었는데……. 아마도 그 때문인지 크라레스 쪽으로 가는 여행객은 없네요."

"그래도 코린트 남부에 가는 사람은 있을 거 아냐?"
 "원래 여행자 길드라는 것은 장거리 여행을 하면서 산적이나 몬스터 따위에게서 몸을 지키기 위해 뭉쳐서 가자는 취지에서 만들어진 겁니다. 그러자면 서로가 약간씩 손해를 보더라도 출발 시간을 정하고, 또 그 일정을 정합니다. 하지만 코린트 국내의 경우 도로가 아주 잘 정비되어 있는 데다가 요소요소에 병력들이 주둔하고 있기에 치안 상태가 매우 좋다고 봐야 하겠죠. 물론 변경 지방에는 몬스터나 도둑들이 사는 곳도 있지만, 각종 물자들이 수송되는 도로망에 대한 경비는 철저합니다. 그런 만큼 코린트 국내 여행객들의 경우 길드를 통해 동행자를 모집할 이유가 없죠. 여러 명이 서로의 편의를 존중해 주며 출발 시간이나 여행 경로를 정하는 것은 매우 성가신 작업일 테니까요."
 "호오, 그렇군. 거기까지는 생각을 못 했는데……."
 "어쩔 수 없죠. 여기는 일단 포기하고 딴 곳으로 가시죠."
 "어디로?"
 "용병 길드요. 만약 몬스터가 창궐한다면 용병 길드에는 일거리가 있을 테니까요."
 "혹시 거기 신청하면 용병 사단이나 뭐 그런 군대에 들어가야 하는 것 아냐?"
 "아니, 그때 만난 후로 거의 10년 가까운 세월이 흘렀는데 그동안 뭘 배우셨어요?"
 기가 차다는 듯 라나가 물어 오자, 다크는 난처한 듯 얼버무렸다. 사실 이런 '서민'들의 생활과는 상관없는 특수한 삶을 살아왔다는 것을 자신도 새삼 느꼈던 것이다.

"글쎄……."

"용병 사단은 정규군이나 마찬가지예요. 몬스터 사냥 같은 일회용으로 모집하는 집단이 아니란 말입니다. 소규모의 산적들이 날뛴다든지, 몬스터들 몇 마리가 어슬렁거리며 돌아다닐 때, 각 지방의 영주들은 치안 확보를 위해 그들을 토벌하게 되죠. 하지만 그들의 규모가 자신들이 거느린 사병들로는 제압하기가 조금 힘들고, 그렇다고 중앙에 정규군 파병을 요청하기에는 작은 규모일 때 일시적으로 용병들을 고용해서 해결하죠."

"호오, 무녀가 그런 일들을 상세하게도 알고 있군."

"전에 수련하면서 용병들과도 지냈기 때문입니다."

"좋아, 그럼 그쪽으로 빨리 가자."

용병 길드에는 남쪽으로 가는 일행을 쉽게 찾을 수 있었다. 원래 떠돌이 용병들이라는 것이 산적이나 몬스터들이 성업 중 일수록 그들도 덩달아서 일거리가 풍족하게 늘어나는 것이 정석이기 때문이다.

"흐음, 남쪽에서 일거리를 찾으신다구요?"

테이블을 사이에 두고 매우 깐깐해 보이는 40대 여성이 말했다. 그녀는 용병 길드의 접수를 받는 사람으로서 온몸이 깡마른 것이 찔러도 피 한 방울 나오지 않을 듯한 모습이었다.

라나는 예의 신중하면서도 부드러운 어조로 대답했다.

"예."

"여러 가지 일거리가 있습니다만… 구체적으로 어떤 일거리를 찾으십니까?"

라나는 잠시 생각하다가 말했다.

"어떤 것이 있습니까?"

"예, 당신 같은 엘프라면 귀족 부인이나 딸의 경호 같은 따분하면서도 보수가 짭짤한 것부터 시작해서 몬스터 사냥이나 산적 토벌 같은 힘만 들고 보수는 별로인 것까지 다양하게 선택하실 수 있습니다."

라나는 저쪽에 서 있는 다크를 가리키면서 말했다.

"저 혼자라면 모르겠지만 동행이 있어서 말이죠."

"흐음… 무녀라, 얼굴이 너무 앳된 것 같은데, 혹시 신전에서 도망친 수련생이 아닙니까?"

수상쩍은 듯 눈길을 보내는 그녀를 향해 라나는 딱 잘라서 대답했다.

"결코 아닙니다. 아직 정식 무녀는 아니지만, 세상 경험을 시키기 위해서 허락을 받고 나왔습니다. 그리고 제가 그녀의 보호자죠. 그녀가 있던 신전의 제사장과 친분이 있었기에, 그녀의 부탁을 저버릴 수 없어서 데리고 다니는 중입니다."

"수고가 많으시군요. 사연은 이해하겠지만, 치료 마법도 제대로 구사할 수 없는 무녀를 고용하겠다는 사람은 아마 없을 겁니다."

"물론 그 정도는 잘 알고 있습니다. 저 아이는 보수가 적어도 상관없고, 없어도 괜찮습니다. 목적은 세상 경험이니까요."

"그런 각오라면 좋습니다. 아무래도 저 애송이 무녀와 함께 할 수 있는 일을 찾으셔야 할 테니까 어렵거나 힘든 것은 무리겠군요."

"어떤 일이라도 괜찮습니다. 저 아이와 함께 할 수 있는 일이라면……"

"흐음… 어떤 일거리라도 상관없기는 하지만, 될 수 있다면 무녀 지망생과 함께 할 수 있으면 더욱 좋겠다. 이 말씀이죠?"

"예."

한참 궁리하던 그녀는 뭔가 떠올랐다는 듯 두터운 책자를 이리 저리 뒤져 본 후 말했다.

"마침 괜찮은 일거리가 있습니다. 드루이드 후작님의 영애(令愛 : 딸)께서 케락스에 쇼핑하러 오셨는데, 그분을 드루이드 성까지 안전하게 호위하는 일입니다. 물론 그분께서는 처음부터 호위병들을 여럿 거느리고 오셨으니 호위는 문제될 것이 없을 겁니다."

상대의 말에 라나는 의아하다는 듯 물었다.

"그런데 왜 용병 길드에 호위를 요청하신 거죠?"

"예, 사실 그분은 이번 나들이를 위한 일회용 호위병이 아니라 오랫동안 그분을 충성스럽게 모실 개인 호위병을 원하십니다. 그분의 우아한 취향에 어울리는 세련되고, 품위 있는 여성 용병을 추천해 달라고 하더군요. 드루이드가 제법 큰 성이라고 하지만, 아무래도 케락스보다는 촌구석이 아니겠습니까? 그러니까 수도에서 좀 제대로 된 교육을 받은 경호원을 구하는 것이죠. 그런데 당신의 경우 아름다운 외모만큼이나 품위 있는 언어를 구사하니 아마도 그분의 마음에 드실 것 같군요. 우선 그분을 드루이드까지 수행하세요. 그분의 마음에 들기만 하면 앞으로 안정적인 생활이 보장될 겁니다."

원래 엘프라고 해서 모두 다 품위 있는 행동거지나 언어를 사용하는 것은 절대로 아니었다. 그 섬세하고 가녀린 몸매와는 달리 엘프는 숲 속에서 사는 매우 호전적인 종족이었다. 그리고 그들의 숲에 대한 광적인 집착은 유명했다. 그런데도 숲을 떠나서 이렇듯 세상을 떠돈다면 대부분 뭔가 사연이 있는 엘프들인 경우가 많았고, 그만큼 성격은 더욱 모가 난 경우가 많았던 것이다.

"감사합니다. 그런데 출발은 언제인가요?"

"4일 후입니다."

4일씩이나 이곳 케락스에 있을 수는 없었다. 언제 수색 방향을 케락스 내부로 돌릴지 알 수 없기 때문이다. 하지만 그렇다고 "좀 더 빨리 떠날 수 있는 일거리는 없나요?" 하는 식으로 물어볼 수는 없었다. 용병들의 경우 일거리에서 들어오는 수입이 얼마나 많은지, 혹은 일거리의 위험 부담은 어느 정도인가를 가장 중요하게 생각했다. 결코 시간 따위를 가지고 결정하는 것이 아닌 것이다. 라나는 최대한 표정이 변화하지 않도록 신경 쓰며 슬그머니 말머리를 돌렸다.

"그것 말고 딴 일자리는 없나요?"

"글쎄요······."

한참 책자를 뒤적거리던 그녀는 단정적으로 말했다.

"딴 일거리가 없는 것은 아니지만, 저런 소녀를 데리고 함께 할 만큼 만만한 일거리는 없습니다. 일단 제가 권하는 것부터 한번 해 보시고, 정 안 되겠으면 그때 다시 상의하기로 하죠."

라나가 살며시 고개를 끄덕이는 것을 보고 그녀는 말을 이었다.

"그분께서는 '루비의 눈'이라는 고급 호텔에 묵고 계십니다. 거기에 가서 드루이드 후작님의 집사를 찾으세요. 아니, 저와 함께 가는 것이 좋겠군요. 저를 따라오시죠."

"예."

등잔 밑이 어둡다

"아직도 찾지 못했다고?"

"예, 전하."

제임스는 풀이 죽은 어조로 말을 이었다.

"검문검색 및 수색 범위를 좀 더 넓혀 보는 것은 어떻겠사옵니까? 어쩌면 빠져나갔을 수도 있기에 드리는 말씀이옵니다."

"경은 어떻게 생각하나?"

레티안은 곰곰이 궁리를 해 보더니 신중하게 대답했다.

"아무래도 잔꾀를 쓴 것이 아닐까, 생각되옵니다."

"어떻게?"

"황궁에서 탈출한 후 곧장 시외로 빠져나간 것이 아니라 케락스 시로 다시 돌아간 것이 아닐까요? 그녀가 탈출한 후, 저는 제임스 각하께서 도착하시는 시간 동안 수도 방위 사령부 예하의 모든 부대들을 동원하여 수도에서부터 반경 50킬로미터에 걸쳐 물샐틈없는 포위망을 형성했사옵니다. 아무리 병사들이 투입되는 데 시간이 걸렸다고 해도 마법사가 개입하지 않는 한 그 짧은 시간 동안에 50킬로미터나 되는 거리를, 추격하는 기사들을 따돌리면서 이동할 수는 없사옵니다."

레티안의 말에 충분히 공감한다는 듯 로체스터 공작은 고개를 주억거렸다. 그것을 보며 레티안은 말을 이었다.

"제한된 인력으로 시외로 빠져나가는 사람들을 철저히 조사하여, 무조건 압송하다 보니 시내로 흘러 들어오는 인구들에 대한 감시는 거의 생각할 수 없는 상태이옵니다. 그 점을 역으로 이용했을 가능성도 배제할 수는 없사옵니다."

"하지만 어딘가에 숨어서 경계가 허술해질 때를 기다리고 있다면 어떻게 할 건가?"

여태껏 자신이 헛수고만 하고 있었다는 레티안의 말에 황당한 표정을 짓고 있던 제임스는 자신이 생각하고 있던 점을 따지고 들었다. 그러자 레티안은 서로 간의 의견을 절충해서 또 다른 안을 내놓았다.

"그럴 가능성도 있사옵니다, 각하. 그러니 더 이상 검문검색의 범위를 늘리지 말고, 지금까지 확보한 지역에 대한 철저한 수색 작전을 벌여 나가자는 것이옵니다. 케락스시 또한 그 범위 안에 들어 있지 않사옵니까?"

레티안의 말이 상당히 그럴듯했기에 제임스는 수긍했다. 현재의 인력으로 더 이상 수색 범위를 늘린다는 것은 힘들었다. 물론 여기저기에다가 병력을 보내 달라는 전문을 보내 놨지만, 그들이 도착하는 데 최소한 이틀은 필요했다.

"경의 말이 타당하겠군."

제임스가 레티안의 의견을 따르겠다고 하자 로체스터 공작은 레티안을 향해 물었다.

"수색 방법은 어떻게 하면 좋겠나?"

"일단 지금까지 확보하고 있는 지역을 1백 개 정도로 세분화시킨 후 숨기에 좋은 곳부터 우선적으로 철저히 수색해 나가는 것이옵니다. 그러면서 차츰 포위망을 케락스시 쪽으로 압축해 오는 것이지요. 그리고 그녀가 잡힐 때까지 절대로 포위망을 풀어서는 안 되옵니다."

로체스터 공작은 난감하다는 듯 말했다.

"만약 그녀가 경의 말대로 케락스시에 숨어 있다면 어떻게 하지? 적국의 이목이 있는데, 초상화를 곁들인 수배 전단을 뿌릴 수도 없지 않나?"
 "당연하옵니다. 그녀의 얼굴이 그려진 수배 전단을 뿌려 봐야 크루마에게 그녀를 놓쳤다는 것을 광고하는 것밖에 안 되옵니다."
 "이래저래 쉽지 않은 체포 작전이 되겠군."

라나의 시녀가 된 다크

다크 일행이 고용인의 안내를 받아 실내로 들어서자 콧수염을 매우 짧게 다듬은 단정한 모습의 사내가 아는 척을 했다. 너무 말라서 그런지 약간 허리가 구부정한 것이 흠이었지만, 그는 일행을 안내한 고용인과 달리 매우 고급 천으로 된 옷을 입고 있었는데 그것이 아주 잘 어울리는 인상 좋은 사내였다. 그는 중개인의 설명을 듣자 섬세한 시선으로 라나를 이리저리 뜯어본 후 흡족하게 미소 지었다. 그는 50대 정도로 보이는 외모와 어울리게 목소리 또한 부드러운 저음이었다. 아마도 지체 높은 귀족 집안의 집사인 만큼 그런 식으로 목소리를 내기 위해서 피눈물 나는 노력을 했으리라.

"과연! 이 정도면 공녀님의 마음에 드실지도 모르겠군요. 자, 이리로 오시죠."

집사가 일행을 안내한 곳은 공녀가 묶고 있는 방이었다. 공녀는 호화로운 물건들을 잔뜩 쌓아 놓고는 인상을 찌푸리고 있다가 집사가 들어오는 것을 보자 투덜거렸다.

"알카사스에서 전쟁이 벌어졌다고 하더니, 영 물건이 마음에 안 들어. 전에 왔을 때보다 형편없는 것 같아. 크라레스와 전쟁이 벌어졌을 때도 이 정도는 아니었는데 말이야."

최고급 물품들은 대부분 알카사스에서 제작된 것이 많았다. 알카사스는 그 뛰어난 마법 실력을 십분 이용하여 산업을 발전시켜 왔기 때문이었다. 그런 알카사스에서 전쟁이 벌어졌으니, 자연히 최고급 물품들의 공급량이 떨어질 수밖에 없는 노릇이었던 것이다.

"저, 공녀님. 부탁하신 호위병이 도착했습니다."

"호위병? 저 엘프 말이야?"

"예."

공녀는 찬찬히 라나를 살펴보기 시작했다. 확실히 소문으로 듣던 대로 아름다운 모습이었다. 알카사스라면 노예 시장에 가서 손쉽게 엘프를 구경할 수 있을지 모르지만, 코린트는 공식적으로는 엘프를 노예로 사용하지 않기 때문에 그들을 보기가 매우 어려웠다. 물론 비공식적인 밀매 루트를 통해 변태 성욕자라든지, 뭐 그런 놈들에게 공급되기도 하지만 아무튼 '공식적'으로 엘프는 '비매품'이었다. 그렇기에 여태껏 자신에게 허락된 제한된 공간에서만 움직일 수밖에 없었던 공녀는 여태껏 엘프를 구경한 적이 없었다. 공녀는 그 커다란 눈을 더욱 크게 뜨고는 호기심 어린 눈길로 한참을 바라보며 이모저모 뜯어보다가 이윽고 결정한 듯 말했다.

"좋아, 저 정도면 그 얄미운 엘리리아의 콧대를 꺾어 놓을 수 있겠어. 전에 만났을 때 자기 호위병이 얼마나 품위가 있는지, 아름다운지… 별의별 자랑을 다 늘어 놨었는데, 이번에는 내가 앙갚음을 해 줘야지. 당장 계약해.”

"예, 공녀님."

공녀의 말을 들은 다크는 기가 막힌다는 표정을 지었다. 저 공녀는 대체 호위병의 존재를 뭐로 생각한다는 말인가? 호위병을 무슨 장난감쯤으로 생각하지 않고서야 저따위 말을 할 수가 없는 것이다. 호위병 선택 요건 중의 첫 번째는 외모가 아닌 실력이었다. 호위병이라면 그 어떤 극악한 조건이 닥쳐와도 주인을 지켜 낼 수 있어야 하지 않겠는가?

"자, 이쪽으로 오시지요."

집사는 일행을 임시 집무실로 데리고 돌아갔다. 집사는 집무실의 한쪽에 놓인 책상에 앉은 후, 서랍을 열고 서류들을 꺼내 들며 말했다.

"공녀님께서는 당신이 마음에 드신다고 하니, 서로 조건을 따져서 좋은 방향으로 계약을 맺었으면 좋겠군요. 그래, 금액은 얼마 정도로 생각하고 있습니까?"

라나는 잠시 생각을 한 후 집사에게 되물었다. 라나는 용병들을 따라서 여행을 해 보지 않은 것도 아니었지만, 이렇듯 귀족의 집에 고용된 적은 한 번도 없었기에 대충 어느 정도 선에서 월급이 책정되는지 몰랐기 때문이다.

"집사님은 얼마 정도를 예상하고 계십니까?"

"일단은 한 달에 50골드 정도로 생각하고 있습니다. 이번에 영지로 돌아갈 때까지만 그렇게 하고, 일단 영지에 도착한 후에 장기

계약을 맺기로 하죠. 공녀님의 마음에 들도록 행동한다면 어쩌면 두 배, 혹은 세 배까지도 받을 수 있을 겁니다."

보통 용병들의 경우 한 달 10골드, 혹은 그 작전에서 살아남았을 때 50골드 하는 식으로 급료를 책정했다. 물론 후자가 전자의 경우보다 조금 더 후한 급료를 주게 되지만, 작전이 실패했을 때는 땡전 한 푼도 못 건진다는 단점이 있었다. 그런 것을 따지고 본다면 50골드면 꽤 후한 월급이라고 할 수 있었다. 그것도 고용할 용병의 실력 테스트는 한 번도 해 보지 않고 말이다.

"좋습니다. 그건 그렇고, 저 아이는……."

라나가 다크를 가리키며 서두를 꺼내려고 하는데 집사가 그것을 가로막으며 말했다.

"공녀님께서는 당신만을 고용하기를 원하신 겁니다. 당신의 동료가 아니구요. 물론 시종은 두셔도 상관없습니다. 하지만 시종의 급료까지 제가 지불해 줄 수는 없다는 사실은 잘 아시겠지요? 일단 급료가 만족스러우시다면 여기다가 서명을 해 주십시오."

집사의 말인즉슨, 저 새파란 무녀를 하녀로서 두는 것은 상관없지만, 동료로서는 절대로 둘 수 없다는 뜻이었다. 라나는 잠시 다크를 바라봤다. 그녀의 의향을 물은 것이다. 다크는 여태껏 그래왔듯이 결과만을 생각할 뿐, 그 과정이 어떤 방식으로 진행되든지 별로 신경 쓰는 성격이 아니었다. 그렇기에 그녀는 살짝 고개를 끄덕여 동의를 표했다. 그것을 본 라나는 재빨리 집사가 내민 계약서에 서명했다.

집사는 유려한 필치로 계약서를 작성해서는 라나에게 건네 서명을 받아 냈다. 집사는 라나의 서명이 된 계약서를 만족스러운 표정으로 잠시 바라본 후 그것을 서랍에다가 집어넣으며 밖에다가 대고 외쳤다.
"한스!"
"예."
"새로 오신 공녀님의 전속 경비다. 내가 비워 두라고 했던 남쪽의 그 방으로 안내해 드리도록 해라."
"예, 집사님."
그런 다음 집사는 라나에게로 시선을 돌리면서 말했다. 계약서에 서명함으로 인해서 이제 그녀도 이 집안의 고용인이 되었기에, 그녀에게 하는 말투는 어느새 하대로 바뀌어져 있었다.
"한스를 따라가게. 자네의 방을 안내해 줄 거야."

'루비의 눈'이라는 고급 호텔은 중간에 있는 큰 규모의 본 건물과 여러 채의 호화 주택들로 이루어진 별관들로 구성되어 있었다. 지체 높은 귀족이라면 당연히 그에 딸린 식구들이 많다. 호위 기사, 호위병, 시중들 시녀나 시종들, 짐꾼들, 그리고 호위 기사의 시종들 등등……. 그리고 그들의 수는 주인의 지위가 높을수록 더욱 증가했다. 꼭 법으로 어떤 지위에서는 호위병이나 수행원의 수를 얼마만큼만 가질 수 있다는 것을 정해 놓을 필요도 없었다. 주인의 지위가 높다면 좀 더 비옥하고 더욱 넓은 영지를 차지할 수 있었고, 그것은 곧 그들의 부(富)와 직결되었다. 일단 많은 병사들을 거느리고 호화롭게 돌아다니고 싶어도 돈이 있어야 할 것 아닌가?
간혹 산적이나 몬스터들이 출몰하기도 했지만 지위가 높은 자일수록 그 호위병의 수는 엄청났을 뿐만 아니라 코린트의 변방도 아니고 이런 중심부에서 그런 걱정을 할 이유는 없었다. 호위병과 시종들을 대규모로 이끌고 다니는 것도 다 자신들의 지위와 풍요로움을 과시하려는 목적 때문이었다. 이런 지체 높은 귀족들이 애용하는 호텔이라면 당연히 귀족이 이끌고 다니는 호위병이나 시종들에 대한 배려도 해야 했다. 그리고 귀족들은 호텔의 치안 상태가 아무리 좋아도, 혹은 아무리 서비스가 좋다고 해도 자신의 호위병이나 시종들과 따로 떨어지려고 하지 않았다. 그들에게 둘러싸여 있는 것이 곧 자신의 힘과 권력을 과시하는 방법이었고, 오랜 시간 자신을 모셔 온 시종들이 훨씬 더 눈치가 빠를 것이 당연하기 때문이다. 그렇기에 고급 호텔일수록 최고급 귀빈들을 위해서 호텔의 다른 손님들과 격리된 독립된 거대한 주거 구역을 만들 수밖에 없는 것이다.

라나와 다크가 한스라는 사내에게 안내된 방도 그것들 중의 하나였다. 귀족의 고용인이 사용할 방이라서 그런지 별로 크지도 않았고, 방금 전 공녀라는 소녀의 방처럼 고급스런 가구도 없는 간단한 구조의 침실이었다. 라나는 자신들의 짐을 차곡차곡 간소한 모양의 옷장에다가 세심하게 챙겨 넣으면서 말했다.

"일단 달리 숨을 곳도 없으니까 이들과 함께 행동하는 것이 좋겠습니다. 아무래도 수색 작전이 시작된다고 해도 귀족을 상대로 함부로 뒤지기에는 무리가 있을 테니까요."

"좋을 대로 해."

인신매매범에 팔리다

 다음 날 다크는 일어나서 무녀 복장 대신에 보통 시녀들이 입는 허름한 옷가지를 입었다. 무녀의 옷을 입는 것보다는 그편이 훨씬 그들 틈에 녹아 들어가기에 안성맞춤일 것이라고 생각한 것이다. 그리고 모두들 자신을 라나의 하녀쯤으로 생각하지 절대로 여행 동료로 취급하지 않고 있다는 점도 한몫을 하고 있었다. 과거에 살수로서 생활했을 때, 최대한 남의 눈에 띄지 않고 녹아 들어가는 방법을 혹독하게 교육받았던 다크였다. 그렇기에 하녀로 분장을 한 것인데…….
 "이번에 공녀님의 호위 기사가 고용되었다고 하더니, 그분의 시녀가 너인 모양이구나."
 30대 초반쯤 되어 보이는 하녀가 다크를 보고 말을 걸었다. 다크가 그쪽을 보고 고개를 끄덕거리자 그녀는 신경질적으로 말했다.

"빨리 따라오너라. 그렇게 빈둥대고 있으면 어쩌니? 여러 가지로 할 일이 많단 말이야."

다크로서는 황당할 수밖에 없었다. 왜 저 하녀를 따라가서 일을 해야만 하는가? 거기에다가 자신은 라나의 시녀로 되어 있는 것이지, 공녀의 시녀가 아닌 것이다. 그렇기에 그녀는 될 수 있으면 가냘픈 미소를 지어 보이며 항변했다.

"저… 저는 엔테로아 님의 시녀인데요."

그 하녀는 콧방귀를 뀌며 같잖다는 듯 말했다.

"흥, 겨우 고용 무사의 시녀인 주제에 내 말을 못 듣겠다는 거냐? 안 그래도 할 일이 많은데 별 고약한 년을 다 보겠군. 너 이리 좀 따라와."

그 하녀는 물정 모르는 꼬마 계집에게 신경질적으로 대하기 시작했다. 이 신참은 상하 관계에 따른 법칙을 잘 모르는 것이 분명했다. 겨우 고용 무사의 하녀 주제에 대 귀족의 하녀 나으리와 맞먹으려고 들다니 말이다.

그리고 더불어서 슬며시 약이 오른 다크 또한 맞받아쳤다.

"뭐야? 누가 따라오라면 무서워할 줄 알아?"

하녀가 데리고 간 곳은 그 근처에 있는 아무도 없는 빈 방이었다. 다크가 방 안으로 따라 들어가자 하녀는 곧장 본색을 드러냈다.

"이것이 내가 누군 줄 알고 말대답이야? 나는 드루이드 후작 가문의 하녀란 말이야. 어디 근본도 없는 천한 것이 알량한 무사 나부랭이를 믿고……."

말을 하며 하녀는 다크의 뺨을 때리기 위해 손바닥을 날렸지만,

그녀의 의도와는 달리 아주 손쉽게 저지당해 버렸다. 다크가 날아오는 그녀의 손바닥을 아주 간단하게 낚아챘던 것이다.
"훗! 감히 누구한테 손찌검을 하려고 들어? 죽고 싶냐?"
다크가 손에 점점 힘을 주자 하녀의 안색이 창백해지기 시작했다. 상대는 가냘파 보이는 소녀인데도 그 손아귀 힘이 장난이 아닌 것이다. 신참내기 하녀를 길들이겠답시고 깝죽거리던 하녀는 뭔가 일이 생각대로 풀려 가지 않는다고 느끼기 시작했다. 그리고 그녀의 생각은 더 이상 연결되지 않았다.
짝!
"꺄악!"
방금 전 그 하녀가 신참 하녀를 상대로 써먹으려고 했던 그것, 그것이 정반대로 자신의 뺨에서 터진 것이다. 그리고 한 3분 정도? 그동안 그 하녀는 정말 머릿속에 아무 생각이 들지 않을 정도로 호되게 구타(?)를 당했다. 온몸이 아프다고 비명을 질러 대는데 어찌 머리에서 딴 생각을 할 수 있겠는가. 볼썽사납게 널브러져 있는 하녀를 싸늘한 눈빛으로 흘끗 바라본 그 신참은 차가운 어조로 말했다.
"다음에 또 한 번 더 귀찮게 굴었다가는 죽을 줄 알아. 이제는 아주 개나 소나 다 나하고 맞먹자고 드는군. 나 참! 더러워서."
툴툴거리면서 나가는 다크를 보며, 그 하녀는 이빨을 뿌드드득 갈면서 원한에 찬 시선을 보냈다. 손가락도 까딱하기 힘들 정도로 두들겨 맞았으면 어느 정도 정신을 차릴 만도 하련만, 그 하녀는 전혀 그럴 기색이 아니었다. 만약 길 가다가 만난 사이였다면 하녀로서도 그날 재수 없었다고 투덜거린 후 침 한번 '퉤' 뱉고 끝냈겠지만, 범인이 한 지붕 아래 있으니 당연히 복수할 기회를 만드는 것은 별로 어렵지 않을 것이기 때문이다.

"저년이 감히 내가 누군지 알고…, 뿌드드득! 두고 보자! 내 저년을……."

원래가 두고 보자는 놈은 하나도 무서울 것이 없고, 또 '두고 보자'는 저주성이 다분한 글귀는 힘없는 자들이 내뱉는 것임에도 불구하고 그녀는 언행일치를 주장하듯 그날 저녁에 다시금 다크를 만나러 왔다.

똑똑!

"예."

하녀는 슬쩍 문을 연 후에 대답한 사람이 엘프라는 것을 알고는 두리번거리며 그 얄미운 계집아이를 찾았다. 하지만 보이지 않았으므로 공손을 가장한 어조로 표정을 부드럽게 하여 물었다.

"저, 하녀는 어디로 갔습니까?"

"내가 포도주를 사 오라고 심부름을 보냈는데, 무슨 일이지?"

"그런 일이라면 저에게 지시를 해 주셨으면 되는데, 괜한 일을 하셨군요. 딴 곳에서는 어떠셨는지 모르지만, 여기서는 공녀님의 지시로 무사님들이 드실 좋은 술을 언제나 준비해 둔답니다. 물론 과음하시는 것은 안 되겠지만요."

"아, 그렇다면 다음부터는 너에게 부탁하기로 하지."

"예, 그럼 편히 쉬십시오."

하녀는 깍듯이 인사를 한 후 방문을 나섰다. 그런 후 음흉한 미소를 지으며 뇌까렸다. 안 그래도 밖으로 유인할 생각이었는데, 뜻밖에도 상대가 벌써 밖에 나가 있다니…….

"차~안스, 후후훗."
 그런 다음 부리나케 그 얄미운 년에게 복수하기 위해 달려 나갔음은 물론 말할 필요도 없다.

"바로 저년이야."
 하녀는 포도주병을 들고 느긋한 걸음걸이로 걸어가고 있는 소녀를 가리켰다. 그러자 하녀를 따라오고 있던 남자들 중에서 수염을 잔뜩 기른 덩치 좋은 사내가 감탄 어린 어조로 말했다.
"이야, 아주 삼삼하게 생겼는데? 내다 팔면 제법 비싸게 받을 수 있겠어."
"내가 말했잖아. 물건 하나는 끝내 준다고 말이야."
"뒤탈이 날 염려는 없는 것이겠지?"
"안심하라니까. 저년은 후작 가문의 하녀가 아니라 떠돌이 무사가 고용한 하녀야. 뒤탈이 날 염려는 절대로 없어. 그리고 3일 후면 영지를 향해 출발할 거야. 그 엘프 무사가 하녀를 찾으려고 해도 시간이 없다는 말이지."
"흐음, 좋아."
 털보는 품속에 손을 넣어서 작은 주머니를 꺼내어 하녀에게 건넸다.
"자, 약속한 5골드야."
 하녀는 주머니 안에서 금화 하나를 꺼내 살짝 이빨로 깨물어서 진짜인지 확인한 후 슬쩍 미소 지으며 말했다.
"다시는 내 눈앞에 저 계집이 나타나지 않도록 해 줘."
"염려 말라니까. 다시는 못 보게 해 주지."

하녀는 금화가 든 주머니를 자신의 품속에 슬쩍 집어넣은 후 한쪽 눈을 찡긋하면서 말했다.

"너무 험하게 다루지 않는 것이 좋을 거야. 제값을 받으려면 물건의 상태가 좋아야 하니까 말이야."

"염려 말라구. 이런 장사 한두 번 하는 것이 아니니까……."

하녀가 떠나고 난 후 털보는 주위의 사내들에게 말했다.

"자, 시작하자. 저 정도라면 못 받아도 60골드는 받을 수 있어. 흠집 안 나게 조심해서 모셔라."

"염려 마십쇼, 두목."

다크는 포도주를 사 들고 호텔로 돌아가는 중이었다. 물론 그것은 라나가 아닌 자신이 마실 것이었는데, 라나 보고 사 오라고 하면 남들이 보기에 조금 이상할 듯하여 직접 움직이게 된 것이다. 사위에 어둠이 깔려 있었기에 지나다니는 행인은 거의 없었다. 이때 그녀의 뒤쪽에서 발걸음을 빨리해서 다가오는 발자국 소리가 들려왔다. 혹시나 추격자인지 모른다고 생각하며 다크는 걸어가는 속도를 조금 더 줄이면서 그에 대비했다. 하지만 그 두 명의 사내는 다크를 지나쳐 앞쪽으로 바쁘게 걸어가 버렸다.

아무리 탈출하는 입장이라고 하지만, 그래도 너무 과민 반응을 보인 것 같다고 내심 투덜거렸다. 앞쪽으로 지나쳐 간 두 사내는 옆으로 뚫려 있는 골목길의 앞쪽에 서서는 뭔가 대화를 나누면서 안쪽을 기웃거리고 있었다. 아마도 뭔가를 찾는 모양이었다. 그러면서 그 두 사내가 시간을 보내고 있는 동안 앞으로 걸어가는 다크와의 거리는 자연히 다시금 좁혀지기 시작했다.

그리고 이때, 뒤쪽에서 남자 두 명이 달려오면서 외쳤다.

"이봐, 오래 기다렸지?"

"아니야, 방금 왔어."

그러면서 어쩌구저쩌구 얘기를 나누기 시작했다. 다크는 그 네 명의 사내들이 만나는 자리에 우연히 지나가게 된 것으로밖에 보이지 않았다. 그리고 공교롭게도 앞과 뒤에 두 명씩, 완전히 포위된 입장이기는 했지만 그런 것은 대수롭게 생각되지 않았다. 곧이어 자신은 앞의 둘을 지나쳐 앞으로 나갈 것이고, 뒤에서 오는 두 놈은 앞의 두 놈과 만나서 술이라도 마시러 갈 것이니까 말이다.

바로 이때, 뒤쪽에서 다가오던 한 사내가 우악스럽게 다크의 목을 뒤에서 감아 왔다.

"조용히 해!"

사내는 여태껏 계집들을 납치하면서 몇 번이나 써먹어 왔던 그 수법을 다시금 재현했다. 물론 이렇게 해서 여자를 제압한 다음 저 골목 안으로 끌고 들어가서는, 꽁꽁 묶어서 푸대 자루에 집어넣은 후 자신들의 소굴로 운반하면 끝나는 일이었다. 하지만 일은 초장부터 뭔가 그들의 기대와는 다르게 전개되기 시작했다.

뒤에서 상대가 손을 감자마자 다크는 거의 본능적으로 상대의 손을 잡고는 고개를 숙였다. 그리고 그 반동으로 상대는 앞쪽으로 크게 돌면서 패대기쳐졌다.

"어이쿠!"

"이런 제길! 제법 반항을 하는군."

옆에서 사내는 투덜거리면서 그녀를 뒤쪽에서 껴안았다. 그가 그녀의 허리를 꽉 잡는 그 순간 옆구리에 지독한 통증을 느꼈다.

인신매매범에 팔리다 105

소녀가 약간 몸을 비틀면서 왼손으로는 포도주병을 꼭 껴안고 오른쪽 팔꿈치로 상대의 옆구리를 인정사정없이 가격한 것이다.

"헉!"

엄청난 통증으로 상대의 손이 조금 느슨해지는 그 순간, 소녀는 오른쪽으로 돌아갔던 허리를 다시 왼쪽으로 튕기며 순간적으로 왼손과 오른손을 교차하여 포도주병을 껴안으며 자로 잰 듯 왼쪽 팔꿈치로 상대의 목을 가격했다. 사내는 목을 가격당하자 눈앞이 캄캄해지면서 그대로 의식의 끈을 놓았다.

그리고 순식간에 동료 둘이 당하는 것을 보고 구원차 달려온 털보와 또 다른 사내의 운명도 앞서간 녀석들과 별반 다르지 않았다. 뒷골목을 전전하며, 어렸을 때는 소매치기부터 시작해서 지금은 도둑, 강도, 강간, 인신매매를 일삼는 흉폭한 무리들이었지만 사실, 그들은 약자들이나 괴롭히는 인간쓰레기들이었다. 특별히 격투술 따위를 교육받은 적이 없었던 그들은 부녀자들이나 나약한 사람들을 상대로 칼로 협박할 줄이나 알았지, 이렇듯 본격적으로 수련을 쌓은 무사와는 상대가 될 수 없었다. 그녀가 아무리 힘을 쓸 수 없는 소녀인 상태라 해도……

"갑자기 나를 공격한 이유가 뭐지?"

덩치가 산만 한 네 명의 사내들은 모두 다 방금 전 격투를 벌였던 도로 옆에 나 있는 컴컴한 뒷골목에 꿇어 앉아 있었다. 그들의 눈에는 더 이상 눈앞의 소녀가 소녀로 보이지 않고 있었다.

퍽!

"흐어어억!"

명치 부분을 발로 호되게 가격당한 후 앞으로 꼬꾸라지는 동료를 보며, 남은 세 명의 안색은 더욱 핼쑥해졌다.

 "갑자기 나를 공격한 이유가 있을 것 아니야?"

 퍽!

 "케엑!"

 이번에는 명치를 부여잡고 헉헉거리고 있는 놈의 오른쪽에 앉아 있는 녀석의 턱이 홱 돌아가며 이빨 부스러기가 날아갔다. 그리고 그와 동시에 턱이 날아간 놈의 오른쪽 녀석이 입을 놀리기 시작했다.

 "하녀의… 하녀의 부탁을 받았습니다요."

 "하녀라고?"

 "예, 후작 가문의 하녀라고 하던뎁쇼. 이름 같은 것도 가르쳐 주지 않았습니다. 그냥 우리들에게 좋은 일이 있는데 한번 해 볼 생각은 없냐고 하면서……."

 "그래서?"

 "쓸 만한 계집을 하나 살 생각은 없느냐구요."

 다크로서는 어리둥절해질 수밖에 없었다.

 "산다고?"

 "예, 원래 이 바닥 일이란 게 그렇지 않습니까? 쓸 만한 계집을 구해서 매음굴에 넘기면 최소한 20골드는 받을 수가 있잖습니까?"

 매음굴에 넘긴다. 이제서야 산다는 말의 뜻을 이해할 수 있었다. 자신이 예전에 살아왔던 중원이나 이곳 이상한 세계에서도 여자들은 그녀들의 신체적 특성 때문에 매매의 대상이 되고 있었다. 그 정도는 그녀도 알고 있었다. 하지만 그것을 대략적으로 알고만 있는 것과, 그 대상에 자신이 들어갔다는 것은 얘기가 완전히 다르다. 그야말로 머리꼭지가 돌 정도로 열화가 치미는 일이었다.

"이런 망할 자식! 그래서 나를 매음굴에 넘기려고 했단 말이냐?"

"아닙니다요. 처음에는 그럴 생각이었는데……. 이 정도 미모라면 좀 멀리 가서 노예 경매장 쪽으로 넘기면 최소한 60골드는 족히… 흐어억!"

다크는 더 이상 들어 볼 것도 없다는 듯 그놈의 턱에 깨끗한 발차기를 날린 것을 시작으로 무지막지한 폭력을 행사하기 시작했다. 그놈들은 살아남으려는 일념으로 어기적어기적 기어서 큰길 쪽으로 도망치려고 했지만, 그것은 안 될 말씀이었다. 네 명이 모두 다 두들겨 맞다가 맞다가 지독한 고통 때문에 기절해 버린 후, 다크는 손바닥을 탈탈 털면서 어둑한 뒷골목에서 걸어 나왔다.

"한주먹 거리도 안 되는 것들이, 감히……. 나를 팔아 버리려고 하다니, 그년을 가만히 두면 내가 사람이 아니다."

다크가 하녀를 향해 복수의 감정을 불태우고 있는 그 시각, 로체스터 공작은 자신의 심복인 레티안에게 분통을 터뜨리고 있었다.

"젠장! 아직도 잡아들이지 못하다니…, 제임스로부터 연락은 없었나?"

"예, 전하. 시 외곽으로 더욱 범위를 넓혔지만… 그렇게 범위가 넓어서는 아무래도 수색 작전에 무리가 따를 수밖에 없사옵니다."

"경의 말대로 시내에 숨어든 것일까?"

"시내에서도 검문검색을 강화하고 있사오나, 아무래도 워낙 많은 인구가 밀집해 있기에 그것도 쉽지만은 않을 것이옵니다."

씨근덕거리면서 실내를 한동안 왔다 갔다 하며 생각을 정리하던 로체스터 공작이 손가락을 탁 튕기면서 말했다.

"이렇게 된다면 아예 화근의 뿌리를 없애 버리는 것은 어떨까?"

"예? 무슨 말씀이시온지······."

"그녀가 무슨 이유로 크라레스의 손을 들어 주고 있는지는 알 수 없지만, 결코 그녀는 크라레스 태생이 아니야. 그 정도로 뛰어난 고수가 갑자기 만들어질 수는 없는 노릇이 아닌가?"

"당연히 그렇사옵니다. 본국에서도 뛰어난 기사 한 명을 키우려면 최소한 30년은······."

"그러니까 뭔가 모종의 밀약이 그녀와 크라레스 황제 사이에 맺어져 있다고 봐야 하겠지."

"지당하신 생각이시옵니다."

"그러니, 그녀를 잡아들이는 것이 힘들다면, 크라레스를 아예 없애 버리는 것도 한 방법이 아닐까?"

"예?"

"크라레스는 이번 전쟁에서 치명타를 입었어. 그리고 더불어 몬스터들까지 날뛰면서 그나마 남아 있는 국력을 갉아 먹고 있지. 오죽하면 크라레스에서 사신이 와서 지원을 요청했겠나?"

"아, 그러니까 이 기회에 아예 크라레스를 없애 버리면 그녀가 더 이상 본국을 적대시할 명분도 함께 없어지겠군요."

"그렇지, 그건 그렇고 타이탄 훈련장에 가 있는 말썽꾸러기들의 상태는 어떻다고 하던가? 제임스가 빠졌다고 농땡이를 치고 있는 것은 아니겠지?"

"로젠 대공 전하로부터 모든 적응 훈련이 순조롭게 진행되고 있다는 보고를 들었사옵니다. 참, 대공 전하께서는 덧붙여서 크로데인 후작 각하께서 헬 프로네를 손에 넣으셨다고 전해 오셨사옵니다."

보고를 올리면서 레티안은 로체스터 공작의 얼굴을 유심히 바라봤다. 하지만 로체스터 공작의 안색은 변함이 없었다. 헬 프로네의 입수가 얼마나 놀라운 사건인지 잘 알고 있을 텐데 말이다. 그때, 레티안은 헬 프로네가 까미유에게로 갈 것을 그전부터 공작이 알고 있었다는 것을 확인할 수 있었다. 모든 사람에게 적기사들을 지급하면서도 까미유에게만 타이탄을 할당하지 않은 것은 바로 그 때문일 것이다.

"로젠에게 전해라. 제2근위대장에 임명한다고 말이야."

'헬 프로네' 건에 대한 생각을 잠시 하고 있던 레티안은 갑작스런 로체스터의 말에 어리둥절한 표정으로 되물었다.

"예? 제2근위대장은 크로데인 후작 각하신데요?"

"까미유는 제2근위대 부대장으로 강등한다. 오히려 그녀석도 그것을 좋아할 거야. 녀석은 언제나 책임이 무거운 대장보다는 부대장 쪽을 좋아했으니까 말이지."

"그렇게 전하겠사옵니다."

"그리고 제2근위대원으로는 오스카, 스칼, 메글리로 한다."

"예."

"대충 훈련이 끝났으면 그 녀석들을 수도로 불러들여라. 그런 다음 근위 기사단과 금십자 기사단에 출동 준비를 지시해 둬."

"예? 곧바로 크라레스를 침공하실 계획이시옵니까?"

"당연하지. 본국에 남아 있는 모든 타이탄 전력을 한꺼번에 쏟아

부으면 약체된 크라레스는 며칠도 못 견딜 것이다. 그녀와 크라레스가 다시금 합해지는 것만은 무슨 일이 있어도 막아야 해."

키에리는 심각하게 고민하고 있었다. 그의 일행은 타이탄 운반 경로를 따라 크라레스의 영토 안으로 들어선 상태였다. 그리고 그 흔적은 말토리오 산맥을 따라 동쪽으로 쭉 이어져 있었다. 물론 몬스터들의 소굴은 산맥 안에 있을 것이다. 하지만 키에리의 고민은 그것이 아니었다. 크라레스 제국 영토 깊숙이 들어갈수록 모든 것이 명확해지고 있었다. 흔적은 앞쪽으로 연결되어 있었지만, 사악한 기운은 북동쪽에서 느껴지고 있는 것이다.

"으으음."

침중한 신음 소리를 토해 낸 후 키에리는 부하들에게 물었다.

"저쪽 길로 쭉 가면 크라레인시가 아니냐?"

키에리의 뒤쪽에 서 있던 털보가 즉시 대답했다.

"맞습니다, 대장. 크라레인 쪽으로 가는 주 도로로 연결됩죠."

"크라레인시라……."

"뭔가 이상한 점이라도 있습니까?"

"그렇다면 이쪽 길로 쭉 가면 어디로 연결되나?"

키에리는 타이탄을 들고 갔을 거라고 추측되는 깊숙하게 패인 오우거의 발자국을 가리키며 말했다. 그 질문에는 털보도 조금 아리송한지 다른 부하들하고 수근거리더니 대답을 했다.

"이 길은 말토리오 산맥의 서쪽 끝자락까지 연결되어 있습니다. 길의 제일 마지막에 위치한 마을 이름은 잘 모르겠습니다만, 케르바라는 작은 마을이 저희들이 알고 있는 제일 마지막 마을입니다.

아마 산길을 타고 들어가면 작은 마을이 몇 개 더 있을지도…….”

"흐음… 말토리오 산맥이라…….”

키에리는 잠시 중얼거리다가 문득 떠올랐다는 듯 말했다.

"오래전에는 크라레스의 수도가 말토리오 산맥에 위치하지 않았던가?”

"예, 맞습니다. 크로돈입죠. 크로나사 평원을 차지한 후에는 크라레인시로 수도를 옮겼다고 들었습니다.”

"그렇군. 바로 그거야…….”

키에리는 타이탄들의 잔해가 어디로 옮겨졌는지를 대충 짐작할 수 있었다. 수도를 크라레인으로 옮겼다고 해도, 타이탄 생산 시설까지 모두 다 옮긴 것은 아닐 것이 분명했다. 오히려 산악 지역에 놔두는 편이 수비하기도 편할 것이 아닌가?

"좋아, 타이탄이 어디로 갔는지는 대충 짐작이 가니까, 지금부터는 저 묘한 기운을 탐색하기만 하면 되는 것인가?”

키에리는 저 북동쪽 하늘 위에 퍼져 있는 사악한 기운을 노려봤다.

"아니, 너는?”

포도주병을 껴안은 채 다가오는 다크를 발견한 시녀는 마치 한밤중에 유령을 본 듯 새하얗게 질렸다. 지금쯤 꽁꽁 묶여서 얌전히 노예 시장을 향해 떠났을 것으로 생각한 상대가 자신의 눈앞에 갑자기 나타났으니 놀랄 만도 했다. 그런 그녀를 발견한 다크는 마치 오랜 친구를 만난 듯 반갑게 맞이했다. 두 눈에 불을 켜고서…….

"오호라! 이거 내가 손수 찾아가야 하는 수고를 줄여 주시는구면. 너 자알 만났다."

 인정사정 볼 것 없이 달려드는 다크를 피해 하녀는 도망가려고 했으나 그것은 마음뿐, 곧장 머리끄덩이를 붙잡혔다. 다크는 도망치려는 그녀의 머리카락을 우악스럽게 움켜쥔 후 한 바퀴 휙 돌려서 패대기를 쳤다. 그런 다음 숨쉴 틈도 없이 들려오는 가죽 두들기는 소리.

 짝! 짝! 짝!

 패대기쳐졌던 하녀의 뺨은 순식간에 시뻘겋게 달아올랐다. 바로 이때, 저 먼 곳에서 날카로운 목소리가 들려왔다.

 "뭣들 하는 짓이냐?"

 "어?"

 다크가 그쪽으로 시선을 돌리자, 그곳에는 공녀가 집사와 몇몇 하인들을 거느리고 서 있는 것이 보였다. 그녀는 지금 친구와 저녁 식사를 하기 위해 행차하려고 하는 중이었다. 그러던 도중에 출입구와 그렇게 멀지 않은 곳에서 하녀들이 드잡이질을 하는 상스러운 모습을 보게 된 것이다. 집사는 아직까지도 엉켜 있는 두 하녀에게 눈을 부라리면서 꾸짖었다.

 "냉큼 일어서지 못할까? 이것들이 뉘 안전이라고!"

 주섬주섬 일어서서 고개를 푹 숙이고 있는 하녀들을 보면서 공녀는 낮은 목소리로 속삭이듯 집사에게 말했다.

 "누가 이런 모습을 봤다면 어쩔 뻔했습니까? 앞으로 주의해 주세요."

 부드러운 목소리였지만, 집사는 매우 호된 질책을 들은 듯 안색이 시뻘게졌다. 하인, 하녀, 그리고 노예들에 대한 단속은 모두 다 자신이 해야 할 일이었다. 그리고 그들의 불화에 대해서는 당연히 그에게 책임이 있었다.

"예, 철저히 주의하도록 하겠습니다, 공녀님."

공녀는 이제 볼일이 끝났다는 듯 앞으로 가다가 잠시 멈추면서 하녀들 중 한 명을 바라봤다.

"고개를 들거라."

"예?"

공녀는 고개를 든 다크의 얼굴을 유심히 바라보다가 집사에게 말했다.

"이 아이는 못 보던 아이 같은데……."

물론 공녀가 라나를 고용할 때, 그녀와 함께 다크도 있었다. 하지만 그때 공녀는 처음 보는 엘프에게 온 정신이 팔려서 그녀와 함께 왔던 다크에게는 눈길도 주지 않았던 것이다. 그러다가 오늘에서야 보게 되었다. 하녀라고 하기에는 너무나도 아까운 대단한 미모, 이런 아이에게 관심이 가지 않을 수 없었다.

"예, 엔테로아가 데려온 하녀입니다."

엔테로아는 라나가 꾸며 댄 가명이었다.

"그런가?"

공녀는 자신의 뒤쪽에서 따라오고 있던 라나 쪽으로 시선을 돌리면서 말했다.

"저 아이를 나한테 줄 수는 없겠느냐?"

갑작스런 제안에 라나는 흠칫 했다.

"예? 그건 무슨 말씀이신지요, 공녀님."

"서로 간에 좋은 일일 것이다. 저 아이에게도 앞으로 편안한 삶이 약속될 것이고, 그대에게도 원하는 만큼의 지위와 돈을 주겠다."

"예? 그건 저 아이를 팔라는 말씀이십니까? 죄송하지만 저 아이는 제 하녀입니다. 노예 같은 것이 아니라서 그렇게 할 수는 없습니다."

"흐음, 그런가? 뭐, 시간은 많으니까 다시 한 번 생각해 보거라. 서로에게 좋은 일이 될 테니까 말이야. 그럼 가자."

그날 저녁 늦게 돌아온 라나는 다크에게 오늘 있었던 일의 전말을 말했다.

"뭐라고? 그렇다면 공녀가 원하는 것은……."

"예, 다크 님을 그녀의 아버지에게 노리개로 선물하겠다는 것이죠. 집사에게 자세히 물어봤는데, 후작은 상당한 호색한으로 벌써 여러 명의 미소녀들을 곁에 두고 있답니다. 집사는 나에게 아저씨를 넘겨준다면 후작 가문 내에서 상당한 직위와 돈을 약속하더군요. 그리고 더불어서 공녀님의 요청을 거절한다면 응분의 보복을 당할 수도 있다는 것 또한 넌지시 말하며 협박했습니다."

으드드득, 다크가 이빨을 가는 것을 보며 라나는 위로하듯 말했다.

"비천한 신분으로 태어난 여성들에게 아름다운 용모는 신의 축복이 아니라 어떤 의미에서는 악마의 저주라고도 할 수 있지요. 그녀들의 대부분은 귀족들의 성적 노리개로서 삶을 마쳐야 하는 운명이 기다리니까 말입니다. 그녀들의 신분이 낮은 이상, 그 운명에서 벗어날 수 있는 방법은 사실상 없거든요. 특히나 그녀가 농노 같은 노예 계층이라면 더 이상 말할 필요도 없겠죠."

화를 삭이기 위해서 포도주를 꿀꺽꿀꺽 마셔 대고 있는 다크를 힐끗 쳐다본 후 라나는 담담하게 말을 이었다. 일단은 진정을 시켜야 했기 때문이다.

"어찌 되었건 지금은 참을 수밖에 없습니다. 케락스시를 벗어나는 것이 최우선적인 과제니까요. 그 외의 것은 나중에 생각하고 처리해도 늦지 않습니다."

"그 정도는 나도 알아."

말은 그렇게 했지만, 여태까지 다크가 살아온 방식은 그렇지 않았다. 그렇기에 그녀는 언젠가는 복수해 주겠다고 벼르면서 화를 삭였다. 언젠가는…….

'좋아, 일단 나중에 힘을 되찾는다면, 그 망할 후작 놈부터 손봐 주기로 하지.'

마음속으로 굳게 다짐하는 다크였다.

"전하, 몇 가지 보고드릴 사항이 있사옵니다."

이블리스의 말에 미네르바는 호기심 어린 어조로 물었.

"그래? 무슨 일인가?"

"예, 드디어 코린트에서 치레아 대공을 처형했다고 하옵니다."

"뭐야!"

미네르바는 놀라서 외쳤다. 여태껏 미끼를 던져 놓고 고기가 그것을 물기를 기다리고 있기는 했지만, 그래도 일이 너무 잘 풀린 것 같아서 오히려 믿어지지 않았던 것이다.

"그것이, 그것이 정확한 정보인가?"

"예, 한 가지 의문점을 제외한다면, 썩 신뢰성이 있는 정보라고 할 수 있사옵니다."

"의문점?"

역시 뭔가 일이 너무 잘 풀리는 것 같았다고 속으로 투덜거리며 미네르바가 물었다.

"그래, 의문점이라는 것이 뭔가?"

"예, 치레아 대공은 코린트에게 가장 큰 피해를 입혀 왔던 숙적이옵니다. 그런 그녀를 처형했는데, 매우 비밀스럽게 했다는 것은 조금 이상하지 않사옵니까? 오히려 대대적으로 선전을 하며 기사들 및 병사들의 사기를 고취시켜도 시원찮을 텐데 말이옵니다."

"당연한 의문이로군. 하지만 그것은 이렇게 생각할 수도 있겠지. 코린트는 치레아 대공의 목을 전쟁터에서 벤 것인가?"

"예? 무슨 말씀이신지······."

"만약 코린트가 그녀의 목을 전쟁터에서 날린 것이라면 사방에 선전을 해 대며 축배를 들 일이겠지만, 사실은 그렇지 않지 않은가. 그녀의 죽음에는 본국의 비열하기 그지없는 수단이 사용되었고, 또 코린트는 그 연장선상에서 그녀를 인도받아 처형한 것이야. 결코 자랑할 만한 것이 아니지. 그녀를 죽였다는 것을 부하들에게 알린다면 당연히 부하들의 사기가 올라가겠지만, 그녀를 죽이는 과정에서 사용된 그 치사하기 그지없는 일련의 사건들이 공개된다면 그래도 사기가 올라갈까? 또 기사도를 숭배하는 기사들을 납득시킬 수 있을까?"

"아, 예, 제 생각이 짧았사옵니다. 전하, 그렇다면 2단계 작전을 시작해도 괜찮겠사옵니까?"

"아니, 그건 아니야. 좀 더 시간 여유를 가지고 천천히 하게나. 이번 작전은 그 대가가 큰 만큼 위험도 또한 너무 커. 작전이 성공하면 코린트가 멸망하겠지만, 그 반대의 경우 본국이 멸망한다. 가능한 한 철저하게 확인하면서 진행하는 것이 좋겠지."

"예, 전하. 그렇게 첩자들에게 이르겠사옵니다."

이블리스는 서류를 미네르바에게 건네며 말을 이었다.

"그리고, 알카사스와 아르곤의 첩자들이 보내온 정보에 따르면, 아무래도 이번 몬스터들의 난동이 상상 이상의 규모인 것 같사옵니다. 각지에서 크고 작은 전투가 거의 연이어 벌어지고 있으며, 두 나라 다 기사단들을 파견한 상황에서도 난동을 제압하지 못하고 있다고 하옵니다. 본국에서도 몬스터들의 난동에 대비하여 준비를 해 두는 것이 좋지 않겠사옵니까?"

"글쎄, 아직까지는 그럴 필요가 없지 않겠나? 몬스터들은 알카사스와 아르곤만을 목표로 하고 있고, 그 두 나라와 열심히 잘 싸우고 있지 않나? 그리고 아직까지는 코린트가 그 전쟁에 개입하지 않고 있어. 아마 코린트도 우리들처럼 눈치를 보고 있겠지. 알카사스와 아르곤의 국력이 고갈되기를 말이야. 그런 다음에야 코린트는 전쟁에 동참할 테지. 그리고 그때쯤 본국도 움직이기 시작해야 할 거야."

"그렇다면 언제쯤이 좋겠사옵니까?"

"일단 코린트가 참전한 후에 계획을 세워 나가도 늦지 않을 거야. 물론 코린트가 참전하기 전에 몬스터가 지리멸렬할 정도라면, 본국이 참여해도 얻어 낼 것은 없지 않겠나? 그들 스스로도 막아낼 수 있을 테니, 본국이 도와주는 대가로 무엇을 얻어 낼 수 있겠나? 기다리는 것이 최선의 방책이야. 그러면서 계속적으로 힘을 비축하는 것이 좋겠지."

"알겠사옵니다, 전하."

이블리스가 보고를 끝내고 나간 후 미네르바는 포도주를 한 잔 따라 천천히 향을 음미하면서 말했다.

"자, 로체스터 공작. 그대는 어떻게 대응할 것인가?"

닭대가리 아르티어스

"저… 아버지!"
 무려 일주일에 걸쳐 설교라고 하기보다는 신세 한탄에 가까운 주절거림을 듣고 있던 아르티어스가 드디어 참지 못하고 조심스럽게 입을 열었다. 더 이상 설교를 듣고 있기에는 시간이 너무나도 아까웠던 것이다.
 "왜? 내가 틀린 말을 했냐?"
 그러면서 슬그머니 올라가는 아르티엔의 주먹을 힐끗 쳐다보고, 아르티어스는 황급히 말했다.
 "그건 아니구요."
 "그럼, 뭐냐?"
 "며칠 동안 저에게 좋은 말씀을 해 주셨는데, 목은 안 마르세요? 아버지를 위해서 아주 좋은 포도주를 장만해 뒀습니다."

아르티엔은 갑자기 자신에게 웃는 낯짝을 보이며 포도주를 권하는 아들놈을 향해 수상쩍은 시선으로 빈정거렸다.

"호오, 그래? 없던 효성이 갑자기 생긴 것은 아닐 테고……. 너 같은 닭대가리가 웬일로 거기까지 생각이 미쳤냐?"

닭대가리라는 말은 아르티어스가 아르티엔에게 무지막지하게 두들겨 맞으면서 마법을 배울 때 불렸던 별칭이었다. 아르티엔은 아르티어스가 마법을 배우는 속도가 자신의 기대에 훨씬 못 미치자 닭대가리라며 엄청난 구박과 박해를 가했었다. 아르티어스의 그 삐뚤어진 성격도 알고 보면 다 그 때문인지도 모른다. 사실 아르티어스가 마법을 배우는 속도는 결코 딴 헤즐링에 뒤처지는 것이 아니었다. 오히려 딴 헤즐링보다 월등하게 뛰어났을지도 모른다. 하지만 여태껏 다른 헤즐링이 마법을 배우는 것을 보지 못했던 아르티엔의 기대치에는 엄청나게 못 미쳤던 것만은 사실이었다. 아르티엔은 모든 것은 무시하고 마법만을 마스터한 좀 이상한 드래곤이었고, 또 마법에 있어서 아르티엔을 따라갈 수 있는 드래곤은 극히 드문 정도가 아니라 아예 없다는 것 또한 사실이었다. 그렇기에 아르티엔은 자신의 어렸을 적 기억을 되살리며 자신보다 훨씬 뒤떨어지는 이 덜떨어진 아들놈을 게으름 부린다며 무지막지하게 닦달했었다. 그것이 오랜 세월 계속된 부자간 불화의 결정적인 원인이었다.

"이씨, 닭대가리라는 말은 하지 말라고 했잖아욧!"

여태껏 그런대로 고분고분하게 말을 듣고 있던 아르티어스가 갑자기 얼굴색이 변해서 따지고 들자 아르티엔은 슬그머니 후퇴했다.

"그랬었나? 이거 기억이 가물가물해서……. 역시 늙으면 죽어야 돼."

얼렁뚱땅 말끝을 흐리는 아르티엔이었지만 아무리 그래도 드래곤, 그것도 4천 살이 넘은 드래곤의 별명으로 닭대가리는 좀 심했다. 하지만 그것은 이성적인 판단일 뿐, 아직까지도 아르티엔의 눈에 아르티어스는 말썽꾸러기 헤즐링을 벗어나지 못하고 있는 것 또한 사실이었다.

'쳇! 그렇게 기억이 가물가물 하는 양반이 4천 년도 전에 있었던 일을 낱낱이 기억해?'

하지만 그것을 입으로 내뱉을 수는 없는 노릇이 아닌가? 아르티어스는 아부성 짙은 미소를 얼굴 가득 뿜어내며 공손히 말했다.

"저도 이제 에인션트 드래곤이 다 되어 간다구요. 예전의 제가 아니란 말입니다."

아르티어스가 아무리 자신의 나이를 강조해도 아르티엔의 눈에 비치고 있는 그는 말썽꾸러기 헤즐링일 뿐이었다. 그것도 철이 들려면 한참 먼……. 그렇기에 아르티엔은 의심스런 눈길을 던지면서 투덜거렸다.

"그건 그렇고, 웬일로 내 생각을 다 해 주느냐? 오래 살다 보니 별일도 다 있구나."

그 말에 아르티어스는 정색을 하고는 섭섭한 듯 말했다. 그의 표정과 어투로 봤을 때 이 세상에 '불효자식'이라는 단어는 절대로 존재할 수가 없다는 불굴의 의지를 드러내고 있었다.

"아니, 무슨 그런 섭섭한 말씀을 하십니까? 누가 뭐래도 저는 아버님의 하나뿐인 자식이 아니겠습니까? 세상에 어느 아들이 아버지 생각을 안 할 수가 있겠습니까?"

"생각을 해 준다는 놈이 분가한 후 코빼기도 안 보였냐? 무려 3천 년하고도……."

또다시 지겨운 설교가 시작될 순간이었기에, 아르티어스는 황급히 손을 가로저으며 말을 막았다.

"그건 오해십니다. 몇 번이나 찾아뵙고 싶었지만, 여태껏 아버님의 명성에 누만 끼쳐 드렸기에 솔직히 찾아뵐 면목이 없었습니다. 대신 아버님과 만났을 때를 위해서 아버님이 좋아하시는 포도주를, 아버님을 생각하며 구입해 뒀었죠."

사실은 아르티엔의 얼굴을 쳐다보는 것 그 자체가 싫었기에 가 보지 않은 것이었다. 그만큼 아르티엔과 얽혀 있는 기억은 부자간이 아니라 사제지간보다도 더한 강압적인 교육을 하려는 부친과 그것에서 해방되려는 아들과의 어긋난 시련의 역사였던 것이다. 하지만 지금 부친의 마수(魔手)에 떨어져 있으니 무슨 수를 써서라도 그것을 벗어나는 것이 최우선이 아닌가?

아르티어스는 여태껏 별로 쓰지도 않던 '아버님'이란 말을 계속 집어넣으며 슬쩍 입에 발린 말로 아르티엔을 설득했다. 아르티엔은 매우 포도주를 좋아했기에 그 정도 사탕발림만으로도 충분한 효과를 얻을 수 있었다.

"그랬냐? 오오, 며칠 동안의 설교가 아주 큰 효과가 있었구나. 네 녀석이 그런 생각까지 다 하게 만들어 준 것을 보면 말이다. 좋다, 목도 컬컬한데 한잔하면서 부자간의 오붓한 대화를 이어 나가기로 하자꾸나."

"알겠습니다. 잠시만 기다려 주십시오."

"행여나 포도주 가지러 가는 척하면서 도망칠 생각이라면 일찌감치 포기하는 것이 좋을 게다."

"제 머리가 그렇게 나쁘지는 않다구요. 어떻게 아버님을 앞에 두고 감히 도망칠 생각을 하겠습니까?"

아르티어스는 변명을 늘어놓은 후 발바닥에 불이 날 정도로 뛰어 창고로 달려갔다. 그런 다음 창고 구석구석을 뒤져서 오래전에 숨겨 뒀던 것을 찾아냈다. 그가 꺼낸 병에는 핏빛 액체가 가득 담겨 있었다. 전에 미네르바가 그에게 뇌물로 바쳤던 최고급 포도주 중에서 마지막으로 남은 한 병이었다.

아들놈이 행여라도 훔쳐 먹을까 봐 레어까지 들고 와서 창고 깊숙이 감춰 두는 수고를 아끼지 않았을 정도로 아르티어스가 아끼던 것이었지만, 뭐 어쩔 수 없었다. 일단 대어를 낚기 위해서는 미끼의 가치를 따질 수 없는 노릇이 아니던가?

또다시 아르티어스는 창고 구석을 여기저기 뒤져서 작은 스위치 하나를 눌렀다. 그러자 벽이 스르릉 열리면서 넓은 공간이 드러났다. 그곳에는 수천 개도 넘는 작은 병들이 차곡차곡 놓여 있었다. 아르티어스는 그 병들 중에서도 '독약'이라고 쓰인 곳에 놓여 있는 병들을 유심히 살피면서 찾다가 그중 하나를 꺼내 들기 위해 손을 뻗었다. 하지만 의지와는 상관없이 가늘게 떨리는 그의 손이었다. 아르티어스의 손은 그 독약병을 잡으려고 몇 번이나 시도하다가 기나긴 한숨 소리와 함께 멀어져 갔다. 아무리 아버지를 싫어하는 아르티어스라고 하더라도 그를 독살하는 것만은 도저히 내키지 않았던 것이다.

"제기랄! 아무리 마음에 안 들어도 아버지니까 할 수 없잖아."

다시 아르티어스의 눈길이 뒤지기 시작한 곳은 '수면제' 쪽이었다.

'가능한 한, 아주 강력한 놈으로…….'

아르티어스가 이리저리 뒤지다가 선택한 작은 푸른색 약병, 단 한 방울로도 코끼리를 한 달 동안 잠재울 수 있는 최강의 수면제였다. 하지만 문제는 그 약병에 쓰여 있는 주의 사항처럼 그 약의 효력만큼이나 막강한 부작용이었다. 이 약은 약의 안정성은 아예 무시한 채 효력만을 중시해서 만든 것이기에 부작용이 심한 것은 당연한 노릇이었다. 아르티어스는 방금 전 독약병을 집으려고 하면서 망설인 것과는 달리 매우 과감하게 그 병을 집어 들었다. 직접 독약을 사용해서 살해하는 것은 못할 노릇이겠지만, 그 약의 부작용 때문에 죽은 것은 자기 탓이 아니라고 자위할 여지가 남아 있었기 때문이다.

아르티어스는 조심조심 포도주병의 마개를 뽑은 후, 그 약병을 조심스럽게 살짝 기울여 한 방울 집어넣었다. 지금 그에게는 아들을 구해야 하는 것이 가장 시급한 일이었다. 설혹 재수가 없어서 아버지가 부작용 때문에 사망한다고 해도 아르티어스는 별로 상관하지 않을 것이다. 아버지는 아주 오래 장수를 누렸기에, 이제 더이상 산다는 것에 대해 미련이 없으실 것이 분명했다. 뭐 아버지는 그렇게 생각하지 않으실지 모르지만, 자라 온 환경상 효심(孝心)이라는 것에 대해서 교육받은 적이 전무한 이 아들놈은 그럴 것이 분명하다고 확신하고 있었다.

아르티어스는 수면제가 든 병을 처음 놓여 있던 곳에 집어넣으려다가 다시 꺼내어 한 방울을 더 추가했다. 아무래도 한 방울로는 자신이 없었던 것이다. 물론 그만큼 부작용이 일어날 가능성은 더욱 증가하겠지만…….

"여기 있습니다."

아르티어스는 포도주병과 투명한 술잔을 탁자 위에 올려놓은 후 아버지 앞에 다시금 무릎을 꿇고 앉았다. 아르티엔은 슬쩍 병을 보는 듯 가장하며 조심스럽게 포도주병의 밀봉 상태를 점검했다. 그러다가 병에 붙은 이름을 보고 놀라서 물었다.

"이건 크루마 황실에서나 마신다는 '로얄 크루나'가 아니냐?"

"예, 아버님. 오래전에 아버님 생각을 하며 구입해 뒀습니다. 하지만 솔직히 아버님께 가져다 드릴 염치가 없어서……."

아르티어스는 슬쩍 뒷말을 흐렸다. 더 이상 말을 하다가는 이 포도주를 포기해야만 하는 아쉬움이 목소리에 녹아서 튀어나올 것만 같았기 때문이다. 그만큼 이 포도주는 아르티어스가 아끼고 아꼈던 것이었다.

아르티엔은 입맛을 다시며 포도주병을 자세히 들여다봤다.

"이렇게 좋은 것을 구했으면 빨리 가져와야지. 그런데 이건 어디서 났냐? 혹시 엘프리안까지 날아가서 황제를 협박한 것은 아닐 테지?"

"그럴 리가 있겠습니까? 저도 나이가 있는데, 쪼잔하게 포도주 몇 병 구하겠다고 그 수고를 하겠습니까?"

"나도 그게 이상하다는 거야. 네놈이 크루마 황궁에 모습을 드러내며 뒤집어엎었다는 소문은 못 들었으니까 말이다."

아르티엔은 과거 아르티어스가 황금에 눈이 뒤집혀서 말토리오 산맥 인근의 여러 나라들을 돌아다니며 협박하여, 금은보화를 긁어 들이던 시절을 슬쩍 꼬집어서 말한 것이었다.

"아버님만 늙은 게 아니고 저도 늙었다구요. 어릴 때나 그런데 돌아다니지, 나이 들어서까지 그런 망령된 짓을 하겠습니까?"

아르티엔은 병에다가 무슨 장난을 쳐 놓지 않았는지 세심하게 살펴봤다. 하지만 아주 단단하게 밀봉되어 있는 것이 확실했다. 병의 겉만 봐 가지고는 그 어떤 증거도 찾아내지 못했기에, 그는 아르티어스의 기대 어린 시선을 받으면서 포도주 마개를 따며 투덜거렸다.

"글쎄다, 하고도 남을 놈이니까 하는 말이지."

투덜거리면서 아르티엔은 아르티어스를 힐끔 쳐다봤다. 뭔가 기대에 가득 찬 눈빛.

'아무래도 저 눈빛이 마음에 안 든단 말이야…….'

아르티어스는 언제나 사고 치기 전에 꼭 저런 눈빛이었다. 그렇다고 아직 확증도 없는 상태에서 이런 귀중한 선물 공세를 펼치는 아들을 나무랄 수도 없는 노릇이 아닌가?

아르티엔은 슬며시 시치미를 떼고는 말했다.

"나 혼자서만 마시기에는 너무 아까운 술이구나. 자, 너부터 한 잔해라. 오랜만의 부자 상봉을 축하하며 함께 한잔하자꾸나."

역시나 아르티엔의 예상대로 아르티어스는 다급히 손을 내저으며 말했다.

"어떻게 제가 감히 아버님 앞에서 술을 마실 수 있겠습니까? 옛날에 아버님께 술주정 한 번 했다가 쥐어 터…, 아니 절대로 아버님 앞에서는 술을 입에 대지 않겠다고 하늘에 맹세하지 않았습니까? 그런 소중한 맹세를 어길 수는 없지 않겠습니까?"

"흐음……."

당황하며 고개를 절레절레 흔드는 아르티어스를 본 아르티엔은 의미심장한 미소를 슬그머니 지었다.

'역시 뭔가 못된 꾀가 숨어 있구먼…….'

하지만 아르티엔은 짐짓 그런 내색을 하지 않고 투덜거렸다.

"여태껏 네 녀석이 살아온 과정을 낱낱이 알고 있는 내 앞에서 감히 그딴 소리를 하다니……."

"저도 개과천선했다구요. 그동안 세월이 얼마나 흘렀는데 아직도 과거사에 얽매여 계십니까? 개과천선이라는 단어는 지금의 저를 위해 있다는 것을 어찌 모르십니까?"

"어디 보자……."

아르티엔은 애주가답게 포도주잔을 집어 들고는 향기를 맡는 척했다.

"오! 정말 향기롭군."

그러면서 아르티엔은 아르티어스의 반응을 살폈다. 아르티어스는 그런 줄도 모르고 활짝 미소 지으며 맞장구를 쳤다.

"그렇죠? 헤헤… 자, 목도 마르실 텐데 한잔 쭈욱 들이켜십시오."

아르티엔은 아르티어스의 기대 어린 눈길을 받으며 포도주를 조금씩 음미하면서 한 잔을 다 마셨다. 그러다가 갑자기 두 눈을 부릅뜬 채 목에 손을 갖다 대며 숨이 꽉 막히는 듯 버둥거렸다.

"으윽! 큭큭……."

역시 수면제의 효력은 대단했다. 에인션트 드래곤에게 해독의 주문 하나 외울 시간 여유를 주지 않는 것을 보면 말이다. 뭔가 이상이 있음을 깨닫고 발버둥을 치고 있기는 하지만 곧이어 아버지가 깊은 수면에 빠질 것이라고 확신한 아르티어스는 벌떡 일어서면서 말했다.

"거기 누워서 한 달 정도 푹 쉬십쇼. 그때쯤엔 일이 끝났을 테니까요. 설혹 부작용 때문에 돌아가셨다면 시신은 나중에 돌아와서 후하게 장사지내 드립죠. 그럼 저는 이만 바빠서……. 헤헤헤."

아르티어스는 지긋지긋했던 아버지와의 이별을 기뻐하느라 미처 아르티엔이 쓰러지는 순간에 보이는 행동에서 뭔가 이상함을 눈치 채지 못했다. 아르티어스는 절대로 독약을 쓴 것이 아니었다. 그렇다면 그냥 슬그머니 잠들어야 정상인데, 왜 큭큭거리면서 꼭 독에 중독된 듯 버드럭거리다가 잠잠해졌단 말인가?

서둘러서 아르티어스가 내빼고 난 후, 쓰러졌던 아르티엔이 슬그머니 몸을 일으키며 투덜거렸다.

"어쭈? 뭔가 이상해서 중독된 척했더니, 나보고 여기서 한 달 동안 퍼질러서 자라고? 그렇다면 그 지독한 록사나의 뿌리를 주원료로 만든 수면제를 썼다는 소리구먼. 사망률 40퍼센트가 넘는 수면제를 나한테 먹여? 이런 망할 녀석!"

아르티엔은 투덜거리다가 "우욱"하면서 붉은 덩어리를 토해 냈다. 그것은 마나의 막에 싸여진 방금 전에 마셨던 로얄 크루나였다. 완벽하게 마나의 막에 둘러싸였기에 단 한 방울도 그의 체내에 흡수되지 않았던 것이다. 아르티엔은 허공에 둥둥 떠 있는 그 붉은 덩어리를 버리려다가 다시금 마음을 고쳐먹고는 손짓을 해서 다시 병 속에 담았다. 그런 다음 품속을 뒤지기 시작했다. 그가 품속에서 끄집어 낸 것은 작은 약병이었다. 아르티엔은 그 안에 들어 있던 액체를 마나를 이용해서 조금만 꺼냈다. 푸른색 투명한 액체의 자그마한 방울이 진주 알갱이처럼 병 위로 천천히 떠올랐다. 아르티엔은 그 약병을 밀봉해서 다시 품속에 집어넣은 후 손가락을 그 액체 방울 쪽으로 향했다. 아르티엔의 손가락 끝에서 휘황한 푸른빛이 뿜어져 나오기 시작했다. 그리고 그 반대로 푸른색의 액체는 점차 붉은빛을 띠기 시작했다.

"흐흐훗! 원료만 짐작할 수 있다면 그깟 해독약 만들기는 식은 죽 먹기지."

아르티엔이 손을 뻗자 아직까지도 공중에 떠 있던 자그마한 붉은빛 액체 덩어리는 빠르게 움직여서 포도주병 속으로 퐁당 들어가 버렸다. 아르티엔은 살며시 포도주병을 흔들어서 해독약이 섞이도록 한 후 다시금 포도주를 잔에 따랐다. 아르티엔은 포도주의 그 영롱한 붉은빛을 바라보며 자조하듯 말했다.

"젠장, 아들놈이 준 최초의 선물을 그냥 버릴 수는 없잖아."

이제는 눈치 볼 것도 없이 천천히 향을 음미하며 포도주를 마셨다.

"정말 좋은 포도주로군. 동기가 좀 불순한 것을 제외한다면 나무랄 데 없는 첫 선물이야."

뭔가에 홀린 듯 또다시 한 잔을 더 따르며 아르티엔은 말했다.

"무턱대고 마법 교육만 시켰지, 드래곤으로서 꼭 가져야만 하는 품성과 성격 교육을 시키지 않았더니 결과가 이 모양으로 나타나는구먼. 하지만 아직 늦지 않았어. 죽기 전까지 저놈을 제대로 교육시켜 놓아야 하는 것이 내 의무지. 그래야 나중에 저승에 가서도 아버지를 뵐 면목이 서지."
 훌쩍 술을 입속에 털어 넣은 후 아르티엔은 동굴 밖으로 달려 나갔다. 이빨을 뿌드드득 갈면서 말이다. 하지만 그는 곧이어 다시 동굴로 돌아와서는 술병을 집어 품속에 넣으면서 외쳤다.
 "네놈이 튀어 봤자 벼룩이지! 이번에 잡히기만 해 봐라."
 아르티엔은 바람과 같은 속도로 달려 나갔다. 애비를 우습게 보는 놈은 어떤 꼴이 되는지 확실하게 알려 준 후 다시금 설교를 시작할 작정으로…….

 서둘러서 레어 밖으로 나온 아르티어스, 하지만 그는 마음만 급할 뿐 아직까지 어디로 갈 것인지 정하지 못하고 있었다.
 "그래, 실버 드래곤을 찾아가야 해. 그놈들이라면 나이아드에게 명령을 내릴 수 있을 테니까 말이야. 그런데 조금 만만하면서도 나이아드를 불러낼 만한 놈이 누가 있지? 그러니까……."
 아르티어스는 열심히 궁리를 했다. 너무 약한 놈이면 나이아드를 불러낼 만한 능력이 안 될 테고, 너무 강한 놈이면 말을 안 들을 수도 있는 것이다. 이 세상 최강의 종족인 실버 일족을 상대해야 하는 일인 만큼, 고심하지 않을 수 없었다. 실버 드래곤이 웜급에 이르면 그 파워는 에인션트급 그린 드래곤과 맞먹을 정도니까, 하늘 높은 줄 모르는 아르티어스 옹이라도 자연 조심스러워지지 않을 수 없었다. 실버 일족은 해양에서 살아가는 만큼 그 덩치와 파워는 육상의 드래곤과 차원을 달리할 만큼 컸기 때문이다.
 바로 이때 뒤에서 소녀의 앙칼진 목소리가 들려왔다.
 "게 섯거라!"

"이런 빌어먹을! 잠든 것이 아니었군."

맹렬한 속도로 달려오는 소녀, 아르티엔이었다. 그것을 본 아르티어스의 얼굴이 확 일그러졌다. 아르티어스는 이왕 이렇게 된 거, 순순히 붙잡히느니 반항을 해 보기로 작정했다. 마법으로 따진다면 자신은 절대로 아버지의 적수가 되지 못할 것이다.

여태껏 수많은 골드 드래곤들이 태어나고 또 죽었지만, 아르티엔 만큼 마법에 깊숙이 파고든 드래곤은 없었다. 그런 아버지를 상대로 마법으로 승부한다는 것은 그야말로 번데기 앞에서 주름 많음을 과시하는 것이 아닌가? 싸움이라는 것은 자신의 강점으로 승부해야 하는 것이 상식이었다. 그렇게 따져 본다면 아르티엔의 약점은 몸싸움일 것이다. 아르티엔은 여태껏 줄곧 마법에만 매진해 온 드래곤이었기 때문이다.

일단 싸우기로 작정하자 아르티어스의 몸에서 황금빛 광채가 뿜어 나오며 그 빛의 크기는 엄청나게 커져 가기 시작했다. 그는 마법으로는 상대가 되지 않음을 진작부터 깨닫고 현신을 한 상태로 육박전을 전개하기로 작심했다.

"어쭈? 너 간뎅이가 부었냐? 감히 애비한테 반항할 망상을 하는 것을 보면……."

〈어디 누가 죽나 해 보자구요.〉

"맨날 그딴 생각이나 하고 있으니 나한테 닭대가리라는 소리를 듣는 거얏!"

그 말이 채 끝나기도 전에 아르티엔의 몸은 빠른 속도로 하늘 위로 떠올랐다. 그러면서 동시에 아르티엔의 손에서 수십 가닥의 은빛 광선이 뻗어 나갔다. 아들놈의 현신이 끝나기 전에 감행하는 기습 공격이었다.

콰콰콰쾅!

요란한 폭음이 울려 퍼지며 아르티어스의 주위에 엄청난 흙먼지가 뿜어져 올라왔다. 아르티어스가 그 먼지 구덩이에서 어기적거리며 걸어 나왔을 때, 먼지를 흠뻑 뒤집어쓴 낭패스러운 몰골이었다. 군데군데 상처를 조금씩 입기는 했지만, 뭐 자신의 예상보다는 피해가 작은 편이었다. 이 정도면 해 볼 만했던 것이다.

'현신한 나를 상대하려면 당신 또한 현신할 수밖에 없을 테고, 그 순간을 놓치지 않고 이 손으로 장사 지내드리죠. 흐흐흐.'

이제 웬만한 마법 따위는 자신에게 상처를 줄 수 없음을 알고 있는 아르티어스는 꼬리를 슬슬 흔들며 여유만만하게 서서, 까마득히 높은 하늘 위에 자리 잡고 아래를 내려다보고 있는 아르티엔을 노려봤다. 서로 간의 거리는 1킬로미터가 조금 더 넘는 아주 먼 거리였다. 하지만 골드 드래곤의 밝은 눈에는 상대의 머리카락 한 올 한 올까지 다 보였다. 여유로운 미소를 지으며 아래를 오만하게 내려다보고 있는 아르티엔, 그 여유로운 미소가 마음에 들지 않는 아르티어스였다.

아직까지 아버지는 본체로 현신한 것이 아니었다. 오히려 본체로 현신하는 그 찰나는 완벽한 무방비의 대단히 위험한 순간이었기에 아르티엔이 아르티어스의 눈앞에서 현신하는 위험을 자초할 리는 없었다. 그렇다면 전체적인 전력상으로 미루어 봤을 때 아르티엔이 압도적으로 불리하다는 것이 아르티어스가 가지고 있는 상식이었다. 그런데도 왜 저렇게 여유만만 한 것일까? 겨우 1킬로미터 정도의 거리가 가져다주는 시간 여유는 몇 초 되지도 않는다.

겨우 그 몇 초의 시간 여유로 에인션트급에 근접하는 아르티어스의 브레스를 막을 만한 마법을 구사할 수 있을까? 그것은 거의 불가능에 가까웠다. 용언 마법을 사용한다면 시간 여유는 충분하겠지만 위력에 문제가 있을 테고, 마법은 주위의 마나를 응집하고 압축할 시간 여유가 없을 것이 분명하기 때문이다.

그렇다면 저 여유 만만한 미소가 아르티어스를 헷갈리게 하기 위한 속임수일까? 그것은 아닐 것이다. 상대는 골드 일족 최강이라 불리는 드래곤이다. 그런 만큼 아르티어스가 알지 못하는 뭔가를 알고 있는지도 모른다. 하지만 그렇다고 여기서 계속 죽치고 있을 수는 없지 않은가? 아르티어스는 뭔가 단안을 내려야 한다고 생각했다.

〈이쪽으로 내려오시죠! 왜, 겁나십니까?〉

슬그머니 도발을 가하는 아르티어스, 하지만 아르티엔은 거기에 걸려들지 않았다.

"그러는 네놈이나 올라오려무나."

드래곤이 날아올랐을 때의 그 커다란 날개는 치명적인 약점이었다. 아르티어스 자신도 그 점을 이용해서 드래곤 여럿 잡지 않았는가? 그것을 잘 알면서 하늘 위로 따라 올라갈 마음은 조금도 없었다.

〈헤헤헷! 세상 살 날도 얼마 남지 않았는데, 아래로 내려오는 것이 겁나십니까? 아버지는 골드 일족에서 가장 뛰어나신 분이지만, 아무래도 그 정도 배짱은 안 되는 모양이죠?〉

아르티어스의 말에 아르티엔의 얼굴이 시뻘겋게 바뀌었다.

"저런, 때려죽일 놈을 봤나!"

노기를 터뜨리는 아르티엔을 보며 아르티어스는 속으로 회심의 미소를 짓고 있었다.
　'그래, 조금만 더 도발하면 열 받아서 내려올 거야. 그러면 킥킥 킥, 이 손으로……'
　〈거기서 어중간한 마법 따위 날려 봐야 본체로 돌아간 나한테 그 어떤 타격도 주기 어렵다는 것을 잘 아시죠? 어때요? 여기 내려와서 한판 해 볼 배짱이 있으십니까? 맨날 닭대가리라고 놀려 댄 아들하고 한판 해 볼 배짱이 있으시냐구요!〉
　"으드드득!"
　아르티엔은 분노를 참지 못해 이빨을 갈아 댔다. 하지만 아르티엔은 아래쪽으로 내려오지 않았다. 그것을 보며 아르티어스는 점점 확신하기 시작했다. 방금 전의 그 미소는 속임수였다는 것을 말이다. 만약 그만큼 자신이 있다면 이리로 내려와서 싸워도 될 것이 아닌가? 아르티어스가 어떤 방식으로 아르티엔을 공격할까 궁리하는 중에 아르티엔이 선수를 쳐 왔다.
　아르티엔은 저 아래서 자신을 잡아먹을 듯 노려보고 있는 거대한 골드 드래곤을 향해 한쪽 손을 슬쩍 들어 가리켰다. 그와 동시에 주문을 외우지도 않았는데도 아르티엔의 주위에 파동 치는 엄청난 마나의 기운에 따라 그녀의 긴 머리카락이 사방으로 흩날리기 시작했다. 그것을 보며 아르티어스의 눈가가 슬쩍 찌푸려졌다.
　'마법인가? 아마도 그렇다면 8내지 9사이클급?'
　그러다가 아르티어스는 자신의 주위가 뭔가 이상한 마법진에 의해 공간의 왜곡이 생기고 있다는 사실을 눈치 챘다.
　'이것은?'

그 공간의 왜곡은 엄청난 마법이 터졌을 때, 그 여파가 딴 곳으로 퍼지지 않도록 한정시키는 오브젝트 리머테이션(Object Limitation : 목표 제한) 마법을 사용했을 때 그 여파에 의해 형성되는 것이었다. 좁은 공간만을 그 목표로 했을 때는 왜곡의 정도가 미미했기에 눈치 채기 어렵지만, 아르티엔은 엄청나게 넓은 지역에 걸쳐 그 마법을 썼기에 확연하게 드러난 것이다.

아르티엔은 아르티어스처럼 무턱대고 마법을 남발하는 유형의 드래곤이 아니었다. 꼭 필요한 상대만을 철저히 파멸시킨다. 그리고 그 외의 모든 것에는 아무런 상처도 주지 않는 것을 자랑으로 여기는 것이다. 그런 방식으로 그는 자신의 마법 컨트롤이 뛰어난 것을 다른 드래곤들에게 과시하는 것이다.

공간 왜곡이 이토록 광범위하다면 아르티엔이 사용하려는 마법의 위력이 결코 약한 것일 수가 없을 것이다. 어쩌면 아르티엔은 마법으로 자신에게 반항하는 아들놈을 반쯤 죽여 놓을 수 있다고 자신하는 모양이었다.

'하지만 그렇게는 안 되죠. 옛날의 제가 아니란 말입니다.'

아르티어스는 힘껏 숨을 들이마셨다. 그런 다음 자신의 몸속에 쌓여 있는 바람의 기운을 섞어 내뿜을 준비를 시작했다. 그에 따라 거대한 골드 드래곤의 한껏 벌어진 입속에서 하얀 광채가 뿜어져 나오기 시작했다. 그리고 어느 한 순간 그것은 폭발적인 파괴력을 품고 하늘 높이 뿜어 나가기 시작했다. 아르티엔의 마법이 완성되기 전에 선제공격을 가하려는 것이었다. 그것도 자신이 자랑하는 최강의 무기인 브레스로 말이다.

"어엇? 브레스까지? 이 녀석이 나를 죽이려고 작정했구나."

약간 당황한 듯했던 아르티엔, 하지만 곧이어 그의 눈은 슬쩍 가늘어지며 살기가 가득한 어조로 외쳤다. 이렇게까지 아들놈이 막 나가기 시작하자 정말 열 받기 시작했던 것이다.

"오냐, 그래! 한번 죽어 봐랏!"

그와 동시에 아르티엔의 쭉 뻗은 손바닥의 끝에서 엄청난 기운이 집중되기 시작했다. 놀랍게도 아르티엔은 그 어떤 주문도 외우지 않았는데도 단시간 안에 엄청난 마나를 사방에서 끌어 모으고 있는 중이었다. 하지만 아르티엔은 마법이 막 완성되기 직전, 욕설을 내뱉으며 주문을 해제해 버렸다. 차마 아들놈에게 그 마법을 쓸 수 없었기 때문이다. 도대체 자식이라는 것이 뭔지…….

"젠장!"

주문을 해제한다고 해서 뭉쳐진 마나가 순순히 대자연의 품으로 돌아가는 것은 아니다. 일단 마법 사용을 위해 인위적으로 뭉쳐진 마나들은 처음 끌어 모았을 때의 역순으로 차근차근 흩어 버려야 했다. 안 그러면 스스로 폭주하면서 대 폭발을 일으키는 것이다. 아르티엔이 마나를 되돌리는 그 순간, 이미 아르티어스가 내뿜은 브레스는 아르티엔의 지척에 다다르고 있었다. 아르티엔은 황급히 용언 마법을 사용하여 공간 이동을 했다.

아르티엔이 공간 이동을 한 그 순간, 그의 통제력을 잃은 마나의 덩어리는 대 폭발을 일으켰다. 그리고 곧이어 그 폭발 지점 위를 아르티어스의 브레스가 쓸고 지나갔다.

〈히히힛! 드디어 해방인가?〉

저 정도라면 최소한 사망 아니면 중상일 것이라고 희희낙락하며 아르티어스가 통쾌하게 미소 짓는 것도 몇 초 되지 못했다. 그는 곧이어 자신의 브레스가 휩쓸고 지나간 곳에서 조금 떨어진 곳에 자신을 노려보며 떠 있는 아르티엔을 발견한 것이다.

'젠장! 그 짧은 순간에 공간 이동한 것인가? 삶에 대한 집착이 너무 강하시군. 저 정도의 기동력이라면 브레스는 거의 무의미하다고 봐야 하잖아.'

그때부터 시작하여 아르티어스는 자신이 알고 있는 모든 강력한 마법을 아르티엔에게 퍼부었다. 브레스를 또 쓸 수도 있었지만, 이렇게 거리가 벌어져 있는 이상 상대가 또다시 공간 이동할 가능성도 있었다. 앞으로 전력으로 뿜어낼 수 있는 브레스는 겨우 두 번, 강적을 앞에 두고 그걸 헛되게 낭비할 수는 없었다.

"이 닭대가리 녀석아. 지금 당장 레어로 돌아간다면 방금 전까지 대든 것을 용서해 주겠다. 안 그러면……."

"어떻게 하실 건데요?"

아르티어스가 자신만만하게 따지고 들자, 아르티엔은 어이없다는 듯 말했다.

"너, 아예 겁을 상실한 모양이구나."

"그럴지도 모르죠. 아버지도 제 처지가 되어 보시라구요. 눈에 뭐가 보이는지."

그다음부터 시작된 것은 아르티어스의 처절하다고 할 만큼의 '발악'이었다. 상대는 하늘 높이 자리 잡고 있으니 몸싸움을 벌일 수도 없고, 또 적당한 거리를 유지하고 있기에 브레스도 통하지 않았다. 그렇다면 남은 것은 마법뿐인데, 이 세계에서 아르티엔과 마법으로 맞장을 떠서 이길 드래곤이 과연 몇 마리나 될까?

물론 이 수치도, 아르티엔은 드래곤이 아닌 뭔가 다른 생명체로

트랜스포메이션하고 있고 상대방은 마법을 쓰기에 매우 유리한 드래곤의 몸체를 유지한 상태라는 단서가 붙어야만 손가락이 몇 개 정도 내려갈 수 있을 것이다. 그만큼 아르티엔의 마법 실력은 가공스러운 것이었다.

자신을 낳은 아비를 죽이려고 달려드는 아르티어스, 웬만한 공격은 막거나 맞받아치고, 아주 강력한 공격을 날리면 살짝 피해서는 카운터를 날리는 아르티엔. 처음부터 이길 가능성이 거의 없는 싸움이었다. 하지만 아르티어스는 마지막 한 방울의 마나가 남을 때까지 악착스럽게 공격을 되풀이하고 있었다.

그리고 그런 아르티어스를 바라보는 아르티엔의 눈은 뜻밖에도 부드러웠다. 헤즐링일 때야 닭대가리라고 구박하며 처절할 정도로 마법 수행을 시킨 것도 사실이었지만, 아르티엔은 아르티어스가 목숨을 걸고 달려들고 있는 지금에서야 자신이 낳은 아들의 진가를 느낄 수 있었던 것이다. 아들놈이 헤즐링일 때야 비교 대상이 없어서 그렇게 구박했다고 하지만, 4천 살이 넘은 드래곤을 수도 없이 만나 본 아르티엔이었다. 그 많은 드래곤들과 비교했을 때, 자신이 낳은 아들의 실력은 그야말로 발군이었다.

'흐흐흐… 성격이야 어떻게 되었든 간에 실력 하나는 제대로 쌓았구나. 마법을 통한 실전 경험이 좀 떨어지는 것이 흠이다만, 저 정도면 내 자식으로서 어디에 내놔도 부끄럽지 않다고 봐야 하겠지.'

뿌듯한 시선으로 아들을 바라보고 있는 아르티엔과 달리 점점 더 아르티어스의 눈동자는 절망으로 일그러지고 있었다. 자신이 알고 있는 한 아무리 강력한 마법을 써도, 또 브레스를 써도, 그의 아버지는 태산과 같이 자신의 앞을 당당하게 가로막고 있는 것이다. 서로 간의 실력 차가 너무 심하게 난다는 것을 깨달은 순간, 아르티어스는 완전히 절망하지 않을 수 없었다. 강력한 마법의 주문을 쏘아 대면서도 그의 눈에는 이슬이 맺히고 있었다. 절망이라는 이름의…….

〈크흐흐흑!〉

아르티어스가 더 이상 허무하기 그지없는 공격을 포기하고 울음을 터뜨리며 주저앉는 그 순간, 방금 전에 모아 뒀다가 아직 뿜어내지 못한 마법의 기운이 폭주하면서 대 폭발을 일으켰다. 하지만 튼튼한 드래곤의 외갑(外甲)을 뚫지는 못한 채, 여기저기 자그마한 상처만을 만들었을 뿐이다.

갑작스런 아들의 행동을 보고 아르티엔이 오히려 당황했다.

"어라? 저 녀석이 왜 저래?"

하지만 아르티엔은 호기심 어린 시선만을 던지고 있을 뿐, 드래곤으로 현신해 있는 아들의 주위에 가까이 다가가지는 않았다. 저놈이 또 무슨 나쁜 꾀를 부려서 자신을 꾀어내고 있는 것인지 알 수가 없었던 것이다.

〈흐어어어엉~, 내 아들 죽는다. 그런데도 나는 애비가 되어 가지고 도와주러 가지도 못하다니…, 엉엉~.〉

산만 한 덩치의 골드 드래곤으로 현신한 채 사발만 한 눈물을 뚝뚝 떨어뜨리며 울부짖는 모습은 그것이 과연 지상 최강의 존재인지 의심케 하는 것이었다. 하지만 황당한 표정으로 아들놈의 짓거리를 보고 있던 아르티엔은 그 절규하는 목소리의 의미를 깨닫는 순간 놀란 표정을 짓지 않을 수 없었다.

"아들이라고? 그건 또 무슨 말이냐?"
　지대한 관심을 나타내는 아르티엔, 낮은 듯한 목소리였지만, 도대체 그 목소리 안에 얼마나 많은 마나를 실어서 뿜어내었는지 아르티어스는 주위의 공기가 요동친다는 것을 느꼈다. 자신에게 절망감을 안겨 줬을 정도로 강한 아버지……. 하지만 그 아버지는 자신과 싸우면서 본래 실력의 10분의 1도 발휘하지 않고 있다는 것을 방금 내뱉은 목소리로 일깨워 주고 있었다. 그리고 그것은 아르티어스에게 더더욱 깊은 절망감을 안겨 주고 있었다.
　〈하나뿐인 내 아들이… 아들이, 흑흑! 그 어리고 나약한 것이 지금 어디서 무슨 일을 당하고나 있지 않은지…, 엉엉엉…….〉
　이성을 잃고 울음을 터뜨려 대는 아르티어스를 한심한 표정으로 바라보며, 아르티엔은 나름대로 생각을 정리해 나갈 수밖에 없었다.
　"하나뿐인 아들이라, 그리고 어리고 나약하다고? 그렇다면 헤즐링…, 헤즐링이라는 말인가? 하지만 저놈이 알을 낳았다는 소문은 들은 적이 없는데……."
　아르티엔은 힐끗 아르티어스 쪽으로 시선을 돌리며 저것이 또 무슨 못된 꾀를 부리는 것은 아닌가 가늠해 봤다. 하지만 퍼질러 앉아서 울음을 터뜨리고 있는 저 꼴사나운 모습, 평소에 아들놈의 그 오만방자한 성격을 잘 알고 있는 아르티엔으로서는 단 한 번도 상상해 본 적도 없는 아들의 또 다른 모습이었다. 이성을 완전히 상실한 듯한 저 모습으로 보건대 아무래도 연극은 아닌 것 같았다.
　'하기야 알은 혼자서도 낳을 수 있지. 그렇지, 저 녀석은 요 근래 사고도 안 치고 레어에 조용히 틀어박혀 있었잖아? 그 동안에 몰래 알을 낳아서 키운 것일까?

충분히 가능성이 있는 추측이었다. 고개를 끄덕이며 아르티엔의 얼굴은 점점 희미한 미소로 뒤덮이기 시작했다. 아르티어스의 아들이라면 자신에게는 손자가 아닌가?

"하하하, 손자를 볼 것이라고는 꿈에도 생각해 본 적이 없거늘…, 하하하핫!"

혼자서 북 치고 장구까지 친 후 아르티엔은 아르티어스를 향해 부드러운 어조로 말했다.

"네 아들이 어찌 되었다는 말이냐? 응?"

〈아들놈이 행방불명되었단 말입니다. 엉엉~. 그 나약한 것이 지금 무슨 꼴을 당하고나 있을지, 흑흑흑!〉

"나약하다고? 설마, 그렇다면 헤즐링이라는 말이냐? 한동안 조용하더니 너는 그동안 헤즐링을 키우고 있었단 말이냐?"

그 질문을 받은 순간 아르티어스는 정신이 번쩍 드는 것을 느꼈다. 원래 그럴 의도는 아니었지만, 아버지는 다크를 헤즐링으로 착각하고 있는 것이다. 물론 아버지에게 헤즐링이라고 속일 수도 있을 것이다. 하지만 그랬다가는 나중에 다크를 찾은 후에 어떤 보복을 당할지 알 수 없었다. 그렇다고 호비트를 양자로 삼은 것이라고 아버지에게 사실대로 털어놓을 수도 없었다. 오직 강함을 추구하는 아르티엔에게 호비트 양자라는 것은 씨도 안 먹힐 것이 뻔했다. 오히려 다크를 찾는 것을 악착같이 방해하지나 않으면 다행일 것이다. 그렇기에 아르티어스는 두리뭉실하게 대답을 회피했다. 그냥 '나약하다'는 말과 함께 '아들'이라고만 말하며 울음으로 대답을 대신했다. 그렇게 해 놔야 나중에 빠져나갈 구멍이 있을 테니까.

"헤즐링이 납치되었다면 그건 중대한 사건이다. 왜, 좀 더 일찍 그 사실을 말하지 않았느냐?"

〈흑흑, 저는 제 힘으로 찾을 수 있을 줄 알고…….〉

"이런 망할 녀석, 갑자기 네놈이 왜 이웃 드래곤들까지 찾아가서 난리를 피워 댔나 했더니, 그것 때문이었구나. 그런 일이 있었다면 빨리빨리 말을 했어야 할 거 아니냐? 이런 미련한 녀석! 그러니까 닭대가리라는 소리를 듣지!"

아르티엔이 슬쩍 손을 흔들자 대기가 요동치며 엄청나게 강한 공기의 흐름이 아르티어스의 머리통을 직격했다.

'꽝!'

〈으갸갸갹!〉

그 공기의 흐름은 눈에 보이지 않았지만, 드래곤으로 현신해 있는 아르티어스의 머리통이 아래쪽으로 떨어지는 속도로 보아 어느 정도의 충격이 가해졌는지 대충 짐작할 수 있었다. 마법을 이용해 아르티어스의 머리통을 갈긴 후 아르티엔은 저 맑은 하늘 쪽으로 흐뭇한 미소를 머금은 시선을 돌렸다.

"허허허, 내가 이제 할아버지가 되었다는 말이냐? 허허, 저놈 하는 꼴을 봐서는 절대로 손자 같은 것은 볼 수 없을 줄 알았는데……."

흐뭇한 미소를 짓고 있는 아르티엔과는 달리, 아르티어스는 눈물을 찔끔거리며 그 긴 목을 아래쪽으로 한껏 끄집어내려 작은 손으로 머리통을 감싸 쥐고는 주물러 대고 있었다.

"이럴 게 아니라 빨리 손자를 만나 봐야겠다. 그 녀석의 특징부터 소상하게 말해라. 광범위 수색 마법을 통해서 그 목표를 찾아낸 후 곧장 공간 이동하면 끝날 일이 아니냐?"

〈그렇게 쉬운 일이라면 제가 왜 이웃 영토까지 침범하면서 난리를 쳤겠습니까? 아무래도 뭔가 결계 같은 것을 쳤는지 도저히 위치를 알아낼 수가 없었습니다.〉

"그래? 하지만 시도는 한번 해 보는 것이 좋겠지. 네 녀석과 나는 방금 당해 봐서 알다시피 레벨이 다르지 않느냐?"

〈그러실 게 아니라 또 다른 방법이 있습니다. 제가 마지막에 써먹으려고 생각했던 건데요.〉

"뭔데?"

〈아들 녀석이 전에 나이아드하고 관계를 맺은 적이 있거든요. 그러니 정령왕 나이아드를 불러내어 행방을 물어보면 가르쳐 줄 겁니다.〉

순간, 아르티엔의 눈이 살짝 음흉스런 미소를 지으면서 가늘어졌다.

"오호라, 나이아드라고? 그렇다면 너 혼자서 자가 수정한 것이 아니라 혹시 실버 드래곤하고? 누구냐? 그놈 이름이."

그 말에 아르티어스는 발끈하며 외쳤다.

〈누가 실버 드래곤 따위하고 거시기를 해서 애를 만든다는 말입니까? 그게 아니라 아쿠아 룰러 때문에 맺어진 인연이었죠.〉

"그래? 그렇다면 아쿠아 룰러는 어디 있냐? 그걸 이용한다면 간단히 나이아드를 불러낼 수 있을 것 아니냐?"

아무리 마법 실력이 막강한 아르티엔이라고 해도 종족의 특성을 뛰어 넘을 수는 없었다. 그건 마법 실력이 얼마나 뛰어나느냐로 결정되는 것이 아니라, 각 드래곤의 특성과 관계되어 있는 선천적인 것이기 때문이다.

〈그건 중요한 게 아니란 말입니다. 나이아드는 아들 녀석을 아주 미워한단 말입니다. 아쿠아 룰러를 통해 나이아드를 불러내 봤자 별로 도움이 안 된다구요.〉

"그건 또 왜? 왜 정령왕이 헤즐링을 미워한단 말이냐? 도대체가 이해할 수가 없군."

뭔가를 골똘히 생각하려고 하기 시작하는 아르티엔을 향해, 아르티어스는 당황해서 외쳤다. 여기서 조금 더 깊게 들어가면 아들이 호비트라는 것이 발각될 우려가 있는 것이다. 만약 그렇게 된다면 아르티엔은 수색을 도와주지 않을 것이다. 아니, 도와주지 않는 정도를 넘어서서 호비트 따위를 양자로 삼은 행위는 가문의 수치라면서 오히려 다크 수색 작전을 방해할 우려마저도 있었다.

〈자세한 설명을 하려면 너무 복잡하단 말입니다. 그건 나중에 자세히 설명해 드릴게요. 아무래도 나이아드에게 강제적인 명령을 내릴 수 있는 것은 실버 일족뿐이잖습니까? 실버를 한 마리 족쳐서 나이아드를 불러내어 알아 보는 것이 가장 빠르고도 손쉬운 길이라니까요.〉

"흐음, 실버를 한 마리 족쳐야 한단 말이지?"

〈예.〉

잠시 궁리하던 아르티엔. 하지만 아르티어스의 그 '먼저 저지른 후에 생각하는' 성격이 어디에서 왔겠는가? 아르티엔의 표정이 갑작스레 음흉하게 변한다고 생각한 순간…….

"그래, 어떤 녀석을 족치면 되는 거냐?"

실버 드래곤의 레어는 하렘

"여깁니다."

아르티어스가 아르티엔을 안내한 곳은 꼭 낙타처럼 두 개의 작은 언덕을 가지고 있는 크라세섬이었다.

"흐음……."

"크라세섬에 쥬브로에타라는 월급 실버 드래곤이 살고 있다고 언젠가 들은 기억이 있습니다. 그놈도 혼자 사는 것을 어지간히 좋아하는지 기척을 숨기고 있지만요. 느껴지지는 않지만 여기서 사는 것은 확실합니다."

이리저리 둘러보던 아르티엔이 갑자기 말했다.

"흐음, 바로 저쪽이군. 가자."

아르티어스조차 알아내지 못했던 쥬브로에타의 기척을 아르티엔은 아주 손쉽게 발견한 것이다. 아르티엔의 뒤를 졸졸 따라가던 아르티어스가 조심스러운 어조로 말했다.
 "저쪽에서 나오는 것을 기다려야 하지 않을까요? 허락도 없이 레어까지 들어가면 누가 봐도 명백한 불법 침입인데요."
 "지금 그런 거 따질 때냐? 헤즐링에 관계된 일인데."
 "그거야, 그렇지만……."
 막상 아르티엔이 앞장서서 설치기 시작하자 아르티어스는 간이 조마조마해지기 시작했다. 물론 아르티엔의 말은 맞았다. 헤즐링을 찾기 위해서라면 모든 것이 용서가 되는 것이다. 하지만 아르티어스가 찾고 있는 아들은 헤즐링이 아니지 않은가?
 둘은 섬에 솟아 있는 두 개의 야트막한 산들 중에서 북쪽에 있는 산 쪽으로 날아갔다. 이윽고 그들의 시야에 그 산의 경사면에 박혀 있는 커다란 바위가 보이자 급격히 고도를 낮춰 바위 앞에 살며시 내려앉았다. 바로 이 바위가 쥬브로에타의 레어로 들어가는 출입문이었다. 아르티어스는 바위 위에다가 손을 올려서 탐지를 해 본 후 말했다.
 "아주 강력한 마법진이군요. 손쉽게 뚫기는 힘들 것 같으니 여기서 기다리시는 것이 좋지 않을까요?"
 하지만 아르티엔은 전혀 그럴 생각이 아닌 모양이었다.
 "제법이군. 아주 결계를 잘 쳐 놨어. 외부와의 교류를 아예 끊고, 혼자서 꽁꽁 숨어서 지내고 싶은 모양이지?"
 말뜻과는 달리 아르티엔은 별로 감탄스러울 것도 없다는 어조로 아르티엔이 중얼거렸다. 그런 다음 자신의 앞쪽에 있는 바위 위에다가 손을 올렸다. 아르티엔의 손이 밝게 빛나는 순간, 옆에서 보고 있던 아르티어스가 기겁을 해서 외쳤다.

"출입구를 박살 내면, 이건 완전히 변명의 여지가 없다구욧! 정신이 있으십니까? 없으……."

하지만 아르티어스의 예상과는 달리 대 폭발은 일어나지 않았다. 대신 그 거대한 바위가 통째로 슬며시 사라지기 시작하더니 그들의 20여 미터 뒤쪽에서 다시금 그 모습을 드러냈다.

'세상에… 그 짧은 순간에 방어 마법을 무력화시킨 후에 문짝을 아예 옮겨 버리다니…….'

"누가 네 녀석 같은 줄 아냐? 가능한 한 평화롭게 해결해야지. 일단 말로 해 보고, 그것이 안 통하면!"

아르티엔은 슬그머니 주먹을 한번 쥐는 것으로 그 뒷말을 대신했다. 그런 다음 바위가 사라지고 나서 드러난 기나긴 통로를 턱으로 가리키면서 말했다.

"자, 가자."

"예."

레어의 복도는 매우 길었다. 꼬불꼬불 아래쪽으로 연결되어 있었는데 그 복도는 아예 빛이라고는 한 점도 새어 들어오지 않는 암흑의 세계였다. 아르티어스는 자그마한 빛의 덩어리를 마법으로 만들어 내어 앞을 비췄다. 드래곤의 본체라면 이런 것 없이도 잘 보이겠지만, 호비트로 변신해 있는 상황이었기에 앞을 보려면 빛이 필요했던 것이다.

"매우 특이한 구조군요. 중앙 홀이 나와도 벌써 나와야 하지 않습니까? 레어의 복도를 이렇게 길게 만들지는 않으니까 말입니다. 그리고 덩치에 어울리지 않게 이렇게 복도가 좁지요? 이 정도라면 호비트나 엘프로 변신한다면 모를까, 오우거 정도 크기로만 변신해도 통과한다는 것은 어림도 없지 않습니까?"

"글쎄다. 실버 일족은 바다를 좋아하니까, 어쩌면 우리가 지금 가고 있는 곳은 육상으로 연결되어 있는 샛길일 가능성도 있겠지. 진짜 통로는 아마도 바다 쪽으로 연결되어 있는 것이 아닐까? 그리고 중앙 홀 또한 그 근처에 있을 가능성이 크다고 봐야 하겠지."

"으음, 그럴 가능성도 있겠군요. 생긴 것도 완전히 다른 것들이, 자기들끼리 따로 노니까 만날 기회가 없는 것 아니겠습니까? 아버지도 잘 모를 정도라면 웬만한 드래곤들은 아예……."

"대충 다 온 것 같구나."

드디어 튼튼해 보이는 문이 앞을 가로막고 있는 것이 보였다. 아르티어스는 문을 슬그머니 밀면서 말했다.

"설마, 또다시 계단이 이어져 있는 것은 아니겠죠?"

문이 열리면서 안쪽에서 빛이 쏟아져 나왔다. 여태껏 짙은 암흑의 공간을 통과해 온 탓인지, 눈이 쓰라릴 정도로 밝은 빛이었다.

"어라라?"

실내의 정경을 바라본 아르티어스는 순간, 자신이 잘못 찾아온 것이 아닌가 의심했다. 그도 그럴 것이 거의 반나체에 가까운 암컷 호비트들이 이리저리 돌아다니는 것이 눈에 띄었기 때문이다. 보통 드래곤은 혼자 산다. 설혹 분가하지 않은 자식과 함께 산다고 해도, 드래곤은 자식을 보통 하나만 낳기에 둘이 사는 것이 고작이었다. 그런데, 저 많은 숫자는…….

"이상한 곳으로 들어와 버렸네……."

바로 이때, 커다란 생선을 들고 가던 괴상하게 생긴 시커먼 놈 둘이 낯선 침입자들을 발견했다. 그들은 들고 있던 생선을 내동댕

이치고는 삼지창을 겨누며 달려왔다. 두텁고 볼품없는 발은 꼭 거위의 발처럼 생겼기에, 헤엄치기는 어떤지 몰라도 걷기에는 아주 불편한 듯 자기들은 달려왔는지 모르겠지만, 아르티어스가 보기에는 뒤뚱뒤뚱하는 것이 자빠지지나 않을까 염려되었다.

가까이 다가오자, 시커멓게 생긴 이유가 확연하게 드러났다. 피부색이 시커먼 것이 아니라, 온몸에 윤기가 흐르는 짧은 털이 빽빽하게 나 있었던 것이다. 그리고 삼지창을 쥐고 있는 손가락들의 사이로 얇은 막도 보였다.

"크르륵! 웬 놈들이냐?"

냄새를 맡을 필요가 거의 없어서 그런지 코는 구멍만 뚫려 있는 형태를 하고 있었다. 그 때문인지 매우 기묘한 소리로 '그것들'은 외쳤다.

"이것들은 또 뭐야?"

"호오, 수인족이로구나."

"원, 농담도……. 무슨 수인족이 저렇게 생겼어요?"

"저것은 바다에서 사는 수인족이야. 아주 먼 바다에나 나가야 볼 수 있는데, 여기에 있는 것을 보면 쥬브로에타의 레어가 맞기는 맞는 모양이군."

"수인족이라면 아예 발이 없이, 그러니까 꼭 생선 지느러미 같은 것이 붙은 놈들이 아닌가요?"

"그건 완전히 바다에 적응한 놈들이고, 이놈들은 육지와 바다를 함께 오갈 수 있는 놈들이야."

"아아, 그렇군요."

"네 녀석들 주인에게 안내해라. 골드 드래곤 아르티엔이 왔다고 하면 알 거다."

 드래곤이라는 말에 수인족들은 공손하게 그 둘을 안내했다. 자신들이 어떻게 해 볼 상대가 아니었으니까 말이다.
 수인족이 안내해 간 방은 호화롭기 그지없었다. 방은 온갖 값진 물건들로 꾸며져 있었다. 그리고 그것들 중에서 가장 눈에 띈 것은 상아와 진주로 장식된, 다섯 명은 충분히 앉을 만큼 널찍한 의자였다. 손잡이와 밑판은 상아와 진주로 꾸며져 있었고, 그 위에 엉덩이와 등판이 닿는 곳은 새하얀 물개 가죽으로 덮여 있었다. 그리고 그 위에는 의자의 우아함과 전혀 어울리지 않는 두꺼비처럼 생겨먹은 수인족 녀석이 좌우에 아름다운 미녀를 끼고 앉아 있었다. 그놈은 그녀들이 권하는 포도주를 마시며 오만한 표정으로 갑작스럽게 나타난 손님들을 내려다보고 있었다.
 "이거 완전히 하렘(Harem)을 차려 놓고 있구먼. 나 원 참! 드래곤들 중에서 이렇듯 괴상한 취향을 가진 놈이 있는 줄은 처음 알았군."
 원래가 육지에서 서식하는 드래곤들과 바다에서 서식하는 실버 일족은 별로 내왕이 없었다. 서식하는 환경부터 시작해서 그 생김새까지 서로가 완전히 달랐기에 자연히 그런 식으로 분리된 생활을 하게 된 것이다. 그런 쥬브로에타에게 '아르티엔'이라는 이름은 그렇게 큰 감흥을 주지 못했다. 어디선가 들어 본 듯도 하다고 생각했지만, 그가 채 기억을 떠올리기도 전에 손님들이 도착해 버렸다.
 예의 없게도 허락도 받지 않고 여기까지 침입해 온 주제에 자신의 취미 생활에 대해 이러쿵저러쿵 험담을 늘어놓다니······. 거기에다가 자신이 노리개 정도로나 취급하는 호비트로 변신하고 말이다. 어떤 의미에서는 상대의 취향에 경멸감까지 느끼는 쥬브로에타였다. 그런 복합적인 이유로 인해 손님들이 도착했을 때, 쥬브로에타의 머릿속에서 '아르티엔'이라는 이름은 벌써 사라져 버렸다. 아니, 그러한 기억을 더듬을 필요성을 느끼지 못한 것이다. 어린 암컷 호비트로 변신하고 있는 놈은 척 봐도 별로 대단할 것 같이 느껴지지 않았다. 대신 그와 함께 온 저 붉은 머리의 수컷 호비트로 변신해 있는 놈은 제법 강해 보였다. 웜급은 오래전에 통과했고…, 어쩌면 에인션트급이라고도 볼 수 있을 정도의 강렬한 힘이 느껴졌다.

하지만 골드 드래곤 주제에 그 정도의 실력으로 감히 이 쥬브로에타 님 앞에서 목에 힘을 주다니, 가소로운 일이었다. 그런 상황에서 저 꼬마로 변신해 있는 놈은 자신들의 주제 파악도 못 하고 남의 취미 생활에 대해서 비꼬아 대면서 헤즐링을 찾는다는 둥 돼먹지 못한 소리를 하고 있는 것이다.

쥬브로에타는 아예 인사는 생략한 채 비꼬는 듯한 어조를 곁들여 시비조로 나왔다. 그의 목소리는 아르티엔 일행을 안내해 왔던 그 수인족과 비슷했지만, 울림이 훨씬 적었기에 알아듣기는 편했다.

"이거 골드 일족의 두 분께서 저의 보금자리까지 연락도 없이 무슨 일인가요?"

꼬마 호비트로 변신해 있는 녀석이 쓱 앞으로 나서며 말했.

"우리들은 헤즐링을 찾고 있네."

"호오, 자식이 분가해 버린 이후로 나는 이곳에서 헤즐링은커녕

도마뱀 한 마리도 못 봤는데… 뭔가 잘못 찾아온 것 아닌가?"

그런대로 점잖은 어조로 타이른 쥬브로에타였지만, 상대는 아주 당차게 나왔다. 주제 파악도 못하고 말이다.

"자네한테 직접 볼일은 없고, 나이아드에게 볼일이 있다네. 자네가 나이아드를 불러내 주겠나? 그리고 그 녀석이 내가 묻는 말에 착실하게 대답하도록 자네가 옆에서 좀 도와줘야 할 거야."

'자네'라는 말에 쥬브로에타는 슬그머니 더 열이 받고 있었다. 척 보아도 별로 강해 보이지도 않는 것이, 옆에 있는 한주먹 거리도 안 되는 드래곤을 믿고 까불어?

"흐음, 물의 정령왕 나이아드……. 그를 불러 주는 것은 별로 어려운 일은 아니야. 하지만 이런 식으로 예의 없이 순서와 절차를 생략한 방문객에게까지 그런 수고를 해 줄 이유는 없다는 생각이 드는군."

"뭣이라고?"

꼬마 호비트가 발끈해서 외치자, 옆에 있던 수컷 호비트가 슬그머니 그녀를 말리면서 말했다.

"참으십시오. 여기서 사고 치면 안 된다니까요."

"뭐야? 그럼 저런 싸가지 없는 녀석을 그냥 놔두라는 말이냐?"

"하지만 우리들은 부탁하러 온 입장 아닙니까?"

"괜찮아. 적당히 손 좀 봐 준 후에 부탁해도 늦지 않아."

"그렇게 하시면 사태는 더욱 악화된다구요. 저도 아들 녀석 찾는다고 여기저기 들쑤시고 다녀가지고 모두들 삐딱한 시선으로 보고 있는데, 아버지마저도 그러시면 어쩝니까?"

"그런 것은 잘 알고 있지만, 저놈 하는 말이 괘씸하잖아. 그리고 헤즐링을 찾는 일에는 모든 것이 용서될 수 있어. 안 되면 내가 용서가 되도록 만들면 되지."

다부지게 주먹을 쥐어 보이며 당연하다는 듯 말하는 아르티엔 어르신이었다.

"좋습니다, 그렇다면 아버지는 가만히 계십쇼. 제가 할게요. 아버지가 손을 쓰면 사망 아니면 중상 아닙니까? 꼴에 실버니까 조금 힘들기는 하겠지만, 처리하지 못할 상대는 아니라구요."

여기서 아르티엔까지 사고를 친다면 더욱 사태가 악화될 것이 분명했기에, 아르티어스는 모든 일족들에게 '사고뭉치'로 찍혀 있는 자신이 십자가를 지기로 결심한 것이다. 헤즐링도 아닌 양자를 구출하는 사건이었기에, 자신이 실버 한 마리를 반쯤 죽여 놨다면 지금까지 그래 왔듯 아버지가 방파제가 되어 줄 수 있겠지만, 아버지가 직접 손을 쓴다면 누가 방파제가 되어 준다는 말인가? 그것 때문에 아르티어스는 아르티엔을 막아서며 자신이 앞으로 나섰던 것이다.

모든 드래곤들 중에서 가장 막강한 힘을 부여받은 실버 일족의 후예인 자신을 반쯤 죽여 놓겠다고 공언하고 있는 저 둘, 평상시에 딴 놈들이 저딴 소리를 했다면 즉각 두 팔과 한쪽 다리를 분질러 버린 후에 남아 있는 성한 발에 돌멩이를 달아서 바다에다가 던져 버렸을 것이다. 하지만 지금 쥬브로에타는 그런 말에 노기 따위를 느끼고 있을 여유가 없었다.

에인션트급으로 봤던 수컷 호비트 쪽 입에서 '아버지'라는 단어가 튀어나온 바로 그때, 쥬브로에타는 기겁을 할 정도로 놀라 버렸던 것이다. 자신은 저 젊은 호비트 녀석의 몸에서 은근히 뿜어져 나오는 기척을 읽고 상대가 에인션트급 정도라고 추측하고 있었다. 하지만 그런 녀석이 '아버지'라고 부를 정도라면 저 꼬마 계집으로 변신하고 있는 드래곤의 나이는 어느 정도라는 말인가? 쥬브로에타 정도나 되는 막강한 실버 드래곤의 이목을 완전히 속일 수 있을 정도로 자신의 기척을 감출 수 있다는 것, 그것은 상대가 차원을 달리할 정도로 강하다는 뜻이 아닌가?

순간, 쥬브로에타는 등에 식은땀이 맺히는 것을 느낄 수 있었다. 처음에는 대충 흘려들었던 '아르티엔'이라는 이름. 골드 드래곤들 중에서도 특이하게도 마법에 대한 연구를 미친 듯이 한 괴짜 드래곤의 이름이었다. 보통의 드래곤들이 그 처치 곤란할 정도로 기나긴 수명을 누리면서 시간 때우기를 위해 별의별 취미 생활을 즐기는 동안, 그 괴짜는 미친 듯이 마법만을 연구했다. 그에게는 마법만이 그 기나긴 생의 유일한 동반자였던 것이다. 그러다 보니 그자의 파워는 너무나도 강대해서, 육상의 드래곤을 그야말로 도마뱀 정도로 취급하던 실버 일족의 수장인 쟈크레아마저도 그의 앞에서는 고양이 앞의 쥐처럼 행동한다고 하지 않았던가?

거의 1천 년쯤 전에 만나서 얘기를 나눴었던 쥬로미네는 조금이나마 인간 세상을 돌아다녔던 실버 드래곤이었다. 아르티엔에 대한 가공할 만한 정보는 모두 다 그때 그에게서 얻어 들은 것이었다. 그 누구도 올라 보지 못한 경지까지 마법을 완성시킨 위대한 드래곤이라는 휘황찬란한 수식어부터 시작해서, 1천5백 년쯤 전에 나타났던 어둠의 대마왕을 죽인 후 '대마왕 슬레이어'라는 존경 어린 명칭도 가지고 있었다. 하지만 성격은 그 망나니 아들 아르티어스와 유사할 정도로 개차반이라는 둥……. 그러면서 아르티어스라는 드래곤의 별의별 기행에 대해 대화를 나누면서 웃음보를 터 뜨렸었지 않았던가?

그 기억이 떠오르자마자, 여태까지 한껏 거드름을 피워 대던 쥬 브로에타는 자신이 언제 그랬느냐는 듯 자리에서 벌떡 일어서서 비굴할 정도로 공손한 어조로 말했다.

"귀한 손님을 몰라 뵈어서 죄송합니다. 자, 이쪽으로 앉으시지 요."

갑작스런 쥬브로에타의 태도 변화에 아르티엔과 아르티어스는 잠시 당황해서 바라봤다.

'저놈이 갑자기 쥐약이라도 먹었나?'

그런 후 그는 아직까지도 멍한 얼굴로 앉아 있는 두 소녀를 향해 꾸짖었다.

"빨리 이 귀한 손님들을 자리에 모시지 않고 뭣들 하느냐? 그리고 너는 빨리 달려가서 내가 아끼던 포도주를 가져오너라. 그리고 파크들에게 말해서 성대하게 요리를 준비하라고 일러라. 빨리 움직여!"

마지막 순간에 '아르티엔'이라는 드래곤에 대한 공포스러운 소문들이 뇌리에 떠오르면서 목숨을 건진 쥬브로에타였다. 쥬브로에타는 자신들의 노예들을 동원해서 귀한 손님들을 위한 접대 준비를 손수 명령하면서, 마음속으로 자신의 친구인 쥬로미네에게 감사했다.

"어르신, 나이아드만 불러 드리면 되겠습니까? 그 외에 더 도와 드릴 것은 없습니까?"

갑자기 이렇듯 태도를 바꾸자, 아르티어스는 당황스러울 수밖에 없었다. 상대에게 뭔가 또 다른 속셈이 있는 것은 아닐까하고 의심하고 있는 그 순간, 아르티엔은 넉살 좋게도 여태까지 펄펄 날뛰던 것은 잊어버렸는지 옆에 앉은 소녀가 권하는 포도주를 한창 마시는 중이었다.

"아버지, 우리가 지금 포도주 마시러 왔습니까?"

"아, 참, 그렇구나. 하지만 워낙 좋은 포도주라서 말이야. 자네 포도주에 대한 취향이 아주 뛰어나군 그래."

"과찬의 말씀이십니다, 어르신. 헤헤헤."

쥬브로에타는 장단을 맞춰 헤헤거린 후 말을 이었다. 확실히 사람이나 드래곤이나 힘이 있고 봐야 했다.

"지금 바로 나이아드를 불러 드릴까요?"

"그래 주게나."

곧이어 쥬브로에타의 부름에 응해서 정령왕 나이아드가 나타났다.

"오랜 벗이여, 무슨 일로 나를······."

하고 제법 친근한 어조로 말을 시작했던 나이아드는 저 의자에 앉아 있는 아르티어스를 보는 순간 얼굴을 확 구겼다.

"네 녀석은 또 여기에 무슨 일로 왔느냐?"

"남이야 무슨 일로 와 있건, 네놈이 무슨 상관이냐?"

나이아드는 쥬브로에타를 향해 살기 어린 어조로 물었다.

"저놈을 죽이는 데 힘을 보태 달라는 부탁인가? 그렇다면 내 흔쾌히 들어주지."

그 말에 쥬브로에타는 얼굴색이 약간 창백해지며 속삭였다.

"그놈 말고 그 옆에 있는 분을 알아보겠나?"

"누구?"

 힐끗 나이아드의 시선이 옆으로 돌아갔다. 옆에서 소녀가 따라 주는 포도주를 감탄사를 연발하며 마시고 있는 또 다른 소녀. 힘이 겉으로 드러나지 않도록 교묘하게 숨기고 있었기에 처음에는 알아보지 못했지만, 쥬브로에타의 조언에 따라 자세히 관찰하자 그 힘의 실체가 서서히 느껴지기 시작했다.

 "헉! 이 정도의 마나라면… 그렇다면 당신은 아르티엔?"
 "오! 오랜만이군, 물의 정령왕 나이아드여. 그동안 잘 지냈는가?"

 나이아드는 아르티엔이 아르티어스의 아버지라는 것을 떠올리며 떨떠름한 어조로 대답했다.

 "위대하신 골드 드래곤께서 저를 기억해 주시다니 영광이군요."

 하지만 나이아드는 손으로 아르티어스를 가리키며 다시 말을 이었다.

 "저 망할 녀석만 내 눈에 띄지 않는다면 편안하죠."
 "그런가? 아들놈에게 들으니, 자네가 손자의 행방을 안다면서?"
 "손자라구요? 핫! 그 망할 계집 말씀이십니까?"
 "자네하고 사이가 안 좋다고 하더니 사실인 모양이군. 바로 그 아이일세."

 이야기가 길어지면 다크가 호비트라는 사실이 밝혀질 우려가 있기에 아르티어스는 둘의 대화를 끊었다.

 "길게 얘기할 필요 없이 그 아이가 있는 곳이나 알려 줘. 자네도 나하고 계속 얼굴 보기는 싫을 것 아닌가?"

 정령과 한번 관계를 맺으면 그 정령의 향기가 시술자의 몸에 죽을 때까지 남아 있다. 그것을 통해서 정령사들의 경우 상대가 어떤 정령을 다루는지를 읽는 것이다. 그런데, 바로 이 '정령의 향기'라고 정령사들이 표현하는 것은 일종의 정령과 시술자 간의 교감의 끈을 말하는 것이었다. 정령을 단 한 번이라도 불러낸 정령사는 죽을 때까지도 그 정령과의 교감이 연결되며, 역으로 정령도 그 끈을 통해 정령사가 어디에 있는지를 알 수 있었다. 그렇기에 그 정령사를 어떤 마법이나 정령술, 마법진으로 숨겨 놨다고 하더라도 한 번 교감을 맺은 정령의 눈을 속일 수는 없었다.

나이아드는 그런 이유로 다크의 위치를 잘 알고 있었지만, 그녀의 위치를 손수 가르쳐 줄 마음은 하나도 없었다. 그 싸가지 없는 계집과 그녀를 두둔하는 아르티어스의 불행은 곧 나이아드의 행복이었으니까 말이다.

"싫어, 내가 왜 그딴 것을 알려 줘야 하나?"

아르티어스는 더 이상 나이아드를 상대하지 않고 쥬브로에타에게로 시선을 돌리며 말했다.

"도와준다고 했지요?"

쥬브로에타는 마지못해 말했다.

"빨리 대답해 주게. 내, 부탁함세."

쥬브로에타가 간청하자, 나이아드는 한동안 고심하더니 어쩔 수 없다는 듯 말했다.

"으으음, 어쩔 수 없군. 그 아이는 지금 코린트에 있다. 케락스라는 도시에 있는 루비의 눈이라는 호텔에 있지."

"케락스시라고?"

아르티어스는 전에 크라레스의 패거리들과 함께 일할 때 받아 뒀던 공간 이동 좌표 책을 꺼내 들었다.

파파파팍.

페이지들을 들추자 곧이어 케락스의 좌표가 그 모습을 드러냈다. 그것을 읽음과 동시에 아르티어스는 아르티엔을 잡아끌며 말했다.

"어딘지 알았습니다, 빨리 가자구요."

"잘되었구나. 이거 조금만 더 마시고 가자. 어차피 어디 있는 줄 알았으니 조금 지체한다고 해서 별문제 될 것은 없잖느냐?"

"빨리 가자구요. 그딴 포도주는 나중에 배터지게 사 드릴 테니까……."

"나이아드에게 그 아이가 있는 곳까지 데려다 달라고 부탁하는 것이 빠르지 않을까?"

"그렇게 안 해도 찾을 수 있다구요. 빨리 가요!"

더 이상 나이아드와 아버지가 대화를 나누도록 방관할 수는 없는 노릇이었기에, 아르티어스는 서둘러 아버지를 붙잡고 공간 이동했다. 아들이 있는 도시로.

내 아들 내놔!

 아르티어스는 자신의 눈에 띈 길 가던 행인을 아무나 몇 명 잡아다가 닦달을 하여 루비의 눈이라는 호텔에 도착한 것은 사위에 어둠이 깔린 지 오래인 매우 늦은 저녁 시간이었다.
 "바로 이곳이군."
 거대하고 으리으리한 건물, 확실히 온갖 영화를 누려 온 코린트의 수도인 만큼 그 건물 또한 거기에 맞게 호화로웠다.
 "어서 오십시오."
 손님을 맞이하러 나오는 종업원의 멱살부터 다짜고짜 틀어쥐고 아르티어스는 으르렁거렸다.
 "여기에 다크 폰 치레아라는 아이가 있느냐?"
 "이것 보십시오. 감히 여기가 어디라고 한밤중에 찾아와서 이렇게 행패를 부리시는 겁니까? 그리고 저희 업소에서는 투숙하는 손님들의 신상을 절대로 공개하지 않는다는 것을 자랑으로 여기고 있…, 억!"
 종업원의 마지막 말은 이어지지 않았다. 아르티어스의 주먹이 그의 턱을 날려 버렸기 때문이다. 아르티어스는 자신의 말에 대꾸를 한 종업원의 얼굴에 계속하여 친절한 예절 교육을 시키며 입을 열었다.
 "여기 책임자 나오라고 해, 빨리! 이따위 건물 통째로 날려 버리기 전에 빨리 나오라고 하란 말이다."
 그런 아르티어스의 모습을 한심하게 바라보고 있는 아르티엔은 더 이상 참지 못하겠다는 듯 한마디 이죽거렸다.
 "내가 그래서 나이아드한테 그 아이가 있는 곳으로 안내해 달라고 부탁하는 것이 빠를 거라고 했지."
 "지금 불난 데 부채질하시는 겁니까? 정 안 되면 이딴 건물, 가루를 내서라도 찾아낼 수 있다구요."

 "갑자기 밖이 소란스러운 것 같은데요."
 포도주를 마시고 있던 다크는 언제 술을 마셨냐는 듯 재빨리 창 쪽으로 다가가서 밖의 동정을 살피며 말했다.
 "글쎄, 무슨 일일까?"
 "혹시 이곳까지 코린트 군이 수색하러 들어온 것이 아닐까요?"
 "그럴 수도 있겠군."
 "제가 한번 살짝 나가서 살펴보고 오겠습니다. 저는 엘프로 변장하고 있으니까 아저씨가 가는 것보다는 나을 거예요."
 밖으로 나갔던 라나는 곧이어 돌아왔다.

"웬 이상한 사람이 호텔의 종업원들과 싸우고 있더군요. 호텔 측에서 신고를 했는지 병사들도 눈에 띄었는데, 도저히 손을 쓸 수 없는 상태인 것 같았어요. 벌써 몇 명인가는 바닥에 나뒹굴고 있었고……."

"그래? 희한한 일이군. 코린트의 수도 한복판에서 싸움질을 벌이다니 말이야. 그것도 이렇게 높은 사람들이 많이 묵는 호텔에서 말이야. 그래, 어떤 녀석인데 그렇게 간 큰 짓을 하지?"

"모르겠습니다. 한 명이었는데, 정말 아름답게 생긴 청년이더군요. 붉은 머리를 길게 기르고……."

다크는 더 이상 들어 볼 것도 없다는 듯 문을 박차고 달려 나갔다. 드디어 아버지가 자신을 구하러 이곳까지 달려온 것이다.

아르티어스는 폭력적인 자신의 행동을 저지하기 위해 달려왔던 병사들의 우두머리와 또 다른 한 명의 멱살을 그러쥐고는, 그중에서 한 명을 병사들이 많이 모여 있는 곳에다가 힘껏 던진 후 또 다른 한 명을 어디에다가 던져 버릴까 궁리하며 빙 둘러보던 도중에 달려 나오는 아들을 발견했다.

"아빠!"

"아들아!"

아르티어스는 한쪽 손에 쥐고 있던 병사를 아무 곳에나 던져 버린 후 후다다닥 달려가서는 가냘픈 아들의 몸을 꼭 끌어안았다.

그런데 이런 그들을 옆에서 바라보고 있던 아르티엔의 눈이 묘하게 빛나고 있었다. 그는 한눈에 그녀가 헤즐링이 아니라는 것을 알아본 것이다. 그리고 그녀의 몸속에 감춰져 있는 호비트라는 것이 믿어지지 않을 정도로 막강한 마나의 기운도.

"저 아이가 나약한 손자라고? 흥! 저 아이가 나약하다면 이 세상에 존재하는 호비트들에게 있어서 강자(強者)라는 개념이 좀 수정되어야 하겠군. 그래, 그건 나중에 저놈을 족쳐 보면 자연히 답을 얻을 수 있을 것이고……."

아르티엔은 다시금 아르티어스에게 꽉 안겨서는 숨이 막히는지 버둥거리고 있는 소녀를 차근차근 훑어봤다. 아르티엔이 알기에는 호비트들은 드래곤과 달리 암컷과 수컷이라는 성이 분리되어 존재했다. 그리고 호비트는 자식을 성별에 따라 두 가지로 분리해서 부른다. 아들과 딸이 그것이다. 그런데, 그가 아무리 쳐다봐도 아르티어스가 '아들'이라고 우기고 있는 대상은 제법 뛰어난 미모에 봉긋한 가슴이 튀어 나와 있는 '딸'이 아닌가? 아르티엔은 그것을 이해할 수가 없었다.

"뭐, 그것도 시간이 지나면 자연히 알 수 있겠지. 하기야 내가 바깥세상을 돌아다닌 것이 4천 년도 전이었으니까 말이야. 그때는 수컷 호비트를 아들이라고 부르고, 암컷 호비트를 딸이라고 불렀었는데, 세월이 흐르는 동안에 서로가 가지는 뜻이 뒤바뀌어 버렸나? 뭐 호비트들의 짧은 수명으로 봤을 때 충분히 그럴 수 있다고 봐야 하겠지."

아르티엔이 등 뒤에서 곱지 못한 시선을 보내고 있는 것도 잊은 채, 아르티어스는 다크를 꼭 끌어안고는 연신 주절거렸다.

"그동안 얼마나 고생이 많았느냐. 어디 보자, 어디 다친 곳은 없느냐? 으잉? 그런데 이건 또 뭐야? 어떤 망할 놈이 이딴 것을 몸에 달아 놓은 거냐?"

아르티어스는 다크의 몸에 상처가 없는지 유심히 살펴보다가 그녀가 차고 있는 팔찌들을 발견하고는 화가 나서 외쳤다. 그리고 곧이어 그는 그 두 개의 팔찌를 제거해 버렸다. 드래곤인 그에게 있어서 이따위 팔찌를 해제하는 것쯤은 일도 아니었던 것이다.

아르티엔은 뒤쪽에서 이 희한한 두 부자가 하는 꼬락서니를 찬찬히 보고 있다가 아르티어스가 팔찌들을 해제하는 것을 본 후, 이 정도면 아르티어스가 '손자'라고 주장하는 아이에게 그 어떤 위험도 없을 것이라고 판단되자 슬그머니 아르티어스의 뒤쪽으로 다가왔다. 아르티엔은 헛기침을 해 대며 말문을 열었다.

"험험, 감격스러운 부자 상봉을 방해하는 것 같아서 미안하지만……. 옆에서 가만히 보아하니 우리 둘 사이에도 너무나 많은 대화가 필요한 것 같다는 생각이 드는구나. 너는 그렇게 생각하지 않느냐?"

이게 무슨 소린가 해서 다크는 그 말을 꺼내는 소녀를 향해 시선을 돌렸다. 소녀는 자신과 아르티어스를 슬그머니 손가락으로 가리키며 말하고 있었다. 다크가 슬쩍 아르티어스의 눈치를 보자 그는 그 말을 듣고 질겁한 듯 얼굴색이 파랗게 질려 있었지만, 필사적으로 그것을 얼버무리려고 하고 있는 모습이 보였다.

"예? 그건 무슨 말씀이신지…, 헤헤헤."

억지웃음을 짓는 아르티어스를 바라보며, 아르티엔은 생긋이 미소를 지었다.

"아들아, 대화라는 것은 원래 서로 간에 오해를 없애는 데 최적의 수단이 아니겠느냐?"

갑자기 분위기가 화기애애해진다고 느끼며 아르티어스는 잘만 말하면 이 상황에서 벗어날 수 있을 것 같다고 생각한 후 재빨리 변명을 시작했다.

"알고 있습니다. 저는 절대로 숨기려고 한 것이 아니라……."

"물론, 대화가 필요하다는 것은 잘 알고 있다. 하지만 그 전에 아비를 속인 것에 대한 대가는 톡톡히 치러야 하지 않겠느냐?"

목소리는 부드러웠지만, 아르티어스는 아버지가 결코 이번 일을 그냥 넘어가지 않을 것이라는 것을 깨달았다. 그렇기에 아르티어스는 감춰 두고 있던 비장의 한 수를 급히 써 먹었다. 자신은 진실만을 말했었다. 그것을 엉뚱하게 오해를 한 아르티엔이 잘못한 것이 아닌가?

"절대로 아버지를 속인 적은 없습니다. 기억해 보시면 알 것 아닙니까? 제가 언제 손자를 헤즐링이라고 한 적 있습니까? 안 그래요?"

"오호라, 그러니까 네 녀석은 의도적으로 나로 하여금 오해하도록 만들었다, 이거로군. 그렇다면 더 이상 말이 필요 없겠는 걸. 일단 몇 대 쥐어 팬 후에 대화를 다시 시작하는 것이 진실에 보다 빠르게 접근할 수 있겠어."

"아, 아버지! 그게 아니라니까요!"

더 이상 들을 필요도 없다는 듯, 아르티엔은 주문을 외워서 어디론가 아르티어스와 함께 공간 이동해 버렸다. 어딘가 한적한 곳으로 아들놈을 끌고 가서 실컷 쥐어 팬 후에 오붓한 대화를 나눌 생각으로…….

팔찌만 없애 버린 후 갑자기 아르티어스가 아버지라고 부르는 웬 어린 계집애하고 사라져 버리자, 다크는 황당할 수밖에 없었다.

"하여튼 드래곤이라는 것들은……. 도대체가 상식적인 선에서 이해를 할 수가 없군. 그건 그렇고… 흐흐흐, 이 힘, 단전에서부터 시작해서 사지의 끝까지 휘몰아치는 이 느낌! 드디어 해방이야. 하하핫!"

다크는 잠시 호텔의 정문 앞쪽에서 아르티어스가 돌아오기를 기다리다가 뭔가 떠올랐다는 듯이 말했다.

"무작정 이러고 기다릴 것이 아니라, 여기서의 볼일부터 해결해 두는 것이 좋겠군. 안 그래도 꼭 해야겠다고 작정해 둔 일이 몇 가지 있으니까 말이야."

라나는 갑자기 밖으로 달려 나간 다크가 돌아올 생각을 안 하자 걱정이 되어 따라 나왔다. 그러다가 호텔 정문 쪽에서 느긋하게 걸어오고 있는 다크를 발견했다. 라나는 그쪽으로 달려가서 말을 붙이려고 하다가 갑자기 멈칫했다. 잘은 모르겠지만, 지금까지 자신과 함께 지냈던 다크와 뭔가 본질적으로 다른 것 같은 이질감이 느껴졌기 때문이다.

아름다운 황금빛 머리카락을 길게 늘어뜨리고, 어떤 상황에서도 자신감 넘치는 눈빛을 잃지 않는 소녀. 그리고 허리를 꼿꼿하게 세우고, 오만하게 눈을 치켜뜨고는 다른 사람들을 내려다보는 듯한 저 자신감 넘치는 걸음걸이. 여기까지는 그전과 같았지만, 라나는 바로 그때 지금까지 그녀의 행동이나 모습에서 느낄 수 없었던 '여유'를 찾을 수 있었다. 강자만이 가질 수 있는 느긋한 여유를 말이다.

라나가 주춤거리는 사이, 다크는 어느샌가 그녀의 앞을 통과하고 있었다. 라나는 뭔가 조금 달라진 분위기 때문에 아무래도 말을 걸기가 좀 힘들어서 그대로 그녀를 따라갔다. 어쨌건 그녀가 갈 곳은 방금 전까지 자신과 함께 있었던 그 방일 것이 분명했기 때문이다. 그곳에 간 다음에 천천히 눈치를 봐서 대화를 나눠 볼 생각이었다. 하지만 다크는 라나에게 배정되어 있던 방을 지나친 다음 더욱 안쪽으로 걸어갔다.

"무슨 일이냐? 너는 내실 담당의 하녀가 아닐 텐데……?"

공녀가 거주하는 내실로 들어가는 입구를 지키고 있던 호위병 둘은 더 이상의 말은 꺼내 보지도 못하고 기절해 버렸다. 자신들이 어떻게 두들겨 맞았는지도 느끼지 못하고 말이다. 상대가 들을 수도 없게 만들어 놓은 후에야 다크는 내실 안으로 걸어 들어가며 이죽거렸다.

"내가 내실 하녀가 아닌 것은 나도 잘 알고 있어."

라나는 다크를 따라가며 그녀를 말렸다. 갑자기 왜 이렇게 바뀐 것일까? 방금 전까지만 해도 아저씨는 저렇지 않았었는데.

"저… 아저씨, 갑자기 왜 그러세요?"

"몰라서 물어? 공녀라는 계집이 감히 나를 일개 노리개쯤으로 만들려는 망상을 품었잖아. 내게 그딴 생각을 품고도 무사할 줄 알았나?"

"예? 아무리 그게 마음에 안 드신다고 해도 이렇게 일을 크게 벌여 놓으면 안 됩니다. 발각될 우려가 있다구요."

그 말에 다크는 걸음을 잠시 멈추고는 라나를 지그시 바라봤다. 아무런 표정도 없이 자신을 그저 바라봤지만, 라나는 어느샌가 자신의 몸에 소름이 돋아 있다는 것을 느꼈다. 왜 그런지는 잘 모르겠지만……. 다크는 다시금 내실 쪽으로 걸음을 옮기며 내뱉듯이 말했다.
"이제, 더 이상 그딴 것은 신경 안 써도 돼!"

"이게 무슨 짓이냐? 게 누구 없느냐? 빨리 저년을 잡아서 내 앞에 꿇려라!"
 물론 공녀도 자신의 말이 부하들에 의해 실행될 것이라고는 조금도 믿지 않았다. 하지만 공포에 가득 찬 그녀의 '머리통'은 습관적으로 여태껏 해 오던 말을 내뱉도록 '입'에게 명령한 것이다.
"크어어억!"
 다크는 마지막까지 남아서 저항하던, 아니 공포에 질려서 도망치려고 하던 호위병의 뒷덜미를 꽉 틀어쥐고는 벽에다가 우악스럽게 처박아 버렸다. 그런 다음 축 늘어진 병사를 놓고는 손바닥을 탈탈 털었다. 실력이 좋아서 여태껏 살아 있었던 것이 아니었다는 것을 증명이라도 하듯, 그 병사는 머리가 깨진 채 눈을 화등잔만 하게 뜬 상태로 거품을 물고 뻗어 있었다.
"이런이런, 어쩔까나. 그 명령을 이행할 녀석은 이제 더 이상 없는 것 같은데 말씀이야."
 잔인하게 이죽거리면서 천천히 다가오는 상대를 보며, 공녀는 발작적으로 외쳤다.
"이이, 괴물! 다가오지 마!"
"흐흐흣! 감히 한주먹 거리도 안 되는 것이 나를 후작이라는 놈의 노리개로 선물하겠다고 야무진 꿈을 꾸다니 말이야."
 다크는 순식간에 거리를 좁히며 공녀의 멱줄을 감아쥐었다.
"헉!"

상대가 다급하게 숨을 들이키는 찰나, 다크는 살기 어린 어조로 말했다.

"이렇게 빨리 복수의 순간이 다가 올 줄은 나도 생각하지 못했다. 흐흐흐, 너 따위 죽여 봐야 내 손만 더러워질 뿐이고……. 네가 여태껏 해 온 대로 노예 시장에 내다 팔아 버릴까? 이 정도 미모라면 용돈 벌이 정도는 될 것 같은데 말이야, 하하핫!"

잠시 상대의 얼굴을 들여다보던 다크는 장난감이 부서진 아이처럼 심드렁한 어조로 말을 이었다.

"이런, 자극이 너무 강했나? 기절해 버렸군."

다크가 갑자기 그 광폭한 이빨을 드러낸 그 순간, 다크를 팔아먹었던 하녀는 정신이 하나도 없었다. 공녀를 호위하던 수십 명이나 되는 호위병들이 힘 한 번 써 보지 못하고 바닥에 뒹구는 것을 보자마자, 그녀는 더 이상 생각할 것도 없이 미친 듯이 호텔 출구를 향해 달려갔다. 상대가 저렇게 강한 줄도 모르고, 뒷골목의 놈팽이들 몇 명에게 그녀를 팔아먹었다니. 그녀가 노예 시장으로 넘어가지 않고, 당당하게 호텔로 돌아올 수 있었던 것도 충분히 이해가 갔다.

하녀는 공녀의 꾸지람을 받은 후 잠시지만 자신의 방에 들어가서 잠잠하게 있었다. 그것을 보고 이번 일은 어떻게 잘 넘어가겠다고 안일하게 생각했던 자신이 저주스러워지는 그녀였다. 그 개망나니 하녀는 자신을 가로막는 호위병들을 해치우며 공녀가 묵고 있는 내실 쪽으로 걸어갔다. 호위병들이 힘 한 번 써 보지 못하고 픽픽 쓰러지는 것으로 봐서 머지않아 자신을 저 미친년으로부터 지켜 주고 있던 공녀가 조만간 어떻게 될 것인지 불을 보듯 뻔하게 짐작할 수 있었다. 그리고 그 공녀를 해치운 후에 저 미친년은 어떻게 나올 것인가? 당연히 자신을 씹어 먹으려고 달려올 것이다. 그렇다면 자신은 어떻게 행동해야 할까? 결론은 뻔한 것이었다. 저 미친년에게 맞아 죽기 전에 가능한 한 멀리 도망쳐야만 했다. 그런 후, 군대가 출동해서 저 미친년을 끌고 가기 전까지 숨어 있어야 하는 것이다.

"헉헉헉."

호텔은 아주 넓었기에, 출구 쪽까지 전력으로 질주해 온 그녀는 숨이 턱까지 차오를 지경이었다.

"사람 살려!"

있는 대로 비명을 질러 대며 도망가는 하녀를 주위에 있는 사람들이 수군대며 둘러보고 있었다. 그리고 하녀의 시야 저쪽 앞에서 십수 명의 병사들이 실내로 진입해 들어오는 것 또한 보였다. 하지만 그것만으로는 안심이 안 되었다. 고르고 고른 후작의 호위병들이 간단하게 땅바닥에 내팽겨 쳐지던 장면을 공포에 질려 몰래 숨어서 훔쳐본 지 얼마 지나지 않았지 않은가? 그녀는 계속 치달려서 호텔 밖으로 도망쳤다.

그녀는 호텔에서 멀찌감치 떨어진 어떤 건물에 슬쩍 몸을 숨기고서야 호텔 문 쪽으로 시선을 돌릴 수 있었다. 이제야 숨을 고를 시간 여유를 가진 그녀는 가쁜 숨을 몰아쉬면서 호텔 주위를 살펴봤다. 호텔 주위는 매우 어수선한 상태였다.

방금 전까지 아르티어스가 호텔에서 난동을 부리고 난 후였기에, 여기저기에서 병사들이 그쪽으로 집결하고 있는 중이었다. 그리고 많은 행인들이 도대체 무슨 일이 벌어진 것인지 궁금증을 느끼며 호텔의 안쪽을 지켜보며 서 있는 모습이 보였다.

바로 이때, 그녀의 등 뒤에서 음흉스런 목소리가 들려왔다.

"흐흐흐흐, 이렇게 빨리 찾아낼 줄은 상상도 못했군. 며칠 동안 여기에서 기다려야 하나 했는데 말이지."

기절할 듯이 놀란 하녀가 뒤쪽으로 시선을 돌리자, 그곳에는 얼굴 여기저기를 얼마나 두들겨 맞았는지 울긋불긋, 거무탱탱한 멍 자국이 아로새겨져 있는 남자 둘이 서 있는 것이 보였다. 수많은 멍 자국 때문에 더욱 괴이한 형상을 하고 있는 털보가 이죽거렸다.

"네가 팔아먹은 노예가 우리를 이 꼴로 만들었으니, 그 대가는 네가 치러야겠지?"

"아, 안 돼!"

그녀는 비명을 질렀지만, 곧이어 둔탁한 소리와 함께 반항은 끝이 났다. 털보 옆에 서 있던 사내가 천으로 잘 감싼 몽둥이로 비명을 지르며 도망치려고 하던 하녀의 뒤통수를 후려친 것이다. 하녀가 쓰러지자, 털보는 주위의 동정을 살폈다. 원체 주위가 어수선해서 그런지 하녀의 비명 소리에 신경을 쓰는 사람은 하나도 없어 보였다.

"자, 빨리 자루에 쑤셔 넣어. 이거라도 대신 팔아 치워야 직성이 풀리겠다."

털보 사내는 자신을 이 꼴로 만든 그 끔찍한 경험을 다시는 반복하고 싶지 않았다. 하지만 꼭 복수는 하고 싶었다. 그러나 당사자에게 원한을 풀 수는 없다 보니, 당연히 그 원인을 제공한 놈, 아니 년이 대신 복수의 대상이 되어 주어야 하는 것이다.

죽음의 기사

  펄럭이는 망토를 아주 깊숙이 눌러쓰고 있었기에 그 생김새는 짐작할 수 없었지만, 농민들이 밀을 거둬들일 때 사용하는 거대한 낫을 들고 있는 것을 보면 아마도 농민으로 착각할 수도 있었다. 하지만 지금은 밀을 거둬들일 시기도 아니었고, 또 이런 무덤 앞에서 무슨 농작물을 거둬들일 것이라고 낫을 들고 설치겠는가? 무덤을 단장하기에 그 낫의 크기는 너무나도 컸다. 그는 뼈가 앙상하게 보이는 손을 이용해서 큼직한 책자를 뒤적거리다가 나직한 웃음을 터뜨렸다.
  "클클클클… 바로 이곳이군."
  그곳은 바로 코린트의 모든 전쟁 영웅들이 잠들어 있는 황실의 묘역이었다. 물론 자신이나 그 후손들이 그가 이곳에 묻히기를 원하지 않는다면 딴 곳에 장사지낼 수도 있었다. 하지만 모든 귀족들이나 기사들에게 있어서 이곳에 묻힌다는 것은 자손 대대로 이어질 수 있는 최고의 영광이었기에 아직까지 단 한 사람도 이곳에서 잠들 수 있는 특권을 거절한 경우는 없었다.

그는 주위를 잘 살펴봤다. 하지만 예상외로 경비는 아주 허술했다. 코린트 최고의 성역이라고는 하지만, 무덤들이 모여 있는 묘지일 뿐이었다. 무덤 속에 들어 있을 값진 부장품(副葬品 : 시체와 함께 넣는 물건들)을 노리는 도둑들 정도만 막으면 된다고 생각했기에, 그렇듯 경비가 허술한 것이었다. 그는 일단 가장 유명하면서도 뛰어난 능력을 가진 인물의 묘지부터 선택했다.

"어디에 있나?"

이리저리 기웃거리며 찾은 무덤, 고생해서 찾아내긴 했지만 이번에도 그의 예상과는 달리, 위대한 무인의 무덤치고는 너무나도 검소해 보이는 무덤이었다. 그는 상대가 코린트 최고로 지칭되는 무인이었던 만큼 무덤 또한 아주 호화로울 것으로 생각하고 그 순서로 뒤졌기에 시간이 더욱 많이 걸렸던 것이다.

"젠장! 아무리 검약한 것을 좋아한다고 하더라도, 영웅의 무덤을 이따위로 만들다니, 죽은 사람에 대한 최소한의 예의조차도 모르는 것들 같으니라구."

그는 잠시 투덜거린 후 두 손을 하늘 위로 뻗으며 주문을 외웠다.

"잠들어 있는 위대한 기사의 영혼이여, 대마왕 크로네티오 님의 권능을 받아 그대에게 명하오니 지저(地底)의 혼돈에서 깨어나, 나 캐론(Charon) 일족의 권능을 이어받은 라쿠나의 명령에 따르라."

잠시 기다렸지만 아무런 반응이 없었다. 라쿠나는 당황한 듯 다시 한 번 주문을 외웠다. 정상적인 경우라면 무덤 안에서 사자(死者)의 응답 소리가 들려와야만 하는 것이다. 자신이 가지고 있는 원한이 무엇인지 죽은 자가 말하고, 그다음 그 원한을 푸는 것에 대해서 몇 가지 흥정이 오고간 후에 이쪽에서 그를 만족시켜 줄 수 있다면 그는 죽음의 기사(Death Knight)로서 다시 태어나는 것이다.

라쿠나는 당황하여 다시 한 번 책자를 뚫어지게 쳐다봤다. 그곳에는 분명히 '전사(戰死)'라고 되어 있었다. 전쟁터에서 죽은 인물인 만큼 그 원한은 당연히 뼛속까지 사무쳐 있을 것이고, 웬만한 조건만 충족된다면 깨울 수 있을 것이라고 생각했었는데 그것이 처음부터 좌절된 것이다.

"이럴수가… 어떻게, 전사했는데도 그 어떤 원념(怨念)도 남아 있지 않을 수가 있지? 도대체가 이해할 수가 없군."

무덤을 뚫어지게 노려보며 무덤 속을 관찰하던 라쿠나는 이윽고 뭔가 느꼈다는 듯 외쳤다. 그는 사자(死者)를 관장하는 마족인 만큼 정신만 집중한다면 직접 무덤을 파 볼 필요도 없이 충분히 자세한 관찰이 가능했던 것이다.

"이런 제기랄! 전사한 것이 아니라, 참수(斬首)당한 시체였군. 게다가 이건 위대한 무인 따위가 아니야. 해골 병사(Skelton)로도 만들 수 없는 형편없이 삭아 빠진 뼈다귀……. 도대체 어떤 미친놈이 이따위 장난을 해 놓은 거야?"

투덜거리며 라쿠나는 딴 무덤으로 향했다. 그가 두 번째로 시도한 무덤은 리사 드 크로데인 후작 부인이라는 뛰어난 무사였다. 그녀도 키에리가 전사했다고 전해지는 바로 그 전쟁, 그러니까 제1차 제국 전쟁에서 크루마와 교전 중에 전사한 것으로 기록되어 있었다. 라쿠나는 리사의 무덤 앞에 서서 주문을 외웠다. 하지만 이번에도 아무런 반응이 없었다.

"이상하군. 이번에도 가짜인가?"

라쿠나는 전번처럼 두 번이나 주문을 외우지 않고, 곧장 무덤 내부의 관찰로 들어갔다. 곧이어 라쿠나는 감탄 어린 신음을 삼켰다.

"정말 대단한 뼈야. 화려한 영기(靈氣)가 감도는군. 진짜가 분명해. 그런데도 왜 응답이 없는 거지?"

잠시 생각해 보던 라쿠나는 그녀가 아무런 원한 없이 죽었다고 결론짓고는 또 다른 무덤으로 미련 없이 자리를 옮겼다. 원념 없이 죽은 기사의 시체는 무슨 짓을 해도 깨울 수 없다는 것을 잘 알기 때문이었다.

원한을 품은 기사의 영혼은 그 원념이 강한 정도에 따라 복수를 하기 위해 짧게는 며칠, 길게는 몇십 년간 세상을 떠돈다. 그런 그들을 죽음의 기사로 만들 수 있었다. 그리고 그들은 새로운 육체를 부여받은 후 복수를 위해 날뛰는 마물이 되는 것이다.

마왕은 1천5백 년 만에 다시금 세상에 모습을 드러낸 후, 세계 정복이 그렇게 만만한 작업이 아님을 곧 눈치 챌 수 있었다. 그것은 1천5백 년 전에는 존재하지 않았던 타이탄이라는 마법 병기 때문이었다. 물론, 세월이 흘러서 자신의 힘이 점점 더 강해진다면, 마계의 강력한 힘을 지닌 부하들을 불러들여 타이탄을 직접 상대하게 만들 수도 있었다. 하지만 지금 그가 불러들일 수 있는 부하들의 양과 질에는 분명 한계가 있었다. 그렇기에 대마왕 어르신이 생각해 낸 새로운 돌파구가 이것이었다.

자신을 향해 원한을 품지 않은 기사들에게 다시금 육체를 부여하여, 꼭두각시로 삼는 것이었다. 물론 죽음의 기사들은 예전만큼의 능력을 발휘할 수 없겠지만, 그래도 충분한 숫자는 제공받을 수 있을 것이다. 그들이 조종할 수 있는 특별한 엑스시온의 제작에 성공하기만 한다면, 엄청난 힘이 순식간에 굴러 들어오게 되는 것이다. 그걸 생각해 낸 후 카론 일족 네 명을 불러들여 죽음의 기사들을 모으고 있는 중이었다. 그리고 파워가 좀 떨어지더라도 암흑의 마나에 동작할 수 있는 엑스시온의 개발 작업 또한 병행하고 있었다.

정신계 마법의 치료

 한 시간쯤 후에 아르티어스는 아르티엔과 함께 호텔로 돌아왔다. 이번에는 다크에게 채워져 있던 팔찌를 제거한 상태였기에, 아르티어스는 그녀의 위치를 언제 어디서든지 파악할 수 있는 상태였다. 그렇기에 그들은 곧장 그녀의 바로 옆으로 공간 이동해서 나타났다.
 "살아서 만나게 되어 정말 반갑구나."
 반쯤 누더기를 걸치고 있는 아르티어스가 다크를 본 후 처음 내뱉은 말이었다. 도대체 누구한테 얼마나 쥐어 터졌는지, 얼굴이 밤탱이가 되어 있었다.
 "도대체 어디 가서 뭘 했기에 모양새가 이래요?"
 아르티어스가 힐끔 아르티엔을 바라본 후 대답을 해 주려는 찰나, 다크는 아르티어스를 그 꼴로 만든 상대가 누군지를 눈치 채고는 아르티어스를 옆으로 살짝 밀면서 앞으로 쓱 나섰다.
"네년이 아빠를 저 모양으로 만들었냐?"
다크의 공격은 거의 순간적으로 이루어졌다. 말이 채 끝나기도 전에 이미 아르티엔의 목줄기는 산산이 부서진 채, 아래로 허물어지고 있었던 것이다. 아르티어스조차도 언제나 감탄하던 다크의 기술. 순간적으로 움직이며 상대에게 방어할 틈을 주지 않는 공격. 언제 어떤 기술을 썼는지조차 알 수 없었지만, 다크의 손은 희미한 푸른빛을 뿜어 대며 상대의 멱줄을 관통한 후였다. 너무나도 허무할 정도로 빠른 아버지의 죽음을 목격하고, 아르티어스는 정신이 하나도 없었다. 아르티어스로서는 아들을 말리고 자시고 할 틈도 없었던 것이다. 아르티어스가 엉거주춤하게 서서 아버지의 주검을 망연히 바라보고 있을 때, 다크는 질퍽하게 피를 흘리고 있는 시체에는 눈길조차 주지 않고 있었다.
너무나도 현실감 있는 영상이었고, 또 확실하게 손에 와 닿는 느낌도 있었다. 하지만 여태껏 살아오면서 수많은 사람들을 죽여 왔던 그녀였기에 사람의 목을 관통할 때 나타나는 미묘한 느낌에서의 차이점을 즉시 눈치 챌 수 있었던 것이다. 하지만 상대가 어디에 있는지는 그녀로서도 알 수 없었다. 미세한 기의 흐름조차도 감지되지 않고 있었다. 어쩌면 저기 쓰러져 있는 것이 진짜 시체일 가능성도 있었지만, 다크는 수많은 격투를 통해 다져진 자신의 감각을 믿었다. 그렇기에 그녀는 오만하게 서서 보이지도 않는 상대를 향해 외쳤다. 상대가 어디에 있는지를 알 수 없었기에 방어 자세는 아예 갖추지도 않았다.
"나를 깔보는 거냐? 저따위 허상으로 나를 속일 수 있다고 생각했나?"

 허상이라는 말에 아르티어스는 제정신을 차렸다. '그러면 그렇지' 하고 생각하면서 아르티어스는 다급한 어조로 아들을 말렸다. 지금이라면 그냥 애교 정도로 넘어갈 수도 있을지 모르지만, 아버지의 심기를 진짜로 건드려 놨다가는 아예 살기를 포기해야 한다는 사실을 잘 알기 때문이었다.
 "나를 위해서 싸우려고 하는 것은 이해하겠지만, 너는 절대로 그분과 싸워서는 안 된다."
 "왜지요? 그렇게 강한 상대인가요?"
 "이건 강하고 강하지 않고의 문제가 아니야. 그분은 너의 할아버지이시기 때문이다. 나를 낳아 주신 분이시거든."
 아르티어스의 설명이 끝나기도 전에 아르티엔은 언제인가 다시금 모습을 드러낸 채 쓰러져 있는 허상을 씁쓸한 눈으로 바라보고 있었다. 그것을 뒤늦게 눈치 채고 아르티어스가 뭐라고 말할까 궁리할 때, 아르티엔은 슬그머니 손짓을 했다. 그 손짓 한 번에 방금 전까지 선혈이 낭자한 가운데 쓰러져 있던 소녀의 시체는 먼지가 날리듯 푸스스스 사라져 버렸다.
 "정말 대단한 공격이로군. 이 정도 기습 공격이라면, 웬만한 놈들은 자기가 어떻게 죽는지도 모르고 황천으로 가겠어."
 투덜거리는 아르티엔의 목소리를 애써 못들은 척하면서, 아르티어스는 아버지에게 다크를 소개했다.
 "아버지, 정식으로 소개해 드리겠습니다. 제가 양자로 삼은 다크 폰 치레아라는 아이입니다. 아버지도 많이 사랑해 주시기를 부탁드립니다."

"글쎄다. 그런데 어디서 꼭 너 같은 녀석을 하나 골라내어 양자로 삼은 거냐? 앞뒤 가리지도 않고 무조건 손부터 나간다. 나로서는 이해하기 힘든 참 특이한 습관이야……. 이렇게 닮은꼴도 구하기 힘들 텐데 어디서 구한 거지?"

"아버지도 그렇잖아요"하고 한마디 쏘아붙이려다가, 아르티어스는 생각을 되돌리고 한껏 억지 미소를 지어 대며 주절거렸다.

"그렇게 빈정대지 마시라구요. 재롱 정도로 생각하고 넘어가면 될 텐데, 손자가 장난 좀 친 걸 가지고 꽁하시기는……."

"헛! 요즘은 그런 것을 재롱이라고 하느냐? 손자가 재롱 두 번만 떨었다가는 할애비 목숨이 남아나지를 않겠군. 그건 그렇고, 너는 저 아이를 보면서 뭔가 느낀 것 없냐?"

아르티어스는 아버지의 말 중에서 '할애비' 라는 단어가 들려오자 적이 안심하기 시작했다. 일단 아르티엔은 다크가 그의 손자가 될 만한 충분한 실력을 갖추고 있다고 생각하며 합격점을 준 것이라고 생각한 것이었다.

"예? 뭘 말입니까? 원래 처음부터 조금 과격한 성격이라서 저는 잘 모르겠는데요."

"쯧쯧, 아직도 멀었구나. 내 말은 누군가 저 아이의 정신세계에 침입한 것 같다는 말이야."

"정신계 마법이라구요? 어떤 빌어먹을 녀석이 그딴 짓을……."

아르티어스는 화들짝 놀라며 다크의 머리 위에 손을 대고는 열심히 수상한 곳들을 뒤지기 시작했다. 여기저기를 탐색해 본 결과 과연 아르티엔의 말대로 누군가가 침입한 흔적이 있었다. 그것도 깨끗하게 침입했다가 빠져나간 것이 아니라, 그 과정에서 다크의 정신세계에 상당한 상처를 남겨 둔 상태였다.

"이게 어떻게 된 일이냐?"

아르티어스는 다크에게 물었지만, 다크로서는 별로 대답할 말이 없었다. 미네르바는 다크에게 정신 마법을 쓴 후에 그때의 기억을 완전히 없애 버렸기 때문이다.

"젠장, 가만히 있어 봐라. 이 아빠가 금방 치료해 줄 테니까."

다크의 머리를 감싸 쥐고 있던 아르티어스의 손이 희뿌연 빛을 뿜기 시작했다. 아마도 뭔가 마법을 사용해서 그녀의 정신세계에 남아 있는 상처들을 치료하기 시작한 것일 것이다. 그리고 다크를 따라서 공녀의 방에 들어왔다가, 자신이 끼어들 틈을 발견하지 못하여 가만히 눈치만 보고 있던 라나는 놀라움에 약간 입을 벌린 채로 이 광경을 지켜보고 있었다. 인간의 입장에서 봤을 때, 정신계 마법의 후유증을 치료할 수 있다는 것은 정말 너무나도 어려운 일이었기 때문이다. 코린트 같은 대 제국에서도 그녀의 정신을 치료할 수가 없어서, 드로아 대 신전에 의뢰하지 않았던가? 그만큼 어려운 일을 금방 해낼 수 있다고 호언장담하고 있는 저 젊은이에 대해 라나가 경외심을 느낀 것은 당연했다.

그리고 이 장면을 흥미롭게 바라보고 있는 여성이 또 있었다. 아니, 정확히 말하면 여성으로 변신해 있는 아르티엔이다. 아르티엔은 아르티어스의 치료가 완전히 끝날 때까지 찬찬히 바라본 후 한마디 툭 내뱉었다.

"제법이로구나. 하지만 아직 치료가 끝나지 않았어."

"예? 그건 무슨 말씀이세욧! 저는 제대로 치료했단 말입니다."

"훗, 그러니까 아직 미숙하다는 거야. 정신계 마법의 부작용 때문인지, 아니면 딴 이유 때문인지는 모르겠지만 아직까지도 주된 정신세계에 포함되지 못하고 떠도는 기억들이 있다는 걸 너는 모르겠느냐?"

아르티어스는 뒤통수를 슬그머니 긁어 대며 난처한 듯 말했다.

"그, 글쎄요."

"내가 하는 것을 잘 봐 둬. 이게 기억이 헝클어진 것을 바로 잡는 데는 최고의 마법이야. 그리고 그 어떤 부작용도 없지."

아르티엔은 다크쪽으로 손을 뻗으며 중얼거렸다.

"리라이프(Re-life)!"

이것은 아르티엔이 고안하여 만든 마법으로서, 다른 정신계 치료 마법과는 달리 직접 상대의 정신세계에 침투하여 조각난 기억들을 퍼즐을 연결하듯 끼워 붙이는 저급한 마법이 아니라, 상대가 여태껏 살아왔던 모든 삶을 순식간에 다시 한 번 살 수 있도록 해 주는 것이었다. 그리고 그때의 기억들을 어떤 식으로 골라 뽑아서 자신의 것으로 만들 것인지는 상대의 의지에 맡겨 버리는 것이다. 상대의 의지가 그것을 결정하기에 이 마법은 부작용이 있을 수가 없었다. 타인의 강제에 의해 재구성되는 것이 절대로 아니었으니까 말이다.

잠시 후 다크는 멍한 머리를 들며 정신을 차렸다. 여태껏 잊고 살았던 수많은 기억들이 마치 어제의 일인 것처럼 선명하게 떠올랐다. 그리고 그 많은 기억들이 한꺼번에 떠올라서 그런지 머릿속이 띵한 것 같았다.

"어라?"

갑자기 한 줄기 눈물이 다크의 눈에서 또그르르 흘러서 떨어지는 것을 보며, 아르티어스는 기겁하듯 놀라서 아르티엔에게 따졌다.
"부작용이 절대로 없다면서욧! 그런데 왜! 갑자기 저 애가 저러는 거죠?"
아르티엔은 별것 아니라는 듯 딴청을 부렸다.
"글쎄다, 옛날 생각이라도 하는 모양이지. 아니면, 여태껏 살아온 삶이 너무나도 후회스럽던지."
"그럴 리가… 없잖아욧! 절대로 후회라는 단어를 모르는 아이인데요."
잠시 망설이듯 말하던 아르티어스는 곧이어 확신하듯 외쳤다. 자신이 아는 한 아들놈은 결코 후회를 모르는 녀석이었다. 설혹 뭔가 잘못된 일을 했다고 하더라도 그 일을 곱씹으며 두고두고 후회하며 고민하기보다는 아예 속편하게 "다음에는 잘하면 되겠지" 혹은, "에이 벌써 죽여 버린 것을 어떻게 해? 다음에 이런 경우를 당하면 살려 둬야지"하고 말할 것이 분명했다.
"글쎄다, 잘 모르겠구나. 나도 사실 이 마법을 고안하기는 했지만, 써먹기는 이번이 처음이라서 말이야."
속 편한 아르티엔의 말에 아르티어스는 이빨을 갈며 외쳤다.
"설마, 사랑하는 손자를 상대로 마법 실험을 했다는 말입니까?"
아르티어스가 아르티엔을 향해 으르렁거리고 있을 때, 다크가 나직한 어조로 힘없이 말했다.
"아빠, 저 좀 쉬고 싶어요."
"그래, 여기는 너무 시끄러우니까 딴 데로 가자."
아르티어스는 방 안에 남아 있던 모든 사람들을 이끌고 어딘가 아들이 쉴 만한 곳을 찾아서 공간 이동했다.

　루비의 눈이라는 호텔에서 벌어진 일은 곧장 근위 기사단에까지 연락이 올라갔다. 그 무렵 코린트 최강의 기사단인 코란 근위 기사단은 크라레스 침공 준비를 완료한 상태였다. 그리고 새로이 편성을 끝마친 제2근위대도 합류를 끝마쳤다. 하지만 다크 폰 치레아 대공의 수색 작전에 투입 되었던 금십자 기사단이 아직 완전히 귀환하지 않은 상태였다. 치레아 대공에 대한 수색 작전은 매우 광범위하게 진행되고 있었기에 그것은 어쩔 수 없는 일이었다. 그 때문에 금십자 기사단의 전투 준비가 완료될 때까지 침공 부대는 발이 묶여 있는 상태였다.

　"발렌시아드 후작 각하, 방위 사령부로부터의 긴급 전문이 도착했습니다."

　부관의 말에 제임스는 심드렁한 어조로 대꾸했다.

　"긴급 전문? 어딘가에서 또 마법사나 신관들과 한판 붙었으니 지원해 달라는 것이겠지. 거기에 놔두고 가게."

　"예, 각하."

　제임스는 문을 나서려는 부관의 뒤통수에다가 대고 급히 물었다.

　"금십자 기사단의 준비는 완료되었는지 알파레인 후작에게 물어봐 주게."

　"예, 각하."

　"이거야, 원. 출동 명령이 떨어진 것이 언제인데, 금십자 기사단 때문에 발목이 붙잡혀 있다니……."

정신계 마법의 치료　185

잠시 궁리를 한 후 제임스는 자신의 명령을 행하러 가야 할지 아니면 또 다른 명령이 더 있는지 몰라서 눈치를 살피고 있는 부관에게 명령했다.

"각 기사단장과 부단장, 그리고 각 기사단의 작전관들을 불러들이게. 금십자 기사단의 출동 준비가 완료되려면 시간이 좀 더 필요할 것 같으니까, 그동안 지휘관들과 크라레스 침공 작전에 대해서 토론을 좀 해 두는 것이 좋겠다."

"알겠습니다, 각하."

"좋아, 가 보도록."

"옛."

부관이 나가고 난 후, 제임스는 커다란 탁자에 앉아 무의식적으로 손가락 끝으로 탁자를 톡톡톡 몇 번 두들기다가 이윽고 부관이 놔두고 간 서류 쪽으로 눈길을 돌렸다. 일단 자신의 휘하에 있는 제1근위대의 출동 준비는 다 갖춰 놓은 상태였고, 부관에게 지시해 놓은 작전 회의에 참석할 인원이 모이려면 약간의 시간이 필요했다. 그리고 그동안 제임스는 할 일이 없었다.

제임스는 그동안 시간을 때울 목적으로 서류를 집어 들고는 따분한 표정으로 읽기 시작했으나, 곧이어 그의 표정이 바뀌었다. 그는 맹렬한 속도로 그 서류를 읽은 후 문을 박차고 나갔다. 그가 방금 읽은 서류는 루비의 눈이라는 호텔에서 일어난 사건에 대한 보고서였다. 그 사건을 일으킨 두 명, 즉 붉은 머리카락을 길게 기른 미남 청년과 아름다운 미모를 가진 노랑머리 하녀에 대한 것이었다. 그들은 무슨 이유에선지 호텔의 경비병들과 난투극을 벌이고는 그다음으로 드루이드 후작 가문의 용병들과 격투를 벌였다. 그리고 신고를 받고 출동한 방위 사령부에서 파견한 병사들과도 드잡이를 벌였다. 수십 명이 넘는 부상자들이 발생했지만, 정작 그 범인들은 갑자기 사라졌다는 것이었다.

제임스는 출동은 미뤄 둔 채, 여기저기를 들쑤셔서 정보를 끌어 모았다. 그 덕분에 각 기사단의 지휘관들은 회의실에 제임스가 나타나기를 목이 빠져라 기다려야만 했다. 제임스는 일단 자신이 원하는 정보를 끌어 모은 후에도 회의실에 가지 않았다. 왜냐하면 그는 그것보다 더 중요한 일이 생겼다고 확신했기 때문이다. 그는 곧장 로체스터 공작의 집무실로 달려갔다.

"최악의 사태가 발생한 것 같사옵니다, 전하."

"그건 무슨 말이냐, 제임스."

"아무래도 모든 정보를 종합해 본 결과 그녀가 드래곤과 접촉한 것 같사옵니다."

로체스터 공작은 기절할 듯한 표정으로 되물었다.

"뭣이라고?"

제임스는 방금 전에 여기저기서 끌어 모은 서류들을 로체스터 공작의 앞에다가 차곡차곡 놓으면서 설명을 덧붙였다.

"이것은 치레아 대공으로 추정되는 하녀와 드래곤으로 추정되는 청년이 루비의 눈이라는 호텔에서 난투극을 벌인 것에 대한 방위 사령부의 보고서이옵니다. 그리고 이것은 마법의 탑에서 가지고 온 수도 내에서의 마법 사용 탐지 기록이옵니다. 탐지 기록에 따르면 호텔 내부 혹은 그 근처에서 강력한 마법이 몇 차례에 걸쳐서 사용되었다는 것을 알 수 있사옵니다."

"하지만 그런 것만 가지고 꼭 그것이 드래곤이고, 그 하녀가 치레아 공작이라고 짐작하는 것도 무리가 있지 않겠나?"

"제가 마법사를 거느리고 그곳에 직접 가서 확인한 것이니 틀림없사옵니다. 그들은 마법사가 만든 이미지를 보고 그녀가 확실하다고 증언했사옵니다."

"그렇다면 이미 늦었다는 말이냐?"

"그녀가 이미 크라레스로 갔다면, 이번 기습 작전은 중지해야만 하옵니다."

"큰일이로군. 이제 어떻게 하면 좋다는 말인가?"

바로 이때 옆에 서 있던 레티안이 끼어들었다.

"그녀와 드래곤이 만났다면 어쩔 수 없는 것 아니겠사옵니까? 이왕에 이렇게 되었으니, 전부터 계획해 왔던 작전을 시작하는 것이 좋을 것이옵니다."

레티안은 잠시 로체스터 공작이 생각할 여유를 준 후에 말을 이었다.

"이것으로 어쩌면 크루마는 분노한 그녀와 그녀의 아버지에게 치명타를 입을 것이옵니다. 하지만 전에 세웠던 작전과 달리 드래곤은 이쪽의 해명도 듣지 않은 채 그녀와 만났사옵니다. 그런 만큼 빨리 손을 써서 드래곤에게 본국에게 죄가 없다는 점을 납득시켜야만 하옵니다. 가능한 한 빨리 말이옵니다."

로체스터 공작은 고개를 끄덕이며 말했다.

"경의 말이 옳은 것 같군."

"예, 그리고 이번 원정은 포기하셔야 할 것 같사옵니다, 전하. 그녀가 크라레스의 손을 들어 주는 한 저희가 승리 할 방법은 없사옵니다."

혼란스런 과거의 기억

"기나긴 역경을 견뎌 내고 드디어 고향에 돌아왔네."

아르티어스는 자신이 주인공으로 등장한 대서사시 「아르티어스 애가」의 마지막 한 구절을 읊은 후 미소 띤 얼굴로 다크에게 말했다.

"어려울 때는 역시 고향이 최고지. 너에게는 이곳 치레아가 고향이라고 할 수 있지 않느냐? 여기서 한 며칠 푹 쉬면 괜찮아질 거야."

아르티어스는 코린트의 수도 케락스에서 곧장 치레아로 공간 이동해 왔다. 그가 생각했을 때, 아무래도 아들이 마음 편하게 쉴 수 있는 곳은 아들의 보금자리인 이곳이 최적일 테니까 말이다.

치레아 공작 관저의 한쪽 구석에 위치한 공간 이동 마법진에 도착한 일행들은 곧바로 관저로 들어가려고 했다. 하지만 공간 이동 마법진 근처에 버티고 서 있는 거대한 것들…….

"어라?"

갑자기 나타난 손님들을 빤히 바라보고 있는 트롤들을 보고 아르티어스는 머리를 긁적이면서 말했다.

"잘못 왔나? 이런, 이런, 벌써부터 치매 증세가 나타나기 시작하나? 수십 번도 더 와 본 이곳 좌표를 잘못 기억하다니……."

아르티엔이 뒤에서 나직한 목소리로 말했다.

"아마도 제대로 찾아온 것일 게다. 저놈들은 흑마법에 조종당한 것들이야. 그렇지 않고 야생의 그들이었다면 벌써 공격해 왔겠지."

"그도 그렇군요."

아르티엔과 아르티어스가 대화를 나누는 사이, 트롤들의 뒤쪽에서 꽁꽁 묶여 있던 사내가 벌떡 일어서서는 그들에게 달려오며 외쳤다.

"어서 오시옵소서! 대공 전하."

그 순간 무표정하게 트롤들을 둘러보던 다크의 눈에서 불꽃이 튀었다. 그녀는 달려오는 남자가 누군지 알아봤던 것이다. 그녀는 상대가 여태껏 몬스터에게 잡혀 있다가 구원을 청하는 것으로 여기고, 더 이상 생각할 것도 없이 손을 썼다. 그녀의 손이 우아하게 원을 그린 그 순간, 그녀의 사방으로 푸른 강기의 다발들이 쫙 뿌려져 나갔다. 그리고 그다음 벌어진 일은 여태껏 인간 세상에 대한 경험이 별로 없었던 아르티엔 어르신의 입을 쫙 벌어지게 만들었다. 뭔가 강력한 마나의 존재감을 느낌과 동시에 사방에 있던 트롤들이 일제히 피보라를 일으키며 쓰러졌던 것이다.

"이게 무슨 일이냐?"

그리고 다음 순간 다크는 달려오고 있는 사내 쪽으로 다가갔다.

"무슨 일이냐? 그리고 이 몬스터들은 뭐야?"

사내는 공포에 잔뜩 일그러진 표정으로 더듬더듬 말했다.

"우, 우선, 돌아오신 것을 경하드리옵니다, 전하. 하지만… 하지만 몬스터들을 왜 죽이셨사옵니까?"

사내는 공간 이동을 통해 나타난 자들 중에서 적과 아군을 선별하기 위해 그곳에 있었던 것이다. 몬스터들의 입장에서 봤을 때, 마법진을 통해 왔다 갔다 하는 수많은 인간들 중에서 누가 적인지 아군인지 알아볼 도리가 없었다. 그렇기에 그걸 대신 선별해 줘야 하는 사람이 하나 필요하게 된 것이다. 하지만 그 사람이 뒤에 서 있다가 몬스터에게 지시를 내리는 모습을 첩자인 누군가 본다면 들통 날 우려가 있었다. 그래서 생각해 낸 방법이 꽁꽁 묶여서 포로인 척 연극을 하면서 몬스터에게 지시를 내리는 것이었다. 그랬는데, 그걸 착각해서 다크가 몬스터들을 몰살시켜 버린 것이었다.

"어라?"

사내의 태도에 오히려 당황한 것은 다크였다. 이건 물에 빠진 사람을 구해 줬더니, 물에 떠내려간 보따리는 왜 안 건져 주느냐고 따지는 것이나 마찬가지가 아닌가? 다크의 표정이 묘하게 변하는 것을 느낀 사내는 다급하게 말했다.

"카르토 백작님을 만나서 보고를 받으시면 이 상황이 이해가 되실 것이옵니다."

다크는 잠시 카르토 백작이 누군가 생각을 정리했다. 곧이어 그 이름을 가진 인물의 얼굴이 떠올랐다. 하지만 다크가 알고 있는 그 카르토 백작이 맞다면 그의 경우 요직에 있기는 했지만 공국 내부에 몬스터를 끌어들인다든지 하는 그런 중대한 일까지 처리할 수 있는 인물은 아니었다. 왜냐하면 그보다 더 높은 상급자가 수두룩했기 때문이다.

"카알 폰 카슬레이 백작은 어디에 있느냐? 먼저 그를 만나서 보고를 듣고 난 후에 카르토 백작을 만나겠다."

"대공 전하, 송구스럽게도 카슬레이 백작님은 치레아에 안 계시옵니다."

"왜?"

"황제 폐하로부터 치레아 기사단의 출동 명령이 떨어져서 지금 전선에 나가 있사옵니다. 기사단 전원이 출동해 버렸고, 또 가스톤 님도 대공 전하와 함께 행방불명되었기에 어쩔 수 없이 카르토 백작님이 책임을 맡으셨사옵니다."

그러면서 사내는 다크와 뒤에 서 있는 일행들을 힐끔 쳐다봤다. 팔시온, 가스톤, 미디아, 미카엘. 이렇게 네 명이 대공과 함께 행방불명되었다. 하지만 왜 이 자리에 대공 혼자만 양아버지와 함께 나타난 것일까? 그리고 대공을 따라온 저 사람들은 또 뭐란 말인가? 그런 것들이 궁금해서 힐끗 던져 보는 눈길이었다.

"기사단이 출동했단 말이지…, 알겠다. 집무실로 갈 테니 카르토 백작을 불러오도록 해라."

다크는 너절하게 쓰러져 있는 트롤의 사체들을 가리키면서 말을 이었다.

"그리고 저 쓰레기들은 빨리 치워 버려."

"옛, 전하."

보고를 끝마친 후 카르토 백작이 나가고 나자, 다크는 허탈한 표정을 지으면서 푹신한 의자에 주저앉았다. 한숨을 크게 내쉬면서 푹 퍼져 있는 주인의 눈치를 보며, 세린이 은근한 어조로 물었다.

"주인님, 따뜻한 물을 받아 놓을까요? 목욕을 좀 하시면 기분이 한결 개운해지실 겁니다."

"아, 목욕은 됐고, 술이나 좀 가져오너라."

"예, 주인님."

다크는 천천히 술을 따라 마시면서 혼란스럽게 엉켜 있는 머릿속을 정리하려고 노력했다. 하지만 아무리 노력해도 오래전의 일들이 마치 몇 시간 전에 있었던 일인 듯 선명하게 떠오르는 것은 참기가 힘들었다.

다크가 최초로 인간적인 정을 느꼈던 사람은 마지막 사부였던 유백이었다. 아마도 그는 다크를 자신의 마지막 제자로 생각했기에, 좀 더 인간적으로 대해 주었는지도 모른다. 아니면, 마지막 제자라는 것 때문에 조금 더 감상적이 되었는지도 모르고. 하지만 그 망할 사제라는 녀석에게서 사부의 최후를 전해 들었을 때가 기억났다. 탈마(脫魔)에 이르지 않고서는 피해 갈 수 없는 산공의 고통, 무리한 수단을 써서 역행하여 쌓은 내공은 죽기 직전에 흩어지면서 무시무시한 고통을 안겨 준다. 사부는 죽는 그 순간까지 그 지독한 고통에 처절하게 몸부림쳤을 것이다. 그때, 자신이 곁에 있었다면 여태껏 배운 대로 일검에 그 고통을 없애 드렸을 것이다.

자신도 모르는 사이에 시작된 마교 교주와의 갈등, 아마도 그것은 아주 사소한 여러 가지 사건들이 연속되면서 시작되었는지도 모른다. 자신이 그때 조금만 더 신경 썼더라면, 마교 내에서 자신을 찍어 내려고 하는 분위기를 읽을 수 있었을 것이다. 만약 그것을 먼저 파악하기만 했어도, 자신을 위해 충성을 다하던 '죽'이 그렇게 처참하게 죽지는 않았을 것이다.

그리고 이제야 갑자기 떠오른 사라졌던 과거의 기억들, 그중에서 가장 참기 힘든 것은 그가 꽤 존경했었던 옥영진 대장군과 그 부하들의 죽음을 방관할 수밖에 없었던 점이다. 자신이 유치하기 그지없을 정도로 간단한 마교의 술책에 놀아나고 있을 때, 그들은 무참하게 학살당하고 있었다. 만약 그때 자신이 그 집에 있었다면 그때도 같은 결과가 나왔을까?

원래가 인간이 살아오면서 천천히 늘어나기 시작하는 것이 추억이라고 한다면, 그 추억들 중에는 죽는 그날까지 따뜻한 온기를 느끼며 간직하고 싶은 것들이 있는 반면 최대한 빨리 잊어버리고 싶은 것들도 있다. 하지만 잊어버리고 싶은 기억들일수록 더욱 더 오랫동안 뇌리를 떠나지 않으면서 사람을 괴롭히는 습성이 있다. 그렇지만 인간에게는 망각이라는 신이 내려 준 축복이 있었다. 오랜 시간이 지나고 나면 모든 기억들이 아주 희미해지기에 그런 부분이 떠오른다고 해도 약간의 불쾌감 정도만 생길 정도로 사건의 전말이 흐려지게 되는 것이다. 하지만 그런 모든 일들이 바로 몇 시간 전에 있었던 일인 듯 아주 또렷하게 떠오른다면 어떻겠는가?

그리고 이 망할 이상한 세계로 떨어진 것도, 자신이 강하다는 것을 믿고 깝죽거린 결과가 아닌가? 그리고 여기에 떨어진 후에도 그 전의 일은 망각하고 설치고 돌아다니다가 미네르바에게 호되게 당하지 않았는가?

수많은 기억들이 너무나도 또렷하게 떠오르며 수많은 감정들이 그녀의 가슴속에 넘치고 있었다. 분노, 후회, 슬픔, 그리고 그리움……. 그런 수많은 복합적인 감정들이 그녀의 머릿속에서 소용돌이쳤다. 그러다가 그 모든 기억들은 '후회'라는 감정으로 집약되고 있었다.

"이런, 제기랄!"

다크는 마시고 있던 술잔을 벽에다가 패대기쳐 버린 다음, 한동안 씩씩거리다가 급기야는 술병을 들고 통째로 꿀꺽거리기 시작했다.

"주인님, 그렇게 드시면 안 됩니다."

하지만 다크에게 그런 말은 소용이 없었다. 그녀는 단숨에 한 병을 다 비워 버린 후 말리는 세린을 밀쳐 버리면서 벌떡 일어서서는 집무실 옆에 딸려 있는 작은 방으로 달려갔다. 그 방에는 집무실에서 다크가 원할 때 가져오기 위해 준비해 둔 술들이 있다는 것을 알기 때문이었다.

"도대체 어떻게 된 일입니까?"

"뭐가 어떻게 돼?"

"왜 저러느냔 말입니다."

"훗."

씨근거리는 아들의 얼굴을 잠시 바라보던 아르티엔은 시선을 돌려서 밤하늘을 올려다봤다. 오늘은 하늘에 달이 두 개나 동시에 떠 있었기에 달의 빛에 가려서 별들이 어둡게 보이고 있었다. 그것을 바라보며 아르티엔은 나직한 어조로 말했다.

"너는 왜 드래곤이 서로 어울려서 살지 않는 줄 아느냐?"

"예? 갑자기 웬 뜬금없는 말씀이십니까?"

"나는 그것에 대해서 별로 생각해 본 적이 없었다. 하지만 오늘 일을 겪어 보니 어느 정도 짐작되는 부분이 있구나."

아르티엔은 잠시 아르티어스 쪽으로 시선을 돌렸다가 다시금 말을 이었다.

"우리들 드래곤의 기억은 거의 완벽한 수준을 유지하지. 슬픈 일이나 기쁜 일이나… 수천 년 전에 있었던 일도 바로 어제 일처럼 선명하게 기억이 나. 하지만 우리들 드래곤에게 있어서 대부분의 기억들은 레어에 혼자 들어앉아서 만들어 놓은 아주 밋밋한 것들이지. 물론 세상을 떠돌면서 호비트나 오크, 트롤, 오우거 따위와 어울려서 유희를 즐기기도 하지. 그 과정에서 동료가 죽기도 하고, 하잘것없는 것들을 가지고 싸우기도 하고, 울고, 웃고, 분노하면서 지내게 되지. 하지만 그것들의 경우는 얘기가 조금 다르지. 유희의 경우 우리는 타인의 입장에서 그 생을 바라보는 것이야. 호비트들이 연극 구경을 하면서 울고 웃는 것처럼 말이다. 그렇기에 그런 기억은 아무리 떠올려도 크게 무리가 없는 것들이지. 똑같은 연극을 한 번 더 본다는 것 정도 외에는 별 감흥이 없으니까 말이야. 하지만 드래곤끼리 어울려서 만들어 낸 기억은 조금 얘기가 다르다고 봐야 해. 그것 때문에 우리 종족은 서로가 서로에게 상처 주는 것을 매우 꺼리지. 그 기억은 죽을 때까지 선명하게 떠오를 테니까 말이야."

"하지만 저는 드래곤인 친구가 몇 있습니다. 그리고 몇몇 드래곤들끼리 어울려서 친구로 지내는 녀석들도 많아요. 그건 너무 자의적인 해석이 아닙니까?"

"맞아, 드래곤들도 소수이긴 하지만 친구를 깊게 사귀지. 하지만 그것도 다 헤즐링 시기를 벗어나서 독립된 개체로서의 완성이 끝난 상태에서 이루어지게 된다. 헤즐링일 때, 그들은 절대로 아버지의 영역 밖으로 나가는 것이 허락되지 않아. 하지만 그렇지 못할 때, 그러니까 정신적으로 아직 성숙되지 못한 상태에서 그런 일을 당한다면? 아마도 그 기억들에서 자유로울 수 있을 것이라고 장담하기는 힘들 거야."

"그렇다면 아버지가 하시고 싶으신 말씀은 뭡니까? 손자 일을 물었는데, 왜 난데없이 우리 종족에 대해서 별로 흥미도 없는 주제를 가지고 토론을 시작하시는 겁니까?"

"닥치고 들어 봐. 다 연관성이 있으니까 말이야. 인간은 드래곤에 비해서 훨씬 덜 성숙된 자아와 정신 체계를 가지고 있지?"

"그렇다고 봐야 하겠죠."

"하지만 인간은 망각이라는 신의 축복을 가지고 있지. 기억하기 싫은 것이나 그렇지 않은 것이나 모두 다 세월이 가면 잊어버리는 놀라운 신의 축복을 가지고 있단 말씀이야."

그것이 신의 축복이 될 수 있나? 하는 회의적인 심정으로 아르티어스는 시큰둥하게 되물었다.

"그래서요?"

"그렇기에 인간은 현재에 매달리게 되는 거지. 그들에게 있어서 과거는 별로 중요한 것이 아니야. 미래도 크게 중요한 것이 아니지. 현재만이 중요한 거야. 하지만 어느 날 갑자기 과거에 자신이 행했던 모든 일을 한꺼번에 기억할 수 있게 된다면? 그걸 과연 성숙되지 못한 정신 체계가 어떻게 받아들일 것인가? 참으로 흥미로운 주제라고 할 수 있겠지."

아르티엔의 말이 뜻하는 바를 알아챈 아르티어스의 얼굴이 시뻘게지기 시작했다. 그렇다면 최악의 경우, 정신 붕괴 또는 자아 상실까지 갈 수도 있는, 속된 말로 미치거나 자폐증에 걸린다는 말이 아닌가?

아들의 표정 변화를 재미있다는 듯이 바라보던 아르티엔은 미소를 지으며 말했다.

"물론 그것은 최악의 경우를 말하는 것이고……. 하지만 이번 경우에는 그런 일이 벌어지지 않을 거야."

"어째서 그렇게 장담하시죠?"

수상쩍은 어조로 질문하는 아르티어스에게 아르티엔은 으스대듯 대답해 줬다.

"나는 너처럼 아무 생각 없이 마법을 남발하지는 않으니까 하는 말이다. 원래가 호비트의 두뇌라는 것은 매우 불완전해서 몇 시간 전에 있었던 일도 곧잘 잊어버리지 않느냐? 지금은 잊고 지냈던 수많은 과거의 기억들이 한꺼번에, 그것도 너무나도 선명하게 떠올라서 당황스럽겠지만, 차츰 시간이 지나면 모두 다 잊어버리게 되어 있어.

하지만 그 잊어버리는 순서에 조금 문제의 여지는 있지. 내가 예상하는 최악의 가정은, 그 아이가 안 좋았던 일들, 그러니까 살아오면서 가장 후회스러웠던 모든 일들에 집착하게 되는 거야. 후회스럽던 수많은 일들을 계속 떠올리면서 괴로워하고, 또 괴로워하고……. 그러면서 과거의 망령에 사로잡히는 것이지."

아르티엔은 슬쩍 미소를 지으며 덧붙였다.

"하지만 그 아이는 한눈에 척 봐도 호비트의 수명을 기준으로 따졌을 때, 이제 겨우 20년도 채 못 살았을 거 아니냐? 겨우 20년 동안 쌓인 안 좋은 기억이라고 해 봐야 별것도 없지.

기껏해야 남자한테 퇴짜를 맞았다든지, 혹은 짝사랑이라든지… 그런 몇 가지 후회되는 부분이 있을지도 모르지만……. 그 정도는 충분히 이겨 낼 수 있을게다."

아르티엔은 아들이 안심하라고 덧붙인 말이겠지만, 그 말을 들은 아르티어스의 안색은 순식간에 창백해졌다. 그것을 보고 이상하게 느낀 아르티엔이 물었다.

"왜 그러느냐? 내가 뭔가 잘못 알고 있는 점이라고 있냐?"

"그게 아니란 말입니다. 그 아이는 겉모습은 그렇게 보일지 몰라도, 80년은 충분히 살았다구요. 우리들의 입장에서 봤을 때는 극히 짧은 순간이지만, 호비트의 입장에서는 대단히 긴 세월이지요. 그리고 안 좋은 기억도 무지하게 많을 거예요."

아르티엔은 약간 의외라는 듯 되물었다.

"80년? 80년이라……? 그렇군, 뭔가 이상한 기척이 바로 그거였어. 혹시 그 아이 저주 같은 것에 걸린 것이냐? 뭔가 흑마법에 당한 것 같은 흔적이 엿보이던데……."

아르티어스는 놀랍다는 듯 말했다.

"본격적으로 조사해 본 것도 아니면서 어떻게 아셨어요? 아버지 말씀대로 흑마법 중에서 악명 높은 디스라이크에 걸린 모습이죠."

아르티엔은 어이가 없어서 실소하지 않을 수 없었다.

"하핫! 디스라이크라고? 그런데 어떻게 그런 예쁜 모습이 된 거지? 도대체가 내가 아는 상식선에서는 이해가 가지 않는 일투성이

로구나. 의외의 연속이라고나 할까…….”
"어떤 여자 애를 끔찍하게도 싫어하는 상태에서 그 저주에 걸린 것이니 그렇겠죠. 그전에는 남자였단 말입니다. 그것도 호비트들 중에서는 적수를 찾기 힘들 정도로 강력한…….”
아르티엔은 이제야 알겠다는 듯 고개를 주억거리며 말했다.
"오호라, 이제야 이해가 가는군. 나는 또 암컷을 보고 아들이라고 하는 새로운 문화가 정착된 것인가하고 생각하고 있었지.”
"그건 그렇고 어떻게 하실 겁니까? 그냥 놔두면 아무 일 없었을 텐데, 왜 괜히 그딴 마법은 걸어서 저 모양을 만들어 놓은 거예요?”
"일단은 재미있을 것 같아서……. 그리고 그것은 아마도 시간이 해결해 줄 거야. 저 아이가 지나가 버린 시간에 얽매여 버릴 것인지, 아니면 과거를 딛고 한 단계 성숙한 모습을 보일 것인지는 말이야. 그것을 옆에서 지켜보는 것도 매우 흥미롭겠지.”
"손자의 일인데도 아주 속 편하게 얘기하시는군요.”
아르티엔은 시큰둥한 어조로 대답했다. 그의 사전에 호비트 양자 따위는 존재할 수가 없는 것이다.
"그럼, 나하고는 별로 상관없는 일이니까.”
아르티어스는 신경질적으로 외쳤다.
"그 아이는 아버지의 손자라구요.”
"아니, 그 애는 너의 아들일 뿐, 나의 손자는 절대로 아니다. 나는 오랜만에 만난 네가 무엇을 가지고 즐기건 방해할 생각은 조금도 없다. 만약 내가 그런 생각이 없었다면, 그 아이가 나한테 대든 그 순간 아예 소멸시켜 버렸을 거야. 하지만 그러면 네가 슬퍼할 것 같아서 그냥 놔둔 것이지. 네가 무슨 종족의 아이를 양자로 삼건 나는 상관할 생각이 없다. 엘프나 오크, 심지어는 우리들 드래곤의 노예로서 신께서 점지해 주신 드워프라고 해도 말이다. 하지만 그것을 나한테까지 강요할 생각은 하지 말거라, 알겠냐?"

"그으래에요? 좋아요. 그럼 안녕히 가십시오. 멀리까지 배웅은 안 할 겁니다."

이죽거린 후 픽 돌아서서 들어가는 아르티어스를 향해 아르티엔은 미소를 지으며 덧붙여 말했다.

"물론 골드 드래곤의 노룡 아르티엔으로서가 아니라, 어쩌면 유희를 즐기는 드래곤으로서라면 생각해 볼 수도 있지."

아르티엔은 유희의 대상으로서 손자를 원하는 것이다. 아르티어스는 아버지가 무슨 일이 있어도 결코 다크를 인정하지 않을 것임을 그 말 한마디로 알 수 있었다. 물론, 겉으로는 손자를 대하듯 다정하게 해 줄 것이다. 할아버지 노릇을 유희로 생각한 이상 그렇게 할 것이다. 하지만 어려운 일이 닥쳤을 때 아르티엔은 결코 도와주지 않을 것이다.

아르티어스는 뒤는 돌아보지 않고 걸음을 잠시 멈췄다. 그런 다음 퉁명스런 어조로 말을 한 후 뒤도 돌아보지 않고 가 버렸다.

"좋을 대로 하세요. 아버지는 그 아이를 인정하지 않으시겠지만, 저에게 있어서 그 아이는 제가 낳은 헤즐링보다도 더 소중합니다."

아르티어스는 지금은 조금 진정되었나 싶어서 동정을 살펴보기 위해 다크의 집무실로 걸음을 옮겼다.

"무슨 일이냐?"

"예, 아르티어스 님. 주인님의 상태가 좀 이상한 것 같아서, 이분을 모시고 오는 길이었습니다. 이번에 함께 오신 신관이시라고 해서요."

아르티어스는 이번에는 라나 쪽으로 시선을 돌려서 딱딱한 어조로 말했다.

"밤이 늦었으니 돌아가서 쉬게나."

"예? 하지만……."

"별일 없을 거야. 아버지도 그렇게 보증했으니까 말이야. 물밀듯 밀려오는 과거의 기억에 파묻혀서 많이 괴로워하겠지만, 결국에는 아무 일 없다는 듯 털고 일어서겠지. 이 위대하신 아르티어스의 아들이 저 정도 시련에 굴복할 수는 없지 않겠나?"

아르티어스의 신념 어린 눈동자를 잠시 바라보던 라나는 다소곳이 대답했다.

"혹시 도움이 필요하시다면 부르십시오. 하지만 이것 한 가지는 말씀드리는 것이 좋을 것 같습니다. 아마도 어르신께서는 대단한 실력의 마법사인 듯싶습니다. 그렇게 손쉽게 정신계 마법을 사용하시는 것을 봐서 말입니다. 하지만 옆에서 조용히 지켜봐 주는 믿음도 중요하겠지만 어려울 때 따뜻한 위로의 말 한마디도 큰 힘이 되더군요."

"잘 알겠네."

아르티어스는 라나와 더 이상 대화를 나누고 싶지 않은 듯 세린 쪽으로 시선을 돌리며 말했다.

"다크는 어디에 있느냐?"

"안에 계십니다."

아르티어스가 방 안으로 들어섰을 때, 지독한 술 냄새가 코를 찔렸다. 주위에는 몇 개인가 빈 병이 뒹굴고 있었다. 그리고 한쪽 구석에 인사불성이 되어 축 늘어져 있는 다크의 모습이 보였다. 다크가 덮고 있는 담요는 아마도 세린이 가져다가 덮어 준 것 같았다. 아르티어스는 천천히 다가가서 다크의 옆에 앉았다. 그런 후 아르티어스는 다크의 황금빛 머리카락을 살그머니 쓰다듬으며 말했다.

"무작정 도움만을 준다고 네가 좋아하지 않을 것을 잘 알고 있단다. 우선은 옆에서 지켜봐 주마. 그게 며칠이 걸리든지 말이야. 하지만 나는 네가 오래지 않아 이 악몽에서 벗어날 수 있을 거라고 믿는단다."

다크의 방황의 시간은 계속되었고, 거의 폐인이 되다시피 해서 술을 퍼마시고 있는 아들을 바라보는 아르티어스의 가슴은 찢어지는 것 같았다. 하지만 설불리 참견할 수도 없었다. 아들놈이 여태껏 보여 줬던 성격으로 봤을 때, 말리면 말릴수록 더 할 것이었다. 어쩌면 술만 마시는 것이 아니라 자살하겠다고 날뛸지도 모를 일이었기 때문이다.

혹시나 아들놈이 자살하겠다고 날뛰면 말려야 하겠기에, 아르티어스 어르신은 거의 밤잠도 잊고 다크를 몰래 감시했다. 다크는 모르고 있었지만, 수십 개도 넘는 마법의 눈들이 그녀의 일거수일투족을 감시하고 있었던 것이다.

"으아아아악! 골치야. 머리통이 빠개지는 것 같군. 이봐, 세린."
"예, 주인님. 해장술을 드시겠습니까?"
3일 동안 오로지 술만을 마셔 왔던 주인이었기에 세린은 당연하다는 듯이 질문을 던져 왔다. 어제도 눈뜨자마자 해장술부터 시작해서 밤늦도록 곤드레가 되도록 마셨던 것이다. 하지만 오늘은 주인의 반응이 달랐다.
"세린, 나를 죽이려고 작심했냐?"
세린은 당황하여 대답했다.
"예? 무슨 말씀이신지……."
"오랜만에 네가 차려 주는 따뜻한 식사를 하고 싶구나. 3일 동안 후회하고 고민해 줬으면 죽은 녀석들에게 충분히 보답을 해 준 거지. 죽은 놈은 죽은 거고, 나는 이렇게 잘 살아 있으니 다음을 기약할 수 있는 것 아니겠냐? 자, 우선 목욕물부터 받아 둬라. 씻은 후에 식사를 하고 싶다."
여느 때의 낙천적인 주인으로 돌아온 것을 기뻐하며 세린은 다급하게 말했다.
"예, 주인님."
세린이 목욕과 식사 준비를 위해 달려 나간 후, 다크는 천장에다가 대고 조용히 말했다.
"아빠도 아침 식사 함께 하시죠. 며칠 동안 감시하신다고 피곤하셨을 텐데……. 그리고 그 호텔로 찾아오신 것에 대해서 할 말도 좀 있구요."
그 말과 동시에 천장의 한쪽 귀퉁이, 눈에 잘 띄지 않은 곳에 둥실 떠 있던 작은 눈알 같은 것이 '팍' 하고 사라져 버렸다.
"에구구, 벌써 눈치 채고 있었나?"
아르티어스는 무안해져서 뒤통수를 긁으며 일어섰다. 일단 식사 초대를 받았으니 준비를 해야 할 것 아닌가?
"자, 오랜만에 함께 하는 아침 식사인데 뭘 입고 갈까……."

여기저기에서 사다 모아 놓은 옷들이 수십 벌은 족히 되었기에 아르티어스는 두리번거리면서 찾기 시작했다. 그러다가 도저히 참지 못하고 한마디 툭 내뱉었다.

"어떻게 되어 먹은 녀석이야? 나는 그렇게 걱정했었는데……. 죽은 놈들 때문에 3일씩이나 고민해 줬으면 많이 해 준 거라니, 이게 정신이 제대로 박힌 호비트가 할 수 있는 말이야?"

아르티어스는 또다시 뒤적뒤적 옷을 찾다가 갑자기 생각났다는 듯 외쳤다.

"참, 호텔에 찾아온 것에 대해서 할 말이 있댔지. 에구구, 늦게 찾아왔다고 또 얼마나 구박을 하려고……. 내가 그 고생을 해서 찾아간 줄도 모르고 말이야. 그렇다면 그걸 어떻게 알아듣도록 변명을 해야 하지?"

아르티어스는 옷 찾는 것도 잊어버리고, 어떻게 변명을 할 것인지 궁리하기 시작했다. 사실 별로 변명이 통할 상대도 아니라는 것을 알고 있었지만, 그래도 밑져 봐야 본전이니까.

"생각 밖이네요."
"뭐가?"
"저는 할아버지라는 그 드래곤도 함께 데려오실 줄 알았는데, 아빠 혼자서만 왔어요?"

아버지를 데려온다? 물론 아르티어스도 그 생각을 안 해 본 것은 아니었다. 사실 그런 잔머리를 굴리려고 든다면, 다크의 머리 꼭대기에서 놀 자신이 있는 총명한 아르티어스가 아니었던가? 아르티어스는 그것만 생각한 것이 아니라 한 단계 더 나아가 아르티엔을 데려왔을 때의 최악의 상황도 이미 고려해 본 결과 내린 결론이었다. 아들놈이 여태껏 그래왔던 대로 아르티엔의 앞이라는 것도 신경 쓰지 않고 자신을 몰아붙인다면? 닭대가리라고 자신을 놀리는 아버지 앞에서만은 절대로 아들에게 당하고 사는 자신의 모습을 보이고 싶지 않았다. 그래서 혼자 왔던 것이다.

"뭐, 그 노친네는 바쁘니까……. 그리고 오늘은 오랜만에 함께 하는 식사니까 우리 둘이서만 오붓하게 먹기로 하자꾸나."

"그러죠, 뭐. 세린! 식사 가져오너라."

곧이어 세린이 식당으로부터 날라 온 따끈한 갖가지 음식들이 식탁에 놓이기 시작했다. 그리고 둘의 식사가 시작되었지만, 아무래도 서로 간의 분위기가 조금 심상찮은 방향으로 흐르고 있었다. 다크도 뭔가 껄끄러운 기분을 느꼈는지, 포도주를 조금 마신 후에 말을 걸었다. 오늘은 다른 날과 달리 아르티어스가 통 말이 없었기에 이상하게 여긴 것이다.

"아빠!"

갑자기 자신을 부르자 아르티어스는 화들짝 놀라면서 준비해 놓은 말을 반사적으로 내뱉기 시작했다.

"아! 얘야. 그게 아니고 말이다. 나는 절대로 고의로 그렇게 늦게 찾아간 것이 아니야. 그동안에 얼마나 많은 일이 있었는지 아느냐? 나도 정말 너를 찾아낸 것이 기적에 가까웠다니까……."

행여나 아들이 "조용히 해욧! 드래곤이라면서 그런 것도 못 해요?"하고 따질세라 다급하게 말을 내뱉던 아르티어스는 갑자기 말을 멈췄다. 살며시 다크가 자신의 손을 잡았기 때문이었다. 갑작스런 아들의 애정 표현에 멍한 상태인 아르티어스. 따뜻한 아들의 체온에 아르티어스가 정신을 못 차리고 있을 때, 한술 더 떠서 약간은 쑥스러운 듯한 어조의 가녀린 목소리가 들려왔다.
"아빠가 구하러 와 줘서 정말 고마웠어요."
단 한마디의 말, 그 말 때문에 아르티어스는 심장이 두근거리다 못해 폭발하는 줄 알았다. 여태껏 다크가 이렇듯 다정스러운 어조로 말을 한 적이 없었기에 아르티어스는 더욱 기뻤는지도 모른다. 어쨌건 다크가 건넨 인사 한마디 덕분에 식사는 아주 화기애애하게 끝마쳐졌다. 아르티어스는 다크의 이 새로운 변화가 기쁘기는 했지만, 뭔가 썩 석연치 않았는지 식당 문을 나서면서 거의 들릴 듯 말 듯 중얼거렸다.
"기분 좋기는 하지만, 아무리 생각해 봐도 정상은 아니군."

발록과의 혈투

"이제 모든 것이 확실해졌군."

용병대장은 저 멀리 보이는 크라레인시를 바라보며 확신 어린 어조로 말했다. 키에리와 용병 기사단은 암흑의 기운이 흘러나오는 곳을 찾아서 여기까지 온 것이다. 그리고 드디어 그 기운이 흘러나오는 근원지를 찾아냈다. 그런 그를 옆에서 지켜보던 털보가 말을 걸었다.

"크라레인 시내로 잠입합니까? 대장."

키에리는 고개를 가로저으며 말했다.

"아니, 그럴 것까지는 없다. 지금까지 모은 정보만으로도 충분해. 크라레인시에서 뿜어져 나오는 암흑의 기운. 그것으로 봤을 때, 몬스터들이 미쳐 날뛰게 된 그 원인이 크라레스에 있음이 확실하다. 나는 마법사가 아니기에 어떤 흑마법을 썼는지는 잘 모르겠지만, 어쨌건 그들이 몬스터들을 조종하고 있어."

잠시 말을 끊고 뭔가 생각을 정리한 키에리는 털보에게 명령했다.

"돌아갈 준비를 하라고 마법사에게 지시해라. 정찰은 이것으로 끝마치도록 하지."

"옛, 대장."

털보는 마법사들에게 달려가서 코린트의 수도까지 갈 수 있는 장거리 이동 마법진을 부탁했다. 마법사들은 이곳 용병 기사단에 파견 나온 것이기에 서로 간에 정해진 상하 관계는 없었다. 그 때문에 부탁한 것이다. 마법사들은 강압적으로 자신들을 여기까지 끌고 온 용병대장에게 드디어 복수할 수 있게 되었다고 좋아하며 흔쾌히 부탁을 받아들였다. 마법사들이 신이 나서 마법진을 그리고 있는 그때, 그들의 머리 위로 뭔가가 공간 이동해 오며 갑자기 그 모습을 드러냈다.

"뭐냐?"

나타난 것은 전신이 시커먼 빛을 띤 거대한 박쥐같이 생긴 괴물이었다. 기사들이 순간 당황하고 있는 사이, 괴물은 모습을 드러내자마자 그 거대한 날개를 퍼덕거리며 중심을 잡았다. 그리고 그와 동시에 아주 길고 굵직한 채찍으로 연속 공격을 퍼부어 왔다. 8미터가 넘는 거대한 체구에서 뿜어져 나오는 힘은 어마어마한 것이었다.

순식간에 마법사 두 명이 비명도 질러 보지 못한 채 싸늘한 시체가 되어 허공으로 날아갔고, 순간 기동력이 뛰어나다는 기사들조차도 여섯 명이나 채찍의 재물이 되어야만 했다.

"모두들 대피하라! 그리고 최대한 빨리 자신의 타이탄을 꺼내라."

용병 기사들은 키에리의 명령에 따라 갑자기 튀어나온 괴물을 피해서 전력을 다해 사방으로 흩어졌다. 하지만 키에리는 미동도 하지 않고 검을 뽑아 든 채, 괴물을 노려보고 있었다.

거대한 괴물은 모든 기사들이 사방으로 도망치자 순간적으로 어떤 놈을 먼저 죽이기 위해 쫓아갈 것인지 고민하는 듯했다. 하지만 곧이어 그는 아직도 도망치지 않고 전의를 불태우고 있는 괴상한 인간을 한 명 발견하고는 호기심 어린 눈빛을 던졌다. 하지만 그것도 잠시······.

"끌끌끌끌······."

괴상한 웃음소리를 흘리며 괴물의 공격은 시작되었다.

쉬엑.

엄청난 파공음을 흘리며 쏟아져 들어오는 채찍, 괴물은 날개를 이용하여 거의 40여 미터 상공에 위치하고 있었지만, 그 채찍의 길이는 서로 간의 거리를 무색케 하고 있었다.

"도대체 저런 괴물이 있다는 소리는 어디서도 들어 본 적이 없는데······."

그와 동시에 키에리가 꽉 쥐고 있던 검이 타오르듯 밝은 광채를 뿜어내기 시작했다. 이것이 키에리 드 발렌시아드가 말년에 이르러서야 겨우 완성한 최강의 검술, 오라 파이어(Aura Fire)였다.

털보는 괴물로부터 어느 정도 안전거리가 확보되었다고 판단되는 거리까지 전력으로 질주한 후, 자신의 주위에 흩어져 있는 살아

남은 제1용병대원들에게 다급하게 외쳤다.

"자, 빨리 타이탄을 꺼내, 허억!"

그 순간 털보는 뭔가가 무시무시한 기세로 날아오는 것을 느끼고 헛바람을 삼키며 몸을 틀었다. 그와 거의 동시에 "쐐엑"하는 파공음을 흘리며 그가 방금 전까지 있었던 자리를 쓸고 화살이 지나갔다. 하지만 화살은 그것 하나만이 날아온 것은 아니었다. 타이탄을 타기 위해 대기 중이던 대원을 노리고 수십 발이 쏟아진 것이다. 털보가 정신을 차리고 뒤를 돌아봤을 때, 서 있는 것은 단 한 명. 제1용병대에서 자기 다음으로 실력이 뛰어난 한스뿐이었다.

"젠장! 이래서는 타이탄에 타는 것은 자살 행위야."

자신들이 타이탄에 탑승하도록 상대방이 내버려 둘 리가 없다. 털보는 숨어 있는 적들을 향해 달려가면서 한스에게 외쳤다.

"내가 시간을 끌 테니 기회를 봐서 타이탄에 타라."

털보는 달려가면서 검을 쥔 손에 힘을 꽉 주었다. 그런 다음 두 번째 날아올 화살을 쳐 낼 마음의 준비를 갖췄다. 화살에 실린 강력한 마나의 기운, 저곳에 매복하고 화살을 날려 대고 있는 놈들 또한 기사임이 분명했다.

쐐애액!

또다시 거대한 채찍이 키에리를 향해서 날아들었다. 뭐로 만들었는지 모르겠지만, 금속으로 촘촘히 얽어 놓은 듯 채찍은 금속성의 거무튀튀한 광택을 내고 있었다. 아무리 가는 부분이라도 어른의 머리통보다 더 굵었고, 끝에는 해골 모양의 검은색 쇳덩어리가 달려 있었다. 키에리가 몸을 살짝 위로 날리자, 그 커다란 쇳덩이는 강한 힘으로 땅바닥에 작열했다.

꽝.

커다란 소리를 울리며 흙먼지가 피어오르는 그 순간 키에리의 검이 빠르게 회선을 그었다. 그와 동시에 반월형으로 생긴 푸르스름한 빛의 덩어리가 엄청난 속도로 괴물을 향해 쏘아져 나갔다.

"어엇?"

괴물은 한순간 당황한 듯 보였다. 이런 식의 공격이 자신에게 직접적으로 가해질 것을 예상하지 못했었기에, 그 어떤 대비도 하지 않고 있었던 것이다. 하지만 그는 마왕이 불러낸 마족들 중에서도 제법 상위에 속하는 존재, 바로 발록이었다. 인간의 공격이 아무리 의외였다고 하지만, 서로 간에는 40여 미터라는 거리가 있었다. 마법의 사용에 능통한 발록에게는 그 정도 시간만으로도 충분했다. 그 순간 발록은 사라졌다. 아니, 사라진 것처럼 보였으나 방금 전까지 있던 곳에서 10여 미터쯤 떨어진 곳에서 순간적으로 모습을 드러냈다. 근거리 공간 이동 마법을 사용한 것이다.

발록은 이번에는 방어 마법까지 사용해서 전신을 보호했다. 그런 후에 눈길을 돌렸을 때, 이미 그곳에는 해골 뼈다귀를 뒤집어쓰고 있던 그놈이 모습을 감춘 지 오래였다. 순간적으로 당황하여 이리저리 시선을 돌리던 발록, 그는 곧이어 해골의 사내가 엄청난 속도로 달려가고 있는 모습을 포착할 수 있었다. 아무리 기사가 빠른 속도로 달린다고 해도 마법에 능통한 데다가 공중을 날아다닐 수 있는 발록에게 있어 그것은 헛된 도주로밖에 보이지 않았다.

키에리는 힘껏 달려서 순식간에 부하들의 일부와 합류했다. 아니, 타이탄에 탑승하지도 못하고 사방에서 날아오고 있는 화살을 막느라고 허둥대고 있는 부하들을 앞질러 달려갔다. 일단, 저 괴물을 상대하려면 타이탄이 꼭 필요했다. 그런데, 이렇듯 사방에서 화살이 날아오는 상태라면 타이탄에 타는 것은 거의 불가능에 가까웠다. 타이탄에 탑승하기 위해 뛰어오르는 그 순간을 노리고 있던 적들에게 아주 좋은 목표물이 되어 줄 것이 당연하기 때문이다.

키에리는 곧이어 적들의 모습을 볼 수 있었다. 적들은 허둥지둥 활을 내려놓고 검을 뽑아 들고 있었다. 하지만 아무래도 그 모습이 뭔가 이상했다. 눈에서는 희미한 붉은 광채를 뿜어내고 있었고, 그 손발은 미이라처럼 시커멓게 말라붙어 있었다. 하지만 키에리는 상대방의 모습 따위에 신경 쓰지 않고 곧장 검을 날렸다. 상대는 순간적으로 검을 들어 올려 그의 검을 막았다. 하지만 오라 파이어를 뿜어내고 있던 키에리의 검은 무 자르듯 상대의 검을 토막 내며 상대의 몸까지 위에서 아래로 훑고 지나갔다.

"끼에엑!"

괴상한 소리를 지르며 상대는 쓰러졌다. 그리고 순식간에 먼지가 흩날리듯 허공으로 흩어져 버렸다. 하지만 키에리는 이런 기괴한 현상에 대해서 신경을 쓰고 있을 시간 여유가 없었다. 주위에 있던 또 다른 놈들이 달려 들어오고 있었기 때문이다.

발록은 감탄했다. 상대의 의도를 깨닫고 현장에 도착했을 때, 이미 죽음의 기사 넷이 소멸한 다음이었다. 그리고 그 해골바가지의 사내는 또 다른 죽음의 기사를 해치우고 있는 중이었다. 이곳에 쥐새끼가 숨어 들어왔으니 죽여 버리라는 지시를 마왕에게서 받고 그는 황궁 지하실에서 하릴없이 빈둥거리고 있던 죽음의 기사들을 몽땅 다 긁어모아 온 것이다. 만약 상대가 이렇게도 애를 먹일 줄 알았다면, 차라리 발록만을 두셋 더 데리고 왔을 것이다. 하지만 현재 마왕이 거느리고 있는 마족들 중에서 비교적 고차원적인 마법을 쓸 줄 아는 종족인 발록들은 대부분 다 마왕과 함께 소환 의식을 진행하는 중이었다. 발록이나 아니면 발록보다 더욱 강한 존재를 이 세계로 데려오기 위해서…….

"호비트 따위가 제법이로군. 하지만 그래 봤자야."

저 어둠 밑에서 울려 퍼지는 듯한 껄끄러운 음성을 내뱉으며 발록은 공간 이동을 시작했다. 발록이 공간 이동을 하자 키에리와 발록 간의 거리는 순간적으로 좁혀졌다. 그리고 그와 동시에 발록의 거대한 채찍이 대기를 갈랐다.

츄앗!

하지만 발록의 예상과 달리 상대는 뒤통수에 눈이라도 달린 듯 아주 재빠른 동작으로 옆으로 비켜섰다. 상당한 속도로 달리고 있는 중이었기에 그 뛰어난 방향 전환 능력은 감탄을 자아내게 할 만했다. 하지만 아직까지도 발록은 여유만만이었다. 마족의 우월함을 굳게 믿고 있었기 때문이다.

"이것도 피해 보거라."

발록은 키에리를 향해서 무차별적인 공격을 퍼부어 댔다. 하지만 키에리는 요리조리 잘도 피해 대며 죽음의 기사들 간의 거리를 좁혔고, 드디어는 그들 중 한 명을 토막 내는 데 성공했다. 그리고 그 주위에서 공격에 동참하려고 했던 죽음의 기사 넷은 발록의 채찍질에 산산이 분해되어 버렸다.

"이런!"

오히려 자신의 채찍질에 죽음의 기사들이 더욱 큰 희생을 치르자, 발록은 그제야 슬슬 사태의 심각성을 깨닫기 시작했다. 자신의 엄청난 덩치가 오히려 방해가 되고 있었다. 상대방은 아주 작았기 때문이다. 그런 적이 대단한 속도로 움직이자 공격하기가 매우 까다롭게 느껴졌다. 하지만 아직까지도 발록은 여유를 잃지 않고 있었다. 그 이유는 여태까지 자신의 가장 큰 장기라고 할 수 있는 마법을 쓰지 않고 있는 상태였기에, 그것을 믿고 있었던 것이다. 마법에 있어서 감히 호비트 따위가 마족과 대등할 수는 없었다.

"태고의 혼돈이여, 적의 발목을 잡아라."

키에리가 달려가고 있는 주변의 땅이 검은색으로 물들기 시작하며 꼭 수렁과 같이 변해 버렸다. 하지만 수렁처럼 약간 미끌미끌한 것이 아니라 이건 꼭 아교풀을 풀어 놓은 것처럼 끈적끈적하기 그지없었다.

'이건 또 뭐야? 마법인가?'

키에리는 끈적끈적하게 땅바닥이 붙어 오자 순간적으로 당황했다. 그리고 바로 그때 발록이 날린 두 번째 마법이 그를 향해 뿜어져 오고 있었다. 키에리는 뭔가 가공할 만한 기운이 자신을 향해 뿜어져 들어온다고 느낀 그 순간, 자신의 검을 힘껏 땅바닥에다가 꽂았다. 그와 동시에 검에 응축된 기운과 마법의 기운이 충돌했다. 대 폭발이 일어난 그때, 키에리는 자신의 발에 더 이상 끈적이며 달라붙는 것이 없음을 느꼈다.

발록은 상대가 자신의 공격을 미세한 차이로 피했음을 알고 즉시 두 번째 공격을 날렸다. 발록의 한쪽 손바닥에서 시커먼 기운이 응집되는 듯하더니 곧이어 엄청난 기세로 뿜어져 나갔다. 하급 악마라고 하지만 거의 8미터나 되는 거대한 신체에서 뿜어져 나오는 흑마법은 인간의 입장에서는 가공스러움 그 자체였다.
 키에리는 위로 몸을 날린 상태에서 두 번째 공격이 가해질 것을 예측하고 손을 앞으로 뻗은 후 마나를 뿜어냈다. 그랜드 마스터급의 강자인 그는 전문적인 맨손 격투술을 익힌 것은 아니었지만, 그래도 어떤 방식으로 기를 운용하면 뿜어낼 수 있는가는 이미 터득하고 있었다. 손을 통하여 앞으로 엄청난 마나가 뿜어져 나오며 강력한 반발력이 발생했고, 그 결과 키에리의 몸은 그 반대 방향으로 충격에 의해 밀려나갔다. 그리고 바로 그때, 발록의 두 번째 공격 마법이 키에리가 방금 전에 체류하고 있던 공간을 가르며 통과했다.
 마법 공격까지 상대가 간발의 차이로 피해 버리자 드디어 바짝 열 받은 발록이 전력을 다해 공격을 가해 왔다. 겨우 인간 따위를 상대로 이렇게 시간을 끌다니. 그것도 마왕에게서 받은 죽음의 기사들을 태반이나 잃어버리고 말이다.
 "크아아악!"
 발록은 괴성을 지르며 돌진해 왔다. 키에리는 무시무시한 속도로 거리를 좁혀 오는 발록을 힐끗 바라본 후 또 다른 죽음의 기사들을 향해 돌격했다. 저런 식으로 상대가 돌진해 들어오면 어떤 식으로 대응할 것인지 이미 머릿속으로 생각하기도 전에 몸이 움직이고 있었던 것이다. 하지만 마계의 생명체인 발록은 보통 인간들이 보이는 움직임과는 완전히 다른 움직임을 보이기 시작했다. 그 거대한 몸집에도 불구하고 아주 자유자재로 마법을 사용할 수 있다는 점을 십분 활용하여 수시로 단거리 공간 이동을 하기 시작했던 것이다. 발록은 공간 이동 한 번에 키에리의 머리 위에 나타났고, 무시무시한 공격을 퍼부은 후 키에리가 반격하면 살짝 옆쪽으로 초단거리 공간 이동을 했다.

발록의 거대한 몸집에서 뿜어져 나오는 파워라는 것은 인간의 입장에서는 측정하기 힘들 정도로 엄청난 것이었다. 그것을 상대할 수 있는 것은 타이탄 정도나 되어야 가능할 텐데, 그런 발록이 공간 이동 마법을 통해서 타이탄보다도 더욱 민첩하게 움직이며, 또 마법 공격까지 병행해서 하기 시작하자 키에리는 처음 가졌던 자신의 선입관이 얼마나 잘못되었는지 뼈저리게 느낄 시간 여유도 없이 부상을 당하고야 말았다.

갑자기 뒤쪽에서 번개처럼 날아오는 채찍을 막기 위해 검을 가져다 댔지만, 오라 파이어로 보호되고 있는 검이었음에도 불구하고 한 방에 산산조각이 나 버린 것이다. 검과 채찍이 부딪치는 그 미세한 반동을 이용하여 몸을 살짝 회피한 덕분에 직격타를 얻어맞는 것은 피했지만, 그래도 발록이 휘두르는 채찍이 어디 정상적인 크기인가? 길이는 40여 미터에 달하고 그 끝에는 사람의 머리통을 몇 개 합해 놓은 것만 한 금속 덩어리가 매달려 있었다. 그것이 옆으로 훑고 지나갔으니 절대로 키에리의 몸이 무사할 수는 없었다.

키에리는 피를 토하며 쓰러졌지만, 곧이어 벌떡 일어서서 도망치기 시작했다. 이제 부하들의 안위 따위는 중요한 것이 아니었다. 부상당한 몸으로 부하들까지 챙긴다는 것은 거의 불가능한 사실. 자신이라도 살아남아서 친구인 로체스터에게 이런 괴물이 크라레스에 있다는 것을 알려야 하는 것이다. 그리고 이번 사건을 통해 크라레스가 몬스터들의 배후 집단이라는 것을 확인했지 않은가?

키에리는 그것을 보고해야만 하는 의무가 있었던 것이다.

공간 이동을 마음대로 하면서 돌진해 오는 발록에게서 도망친다는 것은 결코 쉬운 일이 아니었다. 언제 어디서 불쑥 튀어나와서 무시무시한 공격을 가해 올지 그야말로 난감한 일이었던 것이다. 하지만 키에리는 숲 속까지 가까스로 도주한 후에야 어느 정도 안심할 수 있었다. 아무리 발록의 마법이 대단한 것이라고 해도 키큰 나무들이 우거진 숲 속으로 공간 이동해 올 수는 없을 것이기 때문이다. 발록이 공간 이동해 오는 곳에 작은 나뭇가지 하나만 놓여 있어도 발록에게는 치명적인 상처를 입힐 수 있었다.

키에리는 자신들이 적들과 싸운 곳 바로 근처에 숲이 있다는 것을 아레스신께 마음속으로 감사하며 사력을 다해 달리기 시작했다. 일단은 이곳을 벗어나는 길만이 살 수 있는 길이라는 것을 잘 알고 있기 때문이다.

황당해진 마왕

 토지에르, 아니 마왕 어르신은 지금 영 기분이 찜찜하면서 가슴이 답답한 상태였다. 그 이유가 지근거리까지 적의 기사단이 침투해 들어온 것 때문은 결코 아니었다. 발록 한 마리와 죽음의 기사들을 보내 놨으니 곧이어 좋은 소식이 올 것을 알기 때문이었다. 그렇다면 왜 마왕은 이렇듯 걱정을 하고 있을까?
 "뭐라고 변명을 늘어 놔야 할까?"
 토지에르의 마음 한편에서 점차 자신의 자리를 넓혀가다가 어느 한순간 토지에르가 방심한 그때, 그의 마음을 완전히 사로잡아 버린 것은 마왕으로서는 그렇게 힘든 작업이 아니었다. 물론 그때 토지에르는 다크와 드래곤이라는 마지막 카드가 갑자기 사라져 버려서 제정신이 아니었기에, 마왕으로서는 생각 밖으로 빨리 그의 정신을 차지해 버릴 수 있었던 것이다. 하지만 뭔가 얻는 것이 있다면 그 반대로 잃는 것도 생기는 법이다. 마왕은 자신의 계획보다 몇 달 더 일찍 나올 수 있었는지 모르지만, 토지에르를 통해서 정보를 획득할 수 있는 시간이 그만큼 줄어든 것은 아주 골치 아픈 문제였다.

크라레스는 권력의 정점에 있는 세 명의 공작에 의해 움직이는 체제였다. 하지만 그 세 명의 관계는 매우 묘한 구석이 있었다. 검객인 둘은 보이는 권력을, 그리고 마법사인 토지에르는 뒤에서 보이지 않게 그 둘 모두를 통제하는 방식이었다. 하지만 실질적으로는 치레아 공작은 권력 자체에 무관심해서 공국에 틀어박혀서 놀고 있었기에 크라레스를 이끄는 사람은 둘뿐이었다. 앞에서는 루빈스키 대공이, 뒤에서는 토지에르가.

마왕이 토지에르의 마음을 뺏은 시기는 아주 묘하게도 두 명의 공작들이 다 부재중인 상태였다. 루빈스키는 부상으로 치료 중인 상태였고, 다크는 행방불명인 상태였던 것이다. 그렇기에 그는 자기가 생각해도 너무 쉽게 크라레스라는 대 제국을 꿀꺽해 버릴 수 있었다. 하지만 조금 달리 생각한다면, 마왕은 그 둘에 대한 정보를 거의 모으지도 못한 상태에서 일을 너무 크게 벌여 놨던 것이다.

그렇다 보니 모든 것이 삐걱거리기 시작하고 있었다. 마왕의 예상보다도 훨씬 빨리 루빈스키가 총사령관직에 복귀했다. 군부의 압도적인 지지를 받으면서 말이다. 물론 루빈스키는 부상당하기 전부터 총사령관이었으니 그가 회복했다면 그 자리를 다시 차지하는 것은 당연했다. 하지만 마왕의 입장에서는 눈치를 봐야 하는 혹이 하나 생긴 것이었기에 그렇게 바람직한 진행은 아니었다.

마왕은 자신의 힘이 어느 정도 수준까지 갖춰질 때까지는 크라레스 군부의 도움이 필요했다. 그리고 그 군부의 압도적 지지를 받고 있는 사람이 루빈스키였다. 그렇기에 마왕은 될 수 있으면 그와의 충돌은 피하려고 노력했다. 루빈스키는 조금 의심스러운 눈초리를 보내기는 했지만, 그런대로 납득하고 전장으로 달려갔다.

그런데 루빈스키를 잘 구슬려서 전장으로 보내 버리고 한시름 놓고 있었더니, 갑자기 행방불명되었던 다크가 나타난 것이다. 그녀 또한 권력에 욕심을 내지 않고 있어서 그렇지, 크라레스를 떠받치는 세 개의 기둥 중 한 명이었다. 루빈스키가 의심스런 눈초리를 보내는 가운데, 또 다른 한 명까지 자신을 의심한다면 자신이 세운 원대한 계획의 토대부터 무너져 내릴 우려가 있었다. 어쨌든 힘이 갖춰질 때까지는 그들의 힘이 필요했다. 그렇다면 그녀는 또 어떻게 꼬드겨서 황제와 만나지 못하게 한단 말인가? 그녀는 총사령관이 아니었기에 전선의 상황이 심상찮다는 이유 따위로 내쫓기는 힘들었다. 그리고 지금 이렇듯 괴상한 갑옷을 입고 있는 것에 대한 변명은? 생각할수록 골치 아픈 문제였다.

"아무리 생각해도 좋은 핑계거리가 떠오르지를 않는군."

이때 밖에서 병사의 목소리가 들려왔다.

"공작 전하, 치레아 대공 전하께서 도착하셨사옵니다."

"이크, 벌써?"

토지에르보다는 다크 쪽이 한 단계 높은 직위를 가졌기에 경비병은 안에서 들려오는 대답을 듣지도 않고 곧장 문을 열었다. 그리고 소문에 듣던 대로 아주 예쁘장하게 생긴 소녀가 당당한 걸음걸이로 들어왔다. 마왕은 그녀를 보는 순간 마른침을 꿀꺽 삼키지 않을 수 없었다.

'최고의 몸이야. 루빈스키의 몸이 최고인 줄 알았는데, 여기 더 좋은 것이 있었군. 드래곤까지는 안 되겠지만, 그래도 정말 대단…, 응?'

마왕은 다크를 따라 들어온 두 명을 보는 순간 온몸이 바짝 얼어붙는 것을 느꼈다. 전번에 이곳에 왔을 때, 결정적으로 자신의 계획을 틀어 버린 것이 드래곤들이었다. 그런데 왜 저 공작을 따라서 드래곤이 두 마리 씩이나 따라 들어온다는 말인가? 지금의 마왕에게는 다크를 따라 들어온 저 청년 모습으로 변장하고 있는 드래곤 한 마리도 상대할 만한 힘이 갖춰지지 않은 상태였다. 그런데 어떻게 자신이 일을 채 벌이기도 전에 드래곤이 두 마리씩이나 여기에 와 있을 수 있단 말인가? 이것이 우연일까? 아니면……?

마왕은 일단 다크와 대화를 나누면서 사태를 관망하기로 마음을 정했다. 저 청년으로 변신하고 있는 드래곤은 거의 에인션트급에 가까운 노룡이라고 생각되었으나, 제일 늦게 들어온 여자 애로 변신하고 있는 드래곤은 거의 드래곤이라는 것도 간신히 알아챌 정도로 나약한 존재로 느껴졌기 때문이다. 저런 어린 드래곤과 함께 온 것을 보면 자신과 싸움을 하자고 온 것은 아닌 것 같다고 생각한 것이다.

"어서 오십시오."

"잘 있었나? 그런데, 얼굴에 뒤집어쓰고 있는 그건 뭐야? 왜 갑자기 갑옷을 실내에서 입기 시작한 거지?"

마왕은 전에 루빈스키에게 대답했던 것과 똑같은 대답을 하려고 했다. 아무리 생각해도 그것이 가장 그럴듯했기 때문이다. 또, 이 사람한테 이 말 하고, 저 사람한테 저 말 해 봐야 좋을 것도 없을 것 같았다.

"예, 이 갑옷은 몬스터들을……."

그때 대답했던 것들을 줄줄 늘어놓으려고 하려는 순간, 다크가 갑자기 말을 끊었다.

"아아, 뭐 자네가 뭘 입고 있건 자네 마음이니까 내가 상관할 이유는 없겠지."

대수롭지 않다는 듯이 상대가 말하자, 오히려 약간 당황한 쪽은 마왕이었다. 그런데 그동안에도 그녀는 계속 말을 이었다.

"그건 그렇고, 아주 오랫동안 내가 행방불명이라서 걱정했겠군."

"예, 그렇습니다. 그동안 대체 뭐 하고 계셨던 겁니까?"

"아아, 그건 자네가 알 필요 없잖아. 내 사생활이니까 말이지."

걱정했을 거라고 말해 놓고는 사생활이라고 둘러 대는 것은 또 뭔가? 마왕은 이 계집이 지금 감히 자신을 가지고 놀고 있는 것은 아닌가하는 생각이 갑자기 들었다. 그와 동시에 마왕은 엄청난 분노가 치밀어 오르는 것을 느꼈다. 그녀와 함께 드래곤들이 들어와 있지만 않았다면 마왕은 손을 썼을지도 모른다. 하지만 그녀의 등 뒤에는 무려 두 마리씩이나 되는 드래곤들이 있었고, 마왕은 치밀어 오르는 노기를 참을 수밖에 없었다. 하지만 그다음에 이어진 그녀의 말 한마디 때문에 마왕의 노기는 쑥 들어가 버렸다. 마왕이 가장 우려하던 질문이 던져지는 순간이었던 것이다.

"내가 여기에 온 용건은 말이야……."

행방불명되었던 대공이 이곳에 온 용건이야 뻔하지 않겠나? 그것 때문에 다크가 마법진에 모습을 드러냈다는 보고를 받자마자 변명거리를 생각해 낸다고 머리를 쥐어짰지 않은가.
"황제 폐하를 뵈려고 오셨습니까? 죄송한 말씀이지만……."
마왕의 말은 또다시 끊겨야만 했다. 다크는 마왕의 말은 들으려고도 하지 않고, 혓바닥부터 찼다.
"쯧쯧……. 이봐, 내가 언제 황제 만나러 여기 오는 것 봤나? 내가 언제 여행 갈게요, 혹은 다녀왔습니다, 하면서 황제한테 보고하는 것 봤냐구."
"……."
이제 마왕은 당황스러움을 넘어서서 황당함까지 느끼고 있었다. 뭐 이런 놈이 다 있지? 만약 이런 놈이 내 부하였다면 벌써 두 토막을 내 버렸을 거야, 황제라는 놈도 불쌍하구먼, 저딴 놈을 부하라고 데리고 있으니, 등등 순간적으로 별의별 생각이 다 마왕의 머리를 스치고 지나갔다.
"아, 그리고 내 부하에게 들으니까 뭔가 작전 때문에 내 영지에다가 그 냄새나는 것들을 주둔시켜 놨다고?"
마왕은 잠시 잡생각을 하느라고 다크가 말하는 '그 냄새는 것들'이 뭘 말하는 것인지 알아듣지 못했으나, 곧이어 몬스터들을 말하는 것이라는 것을 알아챘다.
"예? 예."
"그것들 모두 오늘 중으로 다 치워 버려. 안 그러면 내가 직접 치워 버릴 거야, 알겠어?"
"예, 그렇게 하지요. 그렇다면 겨우 그 말씀하시려고 몸소 여기까지 오신 것입니까?"
"아니, 그건 아니고… 전에 내가 부탁해 놓은 것에 대해서 뭔가 변동 사항이 없는가 해서 들렀지. 뭐 좋은 소식 같은 거 없어?"

다크가 말하는 부탁이라는 것이 뭔지 알 도리가 없었던 마왕 어르신. 그렇다고 그 부탁이 뭔지 물어볼 수는 없는 노릇이었다. 그렇기에 마왕은 두리뭉실, 구렁이 담 넘어가듯이 대답했다.

"예? 에… 글쎄요, 요즘 워낙 전쟁 통에 일거리가 폭주하는 상태라서……."

"국가를 위해서 열심히 일하는 것도 좋지만, 나하고의 약속을 잊으면 곤란하지."

"물론 가슴 깊이 새기고 있습니다."

"좋아! 뭐, 별일 없는 것 같으니 나는 빚이나 갚으러 가야겠어."

이건 또 무슨 소린가 해서 마왕은 아연한 어조로 물었다. 그토록 거대한 영지를 가지고 있는 대공이 갑자기 무슨 빚을 갚으러 간다는 말인가?

"예?"

다크는 말귀를 못 알아듣는 상대에게 오히려 짜증스럽게 대답했다.

"간다니까 예는 무슨 예야. 그럼 잘 있으라구. 무슨 일 있으면 부르고."

치레아 대공은 올 때와 같이 갈 때도 갑작스럽게 사라져 버렸다. 황당한 표정을 짓고 있는 마왕을 남겨 두고……. 그리고 그녀의 뒤를 따라서 청년으로 변신하고 있는 드래곤도 사라져 버렸다. 이때 마왕이 어린 드래곤이라고 단정하고 있었던 드래곤이 슬그머니 마왕에게 다가와서 음흉스러운 미소를 지으며 다정한 어조로 속삭였다.

"오랜만이군, 대마왕 크로네티오."

마왕은 황당한 표정으로 다크가 사라진 문을 보고 있다가 그 말을 들었다. 그리고 그 말뜻이 뭔지 깨닫는 순간 화들짝 놀라서는 뒤로 후다닥 물러서며 외쳤다.

"무, 무슨 말을 하는 거냐?"

"이런, 내 생애에 자네를 두 번이나 만날 거라고는 상상도 해 본 적이 없었어. 아무튼 또다시 만나니 반갑구먼."

"……."

마왕은 당황하지 않을 수 없었다. 청년으로 변신하고 있던 그 드래곤을 잘 속여 넘겼다고 생각했는데, 왜 이렇게 어린 드래곤이 자신을 알아본단 말인가? 그렇다면 어리다고 생각했던 드래곤이 사실은 더욱 강한 드래곤이란 말인가? 식은땀이 나는 순간이었다.

당황한 마왕을 바라보며 아르티엔은 미소까지 지으면서 능청스레 말했다.

"나를 벌써 잊어버렸나? 겨우 1천5백 년밖에 안 지났는데 말이야. 이거 섭섭하군. 자네를 강제 소환시켜 버린 나를 기억도 못 하다니. 역시 대마왕의 통은 크단 말씀이야. 겨우 드래곤 따위는 안중에도 없는 걸 보면……."

만약 마왕이 토지에르의 몸을 리치로 만들지만 않았다면 핼쑥하게 안색이 질렸을 것이다. 그때 자신을 강제 소환시켰다면, 그 말은 곧 그때 자신이 몸체를 빼앗아 들어가 있던 드래곤을 죽였던 놈이라는 소리가 아닌가? 그리고 오래전 일이기는 했지만, 마법에 의해 드래곤의 육신이 산산이 파열되면서 느꼈던 지독한 고통도 함께 떠올랐다.

'뿌드드드득!'
마왕은 이빨을 갈면서 외쳤다.
"네놈이 그때의 골드 드래곤?"
"오호라, 아직도 기억하고 계셨군. 그래, 이번에는 무슨 재미를 보시려고 오셨나?"
"네놈은 나하고 무슨 원수가 졌다고, 끝까지 내 일을 방해하려고 드는 것이냐?"

악에 받쳐서 따지고 드는 마왕, 그럴 수밖에 없는 것이 이렇듯 과욕에 찬 호비트의 몸을 빌려 세상 나들이를 하기가 어디 쉬운 일인가? 자신을 불러내어 계약을 맺으려면 최소한 6사이클급의 마법사는 되어야 했다. 하지만 그 정도로 뛰어난 마법사가 뭘 할 짓이 없어서 흑마법에 의지하려고 하겠는가? 그렇다 보니 그가 세상에 내려올 기회는 거의 없었다. 그래도 운이 좋아서 특이한 놈을 만나 오랜만에 내려와서 뭔가 일을 꾸며 보려고 했는데, 그 원초적인 기회마저도 저 망할 드래곤 때문에 좌절될 위험에 처하자 실력 행사는 할 수 없고, 입으로라도 악의에 찬 반항을 해 보는 것이었다.

아르티엔은 그런 대마왕을 보며 아주 능청스럽게 미소를 지었다.
"아아, 방해는 무슨……. 나는 강자들을 좋아하지. 자네는 아직 본래 힘의 1퍼센트도 발휘할 수 없는 상태가 아닌가? 그런 자네를 지금 죽여 봐야 뭣 하겠나? 나는 그저 오랜만에 세상 구경을 한다고 나와서 자네를 또다시 만났기에 반가워서 인사를 건넨 것뿐이야. 딴 뜻은 없다구."
"감히 드래곤 주제에 나를 가지고 놀겠다는 것이냐? 만약 여기가 마계라면……."

이를 가는 마왕에게 아르티엔은 능글능글하게 대답했다.

"물론 나는 절대로 마계에 가지 않으니까 그런 가정은 해 볼 필요가 없을 거야. 아마도 내가 거기에 가면 자네를 비롯해서 좋아할 마왕들이 몇 있겠지만 말이야. 그리고 나는 절대로 자네를 가지고 놀 생각은 없어. 아까도 말했듯이 반가워서 인사한 것뿐이라니까. 그런데, 자넨 질리지도 않고 여기에 오면 꼭 세계 정복 사업을 시작하는군. 그것 외에는 할 일이 없나? 상상력이 아주 빈곤한 녀석이로군."

마왕은 퉁명스러운 어조로 대답했다.

"그건 내 마음이다."

"그런가? 그것이 자네 취미라면 어쩔 수 없군. 하지만 그 과정에서 전처럼 드래곤은 건드리지 마라. 나도 이 삭아빠진 육신을 가지고 자네와 드잡이질을 하기는 싫으니까 말이야. 이런 말 할 처지는 아니지만 이번에는 잘되길 빌겠네. 그럼, 수고하게나."

아르티엔과의 만남은 마왕을 더욱 황당하게 만들었다. 어떻게 이다지도 파악이 불가능한 놈을 근소한 시간차로 둘씩이나 만날 수 있단 말인가? 잠시 후 마왕은 손바닥을 탁 치면서 말했다.

"이해가 불가능한 것은 아니군. 그놈도 유희를 즐기는 거였어. 내가 악조건 속에서 천천히 힘을 키워 가는 과정을 지켜보면서……. 그리고 나를 누가 상대할 것인지 바라보며 유희의 즐거움을 만끽하겠다는 말이겠지. 망할 녀석!"

아르티어스는 밖에서 잠시 기다리다가 아르티엔이 나오는 것을 확인한 후에 다크에게 물었다.

"어디로 갈 거냐?"

"크루마로 갈 거예요."

"크루마? 거기에는 왜?"

"빚도 갚을 겸, 맡겨 놓은 것도 찾을 겸······. 만약 그녀가 맡겨 놓은 물건들을 임의로 처분해 버렸다면 응분의 보상을 해야겠지만 말이지요."

다크는 이빨을 갈며 말했고, 아르티어스는 영문을 모르겠다는 듯이 그녀를 바라봤다. 물건 따위를 임의로 처분했다고 해서 그 사람을 죽일 것인가? 왜 그녀가 한껏 살기를 뿜어내며 이를 가는지 아르티어스는 이해할 수 없었던 것이다.

"공간 이동 마법진이나 준비하시죠. 목표는 크루마의 수도인 엘프리안시로 해 주세요."

"엘프리안시라······."

잠시 생각하던 아르티어스는 곧이어 그곳 좌표를 기억해 낸 후 아르티엔이 도착하기를 기다렸다. 그런 다음 아르티엔이 도착하자마자 그는 곧장 엘프리안시로 공간 이동했다.

황실 사냥 대회

"공작 전하, 긴급 정보가 도착했사옵니다."
"뭐냐?"
"예, 발렌시아드 후작 각하께서 우려하신 대로 그녀는 드래곤과 만난 것이 확실하옵니다. 벼룩에게서 온 보고에 따르면 그녀가 아버지와 함께 치레아 공국에 도착했다고 하옵니다."
"이런 빌어먹을……."
"그리고 그녀의 탈출을 도운 그 무녀 계집과 또 다른 한 명의 일행도 도착했다고 하옵니다. 그녀는 도착 즉시 현재까지 치레아를 책임지고 있었던 그란트 반 리에 카르토 백작을 불러들여 여태까지의 일을 보고받았다고 하옵니다."
"경은 그녀의 다음 행동이 어떨 것이라고 생각하나?"
"예, 아마도 그녀는 본국과 크루마에 대한 복수를 할 가능성이 가장 크지 않겠사옵니까? 그런 만큼 그 복수 대상에서 본국을 빼 버리는 것이 최우선적인 과제라고 사료되옵니다."

"그렇겠지……. 그럼 어떻게 하는 것이 좋겠나?"

"일단 그녀에게 사신을 보내어 해명을 하는 것이 좋을 듯하옵니다. 미네르바가 그녀를 우리에게 넘겼기에 어쩔 수 없었다고 말이옵니다."

"그것이 통할까?"

"통하도록 해야겠지요."

로체스터 공작은 잠시 생각에 잠겼다가 말했다.

"제임스를 불러라. 아무래도 그가 적격일 것 같군."

"예, 전하."

제임스는 치레아 대공이 코린트에 체류했을 때 매우 즐겨 마셨던 아주 강한 술 두 상자와 드래곤에게 뇌물로 바칠 포도주 한 상자, 그리고 그 외에 몇 가지 금은보화를 선물로 가지고 치레아 공국으로 떠났다. 로체스터 공작은 그녀를 만났을 때, 어떤 식으로 해명할 것인지 몇 가지 당부를 해서 제임스를 보낸 후 초조하게 기다렸다. 마법진으로 갔으니 치레아에 곧장 도착했을 것은 뻔한 노릇이었다. 제임스는 한 시간도 안 되어 다시 모습을 드러냈다.

로체스터 공작은 그가 너무 빨리 돌아온 것에 대해 찜찜함을 느끼며 다급하게 질문을 던졌다.

"어떻게 되었나?"

제임스는 고개를 푹 숙이며 대답했다.

"황송하옵니다, 전하. 그녀는 만나 보지도 못했사옵니다."

물론 그때 다크는 술타령을 한다고 제임스를 만난다는 것이 불가능한 상태였다. 하지만 그 이유를 모르는 로체스터 공작은 더욱 난감하게 생각하지 않을 수 없었다. 혹시, 그녀가 코린트까지도 복수의 대상에 넣지 않았다면, 사신을 만나 보지도 않고 돌려보낼 이유가 없다고 생각했던 것이다.

"뭣이라고?"

"그녀를 만나고 싶다고 청을 넣었으나 곧장 거절당했사옵니다. 대신, 그 드래곤은 만났사옵니다."

그 말에 로체스터 공작의 혈색이 조금 돌아왔다. 어찌 되었건 문제는 다크가 아니라 그 뒤에 있는 드래곤이 아니던가?

"그래? 그건 잘되었군. 그런대로 이쪽의 사정에 대해 이해해 주는 눈치던가?"

"예, 그게……."

난처한 어조로 제임스는 말을 이었다.

"그런대로 이해해 주는 것 같은 눈치였사옵니다. 하지만……"

"하지만?"

"그때 그가 본국에 나타났을 때 모든 것을 알려 주지 않은 것에 대한 죄는 나중에 묻겠다고 하더군요."

"으휴~ 산 넘어 산이군."

"드래곤은 별 잔소리 없이 이쪽에서 건네주는 모든 선물을 받았사옵니다. 그런 만큼 어쩌면 별 탈 없이 넘어갈 수 있지 않겠사옵니까?"

로체스터 공작은 드래곤이라는 족속은 치가 떨린다는 듯이 힘주어 말했다.

"욕심이 목구멍까지 차 있는 족속들을 그런 이유 하나만으로 믿기는 힘들지. 어쩐다…….”

이때 레티안이 옆에서 참견해 왔다.

“전하, 나중에 일어날 일을 지금부터 앞당겨서 걱정하실 필요는 없을 것이옵니다.”

“응? 왜 그런가? 경에게 뭐 좋은 생각이라도 있나?”

“일단, 본국은 그녀가 찾아올 두 번째 대상이라는 점이 중요하옵니다. 먼저 그녀는 자신을 배신한 크루마부터 찾아가지 않겠사옵니까?”

“그런데?”

“예, 일단 그들이 크루마에서 행패를 한껏 부리고 난 후에는 화가 많이 풀릴 것이라는 점이지요. 그런 상태에서 본국에 온다면, 어쩌면 말만 잘하면 넘어갈 수 있을 것이옵니다.”

“그럴까?”

“예, 그리고 그녀가 풀려났다는 사실을 크루마에 알릴 필요가 있사옵니다.”

“그것은 왜?”

“미네르바는 보통 뛰어난 여자가 아니옵니다. 그녀는 무슨 짓을 해서라도 크루마의 멸망을 막으려고 할 것이옵니다. 만약, 미네르바가 그녀를 잘 구슬려서 넘어간다면, 주범인 크루마를 놔뒀는데 공범의 입장인 우리들에게 크루마보다도 가혹한 처분을 내릴 이유는 없을 것이 아니옵니까?”

“흐음, 그러니까 크루마 쪽에다가 팔밀이를 하자는 말이군.”

“예, 전하.”

로체스터 공작은 고개를 끄덕이며 말했다.
"경의 말에도 일리는 있군."
로체스터 공작은 제임스에게 말했다.
"경은 지금 바로 엘프리안으로 가라."
"예, 전하."
"그곳에서 드래곤이 크루마에 어느 정도 피해를 입히는지 세밀하게 관찰하도록. 드래곤은 될 수 있으면 인간의 일에는 관여를 하지 않았었다. 그런 만큼 크루마에서 벌어지는 일련의 사태를 주시하면서, 본국의 대처 방안을 논의하기로 하지."
"예, 전하."

코린트로부터 치레아 대공의 탈출 소식을 접한 미네르바는 망연자실할 수밖에 없었다.
부하로부터의 보고에 한동안 말도 못하고 앉아 있던 그녀는 이윽고 정신을 차린 후 불같이 분노했다. 회의 중이었기에 부하들이 다 보고 있는 상황이었지만, 평소와 달리 미네르바는 그런 것까지 신경 쓸 상황이 아니었다.
"이런 망할 녀석들! 완전히 힘 빠진 계집애 하나 단속을 못한다는 말인가?"
분노하고 있는 그녀에게 지오그네가 조언을 올렸다.
"그녀는 지하 궁전에서 탈출한 전례가 있지 않사옵니까? 코린트 쪽에서 그녀에 대한 대비를 조금이라도 허술하게 했다면 결과는 불을 보듯 뻔한 것이옵니다. 전하, 어서 대책을 강구하셔야만 하옵니다. 언제 그녀가 기사단을 이끌고 쳐들어올지 알 수 없는 노릇이 아니옵니까?"

"기사단이 문제가 아니야. 분노에 가득 찬 드래곤이 문제지. 이 일을 어떻게 수습한단 말인가?"

그 자리에 모인 인물들 중에서 다크가 드래곤과 관계가 있다는 것을 알고 있는 사람은 미네르바의 참모장인 이블리스와 궁정 마법사 마리나 지오그네뿐이었기에, 모두들 경악한 표정을 지었다. 정보관인 바르데 후작은 경악하고 있는 모두를 대변하여 미네르바에게 정중하게 질문을 던졌다. 바르데 후작까지 모르고 있었을 정도로 그녀와 드래곤 사이의 연관성은 최고의 극비사항이었던 것이다.

"전하, 치레아 대공이 드래곤과 어떤 연관성이 있는 것이옵니까? 왜 그녀의 일에 드래곤이 분노하여 나선다는 것이옵니까?"

"젠장! 나도 확실히는 잘 모르겠지만, 연관성이 있는 것만은 확실하다."

미네르바는 부하에게 그렇게밖에는 할 말이 없었다. 곧이곧대로 그녀와 드래곤 사이의 친분 관계를 말한다면, 당장 자신의 무덤을 파는 행위와 마찬가지라는 것을 잘 알기 때문이었다. 드래곤과의 연관성을 알면서도 그녀를 체포, 구금, 신문했던 사실이 정적인 그린레이크의 귀에 들어가기라도 하는 날이면 그녀는 곧 파멸이었던 것이다. 그래서 미네르바는 대충 그 정도로 대답한 후 화제를 바꿨다. 그녀는 이블리스에게 빠른 어조로 명령을 내렸다.

"우선, 폐하를 최대한 빨리 지하 궁전으로 대피하시게 해라."

사정을 어느 정도 선까지 파악하고 있는 지오그네가 옆에서 끼어들었다. 상대는 어린 드래곤도 아니고 거의 에인션트를 바라보는 막강한 드래곤이었다. 그런 드래곤의 브레스가 뿜어지면 그 파괴력은 상상을 초월한다는 것을 잘 알기 때문이었다.

"전하, 웜급을 넘어서는 드래곤의 브레스가 직격한다면 지하 궁전이라고 해도 무사할 수는 없사옵니다. 폐하를 프루니아의 여름 궁전으로 모시는 것은 어떻겠사옵니까?"

미네르바는 고개를 주억거리면서 말했다. 드래곤의 브레스가 가지는 파괴력은 아마도 마법사들이 더 잘 알 것이기 때문이다.

"경의 말이 옳군. 여름 궁전이 있었지. 좋아, 폐하뿐만 아니라 모든 황족 및 황실에 소속된 인물들이 다 그곳으로 피난해야 하니까 영구 마법진만으로는 부족할 것이다. 경은 지금 즉시 그린레이크에게 연락해서 이동용 마법진을 몇 개 더 준비시키도록 해라. 황실 피난 건에 대해서는 지오그네 경에게 모든 것을 맡기겠다."

"옛, 전하."

이때 옆에서 잠자코 듣고 있던 이블리스가 끼어들었다.

"전하, 분명히 드래곤이 쳐들어온다면 폐하를 피신시키는 것이 옳은 판단일 것이옵니다. 하오나 딴 것이라면 몰라도 황제 폐하를 피난시키는 일은 결코 전하의 독단으로는 처리할 수 없는 사안이옵니다. 폐하를 어떤 식으로든 납득시킨다고 하더라도 그린레이크 전하께서 가만히 계실 리가 없기 때문이옵니다."

미네르바는 갑자기 골치가 아파 오는지 머리를 지그시 누르면서 투덜거렸다.

"젠장, 그렇지. 그 망할 녀석을 잊었군. 그렇다면 이 일을 어떻게 한다? 경에게 좋은 생각이 없나?"

이블리스는 이미 생각해 뒀다는 듯 재빨리 대답했다.

"대규모 사냥 대회를 여는 것이옵니다."

"뭐?"

"황실의 수렵 지역에서 대규모 사냥 대회를 여는 것이지요. 명분은 크루마의 발전을 위해 황실과 귀족 간의 돈독한 유대로 하고, 한 일주일 정도로 계획해서 성대하게 말이옵니다."

"사냥이라……."

"예, 그러면서 수도 내에 있는 모든 귀족들을 사냥 대회에 초대하는 것이 좋지 않겠사옵니까? 그리고 그 가족들도 말이옵니다."

미네르바는 사냥 대회를 개최하면서 얻을 수 있는 효과를 알아채고는 감탄사를 터뜨렸다.

"호오, 그것 아주 좋은 생각이군. 그러면 황족과 귀족들의 피난을 별 탈 없이 일거에 처리할 수 있겠어."

"예, 그리고 폐하께서 가시는 것인 만큼 수도 방위군의 상당수를 합법적으로 대피시킬 수 있사옵니다. 아무래도 상대가 드래곤이라면 군대의 필요성은 거의 없어지니까 말이옵니다."

미네르바는 고개를 주억거리다가 지오그네에게 말했다.

"좋아, 즉시 그렇게 시행하게. 사냥 대회 일정을 너무 급작스럽게 잡은 것을 가지고 그린레이크가 뭐라고 떠들기는 하겠지만, 뭐 그 정도는 어떻게 무마시킬 수 있겠지. 나머지 세세한 사항은 경이 알아서 처리해 주게."

"옛, 전하."

미네르바는 이제 테시온 쪽으로 시선을 돌리며 말했다.

"경은 타이탄 생산 시설 및 인원들을 모두 시외로 대피시킬 수 있도록 준비해라. 대피 자체는 폐하께서 별장으로 가신 후에 할 수 있겠지만, 그 규모와 인원이 엄청난 만큼 준비 작업을 갖추는 것도 만만한 일은 아닐 것이다."
"예."
"대신 절대로 그린레이크가 눈치 채지 못하도록 비밀스럽게 일을 처리하도록 해라."
"옛, 전하."
"바르데 후작."
"옛, 전하."
"경은 수도에 체류하는 귀족들 모두에게 사냥 대회에 참가할 것을 권해라. 경은 정보관인 만큼 수도 내에 얼마나 많은 귀족들이 들어와 있는지 파악하고 있겠지?"
"옛, 전하."
"그들 모두가 참석해야 한다. 물론 보잘것없는 귀족들이야 빠져도 상관없다."
"예, 즉시 시행하도록 하겠사옵니다."
"그리고 워렌."
"옛, 전하."
"경은 수도 방위군에게 협조를 구해서 2개 사단 규모를 여름 별장으로 이동시키도록 해라."
미네르바의 명령에 워렌은 난처한 듯 대답했다.
"전하, 그건 너무 많은 수이옵니다. 그렇게 되면 수도에는 1개 사단밖에 남지 않는데……. 여태껏 그렇게 많은 병력이 수도를 비운 전례가 없사옵니다."
"물론 그것은 나도 잘 알고 있다. 방위 사령관에게 이번 임무 자체가 드넓은 사냥터에서의 폐하의 호위인 만큼 병력이 많이 필요할 것이라고 말하면 이해할 것이다."

"예, 전하."

"경은 제2근위대를 거느리고 방위군 1개 사단과 함께 여름 별장을 향해 먼저 출발하도록 해라."

"옛!"

일단 가장 시급하다고 생각되는 지시를 다 내린 후 미네르바는 잠시 생각에 잠겼다. 뭔가 빼먹은 것은 없나 하고……. 그러다가 그녀는 생각해 냈다. 다크를 납치했던 그때, 그녀의 동료들도 함께 체포했었음을 기억해 낸 것이다. 그들을 돌려보낸다면 아마도 어느 정도 복수의 강도가 감해지지 않을까? 미약한 희망이기는 했지만 없는 것보다는 나았다.

"이블리스."

"옛, 전하."

"그때, 그녀와 함께 체포했던 포로들은 어떻게 되었나?"

"아, 예, 정보부에서 포로들을 신문하겠다고 해서 건네줬사옵니다."

"뭐? 정보부에서?"

"예, 전하, 그들은 모두 다 치레아 기사단원들이었기에 그들을 신문하면 많은 정보를 획득할 수 있지 않사옵니까? 치레아 대공을 체포했던 것은 철저하게 기밀로 취급되었지만, 그 동료들의 경우 도주하는 것을 잡아들인다고 한바탕 소동을 벌였기에 정보부에서 넘겨 달라고 하는 것을 거절할 수 없었사옵니다."

"그랬던가?"

"예, 그 건에 대해서도 전하께 서류가 올라갔고 결재까지 받았었사옵니다."

"글쎄……. 전혀 생각이 나지 않는군."

미네르바에게는 하루에도 수십 내지 수백 건씩 서류가 올라오기에, 하나하나를 기억한다는 것은 거의 불가능했다. 미네르바는 이블리스가 직접 설명을 하는 중요한 사안들을 제외하고는, 거의 읽어 보지도 못하고 서명하는 경우가 대부분이었다. 미네르바는 일단 지나간 일을 가지고 시시콜콜 따지는 성격은 아니었기에 곧장 시선을 바르데 후작에게로 돌렸다.

"그들은 지금 어디에 있나? 지금쯤이라면 포로에 대한 신문은 끝났을 텐데?"

바르데 후작은 식은땀을 닦으며 말했다.

"그게…, 그들을 그린레이크 전하께서 데려가셨사옵니다."

"뭣이?"

"드라쿤급 타이탄을 무려 세 대나 노획할 수 있었던 데다가, 그들을 세뇌한다면 전력적으로도 엄청난 이득이 있지 않겠사옵니까?"

"이런 제기랄, 벌써 세뇌 작업에 들어갔다면 어떻게 할 수가 없지 않나? 지오그네 경, 정신계 마법을 쓴 것을 다시 되돌릴 방법은 있나?"

미네르바의 물음에 지오그네는 난처하다는 듯 대답했다.

"일단 정신계 마법을 쓴 상태에서 다시 원상태로 되돌린다는 것은 불가능하옵니다. 정신세계란 것은 워낙 복잡한 것이기에 한번 엉클어져 버리면 인간의 힘으로 되돌릴 수는 없사옵니다."

"인간의 힘으로 되돌릴 수 없다고? 그렇다면 드래곤이라면 어떻겠나?"

"물론 그쪽은 차원을 달리하는 정신 체계를 가진 존재이기에, 인간의 정신세계쯤은 쉽게 치료할 수 있을 것이옵니다."

"좋아, 이블리스."

"예, 전하."

"마법사협의회에 연락을 넣어서 그들을 돌려 달라고 협조 공문을 보내라. 그들이 필요하니까 무슨 일이 있어도 빨리 돌려 달라고 말이다."

"예, 전하."

미네르바와 그린레이크의 갈등

　다크가 술에 절어 있는 그 절호의 기간 동안 미네르바의 수도 피난 계획이 시작되고 있었다. 하지만 미네르바가 아무리 막강한 권력을 쥐고 있다고 해도, 수도 전체를 비우는 것이 쉬울 리는 없었다.
　그린레이크는 다짜고짜 미네르바를 찾아와서 인상을 구기면서 말했다.
　"지오그네에게서 사냥 계획에 대한 협조 공문은 전달받았소."
　미네르바는 드디어 올 것이 왔구나하는 심정으로 그린레이크를 빤히 쳐다봤다. 그린레이크는 크루마에 있는 열두 명의 공작들 중의 한 명이었으며, 원로원의 의장이자 마법사협의회의 의장이었다. 그는 엘프들의 세력을 규합하여 미네르바가 이끄는 군부와 세력을 다투고 있었다. 그런 상황에서 미네르바는 평소에는 하지 않던 짓을 할 수밖에 없었다. 그것은 바로 원로원이나 의회의 승인도 받지 않고 대규모 사냥 대회를 계획하고 발표했던 것이다. 물론 귀족들이나 기사들이 참석하는 사냥 대회였다면 그들과 충돌할 아무런 이유가 없었다.

문제는 그 대회에 황제 및 그 일족들이 전부 다 참석한다는데 있었다. 황제가 참석해야 하는 모든 업무 계획은 원로원과 의회의 재가를 거쳐 황제의 허락을 받아야 했다. 그런데 미네르바는 그것을 무시해 버렸던 것이다.

미네르바는 분노에 찬 그린레이크를 빤히 올려다보며 얼굴색 하나 변하지 않은 채 침착하게 말했다.

"공문에 쓰여 있는 대로 황제 폐하께서는 오늘 저녁 식사를 프루니아의 여름 별장에서 하시게 될 거요. 그러니까 그 일정에 어긋나지 않도록 경은 마법사들을 이끌고 지원을 아끼지 않았으면 좋겠소."

그린레이크는 공문을 드넓은 책상 위에 살며시 놓은 것이 아니라, 공문을 잡고 있는 손바닥으로 쾅 소리가 크게 울리도록 내리치면서 씩씩거렸다.

"이게 말이나 되는 소린가? 어떻게 황실의 일정과 계획을 군부에서 독단적으로 처리할 수 있단 말인가? 사냥 계획 자체가 문제라는 것은 아니지만, 그 계획을 추진하는 과정에서 경은 엄청난 월권 행위를 하고 있다는 것을 몰라서 하는 소린가?"

미네르바는 그린레이크를 쏘아보며 말했다.

"나도 일의 순서는 알고 있소. 먼저 국무대신에게 계획서를 보내고, 국무대신은 그 계획을 다른 일정들과 비교하여 일정을 조정하겠지. 그런 다음 의회의 심의와 원로원의 재가를 거쳐 폐하께 보고되어 최종 결정을 얻어 낸다는 것을 말이오."

국무대신 지크니아 얼스웨이 후작도, 원로원 의장인 그린레이크 공작도, 또 의회 의장인 어스무스 그랜딜 공작도 다 엘프들이었다. 그러니까 그린레이크와 한통속이라는 말이다. 그들은 엘프들 간의 연대감을 높이기 위해서 성과 이름 사이에 '엘' 자를 붙여서 엘프보다는 훨씬 하등한 종족인 인간들과 차별화하려는 노력까지 하고 있었다. 그런 그들에게 아무리 긴급 사안이라고 사냥 대회를 개최하자고 말해도 그것이 통할까?

그린레이크는 빈정대듯 말했다.

"잘 알고 있군."

"물론 그런 식으로 처리하면 최소한 6개월은 걸려야 일을 시작할 수 있다는 것 정도는 정확히 파악하고 있소. 현재 시국이 어수선하기에 귀족들의 동요를 억제하고 폐하를 중심으로 결속을 다지자는 취지에서 마련하는 행사요. 지금 꼭 해야만 한단 말이오. 6개월은커녕 1개월만 지나도 그 효력이 현저하게 떨어질 거요. 현재 폐하께서는 비교적 한가하신 상태가 아니오? 며칠 더 지난 후에는 어떻게 될지 모르겠지만 말이오. 그래서 지금 당장 시행하겠다는 것이오. 이의 있소?"

그린레이크는 미네르바의 눈을 쏘아보며 말했다.

"물론 이의가 있소. 경은 군을 통솔하는 총사령관이오. 대규모 사냥 대회를 직접 계획했고, 또 군대 및 기사단이 폐하를 호위한다는 명목 하에서 대대적으로 이동하기 시작했소. 오늘 낮에 마법진으로 수도 방위군의 1개 사단을 프루니아로 보냈고, 내일도 또 다른 1개 사단을 프루니아로 보내 달라고 협조 공문이 왔더군. 그 외에 제1근위대를 제외한 모든 기사단도 폐하의 호위라는 명목으로 프루니아에 간다고 하던데? 평소 폐하의 호위 규모치고는 너무 과하다고 생각하지 않소?"

그린레이크는 미네르바를 압박해 가면서 서서히 기분이 풀리는 것을 느끼고 있었다. 인간 따위가 감히 위대한 엘프와 사사건건 맞서려고 하다니. 그는 미네르바가 자신의 주제를 파악하고 아예 딴 생각을 못하도록 쐐기를 박기 위해 손수 찾아 온 것이다.

"지금 시국이 어수선하니까 만전을 기하자는 것 외에 별 뜻은 없소."

애써 변명하는 미네르바를 향해 그린레이크는 준비해 뒀던 가장 큰 쐐기를 무자비하게 박았다. 마음속으로 승리의 V자를 그리면서 말이다.

"훗, 누가 아는가? 그런 것은 다 핑계고, 고위급 귀족과 황족들을 프루니아에 모아 놓고 반란이라도 일으킬 생각인지 말이야."

설마 자신의 행위를 반란과 연관지을 수도 있다는 것을 꿈에도 예상하지 못했던 미네르바의 얼굴에서 순식간에 핏기가 사라졌다. 그만큼 반란이라는 단어가 파급하는 효과는 가공스러운 것이었다. 미네르바와 그녀의 부하들은 물론이고, 그녀를 낳은 크루마 굴지의 무가(武家)인 켄타로아 가문을 비롯한 수많은 가문들에 소속된 모든 남녀가 죽임을 당하거나 노예 신세로 전락할 수 있는 것이다. 그만큼 반란에 대한 징벌은 잔인할 정도로 철저했다.

"말도 안 되는 소리!"

"말이 되는 소리일 수도 있지. 저 코린트의 총사령관인 로체스터 공작도 하룻밤 사이에 정권을 잡아 버렸어. 그런 다음 꼭두각시 황제를 세워 놓고 국정을 좌지우지하고 있지 않나."

새파랗게 질려 있는 미네르바를 정면에서 쏘아보며 그린레이크는 말을 이었다.

"경은 폐하께 위임을 받아 군을 통솔하는 총사령관일 뿐이지 그 외에는 아무것도 아니야. 왜 국정 전반에 걸쳐 자신의 힘을 뿌리내리려고 하는 거지? 폐하께서 행차하실 때 그렇게 절차가 복잡한 것도 다 만일의 사태에 대비해서 만들어 둔 안정 장치라고 봐야 해. 폐하께서 한 사람, 혹은 한 집단에게 둘러싸여 눈과 귀가 막히시면 이 나라는 어떻게 되겠나? 이 나라는 폐하의 나라이지, 경의 나라가 아니란 말이야."

미네르바는 우선 숨을 깊이 들이쉬면서 마음을 안정시켰다. 지금 곧장 말을 했다가는 "그딴 반란 따위 여기서도 충분히 일으킬 수 있어"라든지, "내가 만약 반란을 일으킨다면 네 녀석 모가지부터 날아간다는 것을 몰라? 그걸 잘 알면서 여기로 제 발로 기어 들어오다니"라든지 뭐 그런 종류의 악담이 튀어나올 우려가 있었.

아마도 그 말을 내뱉을 때는 통쾌할지 모르지만, 그 후환은 엄청날 것이다. 반란을 모의했다는 것을 시인하는 꼴밖에 안 될 테니까 말이다. 그녀는 약간 마음을 안정시켜서 말을 시작했지만, 말을 하던 중에 열이 뻗쳐올랐기에 결코 좋은 방향의 대화는 진행될 수가 없었다. 그만큼 '반란'이라는 단어가 미네르바에게 준 충격은 엄청난 것이었다.

"말 다 했나? 뒷공론이나 일으켜서 쓸데없이 정쟁이나 일삼는 주제에, 뭐가 잘났고 남을 모함하는 거지? 경은 마법사들의 수장이라면서 그렇게 할 일이 없는 것인가? 도대체가 지금 시국이 어떤 방향으로 진행되는지 오크 정도의 지능만 있어도 내가 하고자 하는 일에 찬성했을 거야. 이 머리에 똥밖에 안 들어 있는 미친 엘프 늙은이야! 늙으려면 곱게 늙어야지."

"뭣이?"

그린레이크는 기가 꽉 막힐 정도로 노기가 치솟아 올랐다. 자신이 누구인데 이렇듯 지독한 폭언을 듣는단 말인가? 위대한 엘프족의 대변인이자, 원로원의 의장이 아닌가? 그리고 덧붙여서 마법사 협의회의 의장직도 겸임하고 있었다. 그야말로 미네르바와는 쌍벽을 이룰 정도로 높은 실권자가 바로 그였다. 그런데, 이렇듯 지독한 쌍소리를 들어야 하다니. 학식이 높은 마법사였기에 별로 욕을 많이 알고 있지 못했던 그린레이크는 자신이 아는 한 가장 지독한 욕설을 토해 냈다.

"이, 이런 미친 계집년이……."

마법사는 열 받으면 정신이 산란해져서 주문을 외우기 힘들지 몰라도, 검객인 미네르바에게는 그 어떤 제약도 없었다. 미네르바는 곧장 검을 뽑아 들었다.

"뭣이? 다시 한 번 더 지껄여 봐. 그 빌어먹을 혓바닥을 잘라 버릴 테니까."

급기야 미네르바가 검까지 뽑아 들자 그린레이크는 어느 정도 냉정을 되찾았다. 그의 머릿속에서 맹렬하게 위험 신호가 울리는 것을 무시할 수가 없었던 것이다. 그린레이크가 아무리 마법에 능통하다고 해도 마스터급의 검객과 싸워 이길 가능성은 만에 하나도 없었다. 그런 데다가 지금 자신은 치밀어 오르는 노기 때문에 정신마저 산란한 상태였다. 그렇기에 그린레이크는 이 자리를 회피한 후 다른 방법으로 미네르바에게 복수하는 것이 좋을 것 같다고 생각을 정리했다.

그린레이크는 노회한 마법사답게 꼬리를 말며 후퇴했다. 하지만 조용히 떠나기는 아무래도 자존심이 허락하지 않았는지, 노기에 찬 한마디를 남기는 것을 잊지는 않았다.

"젠장, 두고 보자. 내 오늘 일은 결코 잊지 않을 것이다."

미네르바는 그린레이크가 떠나고 난 후 물밀 듯 밀려드는 후회감에 머리를 싸쥐며 외쳤다.

"빌어먹을, 지금이 어떤 상황인데……. 할 수만 있다면 방금 있었던 일을 모두 잊어버리고 싶군."

악담을 퍼붓고 돌아간 그린레이크는 자신의 말을 곧 실행에 옮겼다. 미네르바는 그린레이크와 한바탕한 결과가 어떤 식으로 나타났는지 몇 시간 후에는 뼈저리게 느낄 수가 있었다.

"뭐라고?"

"예, 방위 사령부에서 온 보고에 따르면, 프루니아에는 오늘 폐하께옵서 출발하시기 전에 공간 이동시킨 제3사단만으로도 당분간 충분할 테니 제2사단의 공간 이동은 사냥 대회 직전으로 연기한다는 통보가 마법사협의회에서 왔다고 하옵니다."

이블리스는 분노 때문에 얼굴색이 점차 상기되고 있는 상관을 걱정스러운 듯 바라보기는 했지만, 아무래도 보고를 멈출 수는 없다고 생각했는지 다시금 말을 이었다.

"그리고 마법사협의회에서 공문이 도착했사온데, 전하께서 넘겨 달라고 하셨던 그 포로들 말이옵니다. 그들은 모두 다 세뇌 중이기에 절대로 돌려줄 수 없다는 회답이었사옵니다."

기사단에 소속되어 있는 마법사를 제외한 모든 마법사들은 그린레이크의 세력권에 있었다. 그렇기에 그린레이크는 이런 식으로 복수를 한 것이다. 그 사실을 뻔히 알고 있는 미네르바는 치솟는 분노를 억누르며 외쳤다.

"망할 자식, 이런 식으로 복수를 하다니."

"어떻게 하면 되겠사옵니까? 전하."

"기사단에 있는 마법사들을 모두 동원해라. 오늘 밤 안으로 제2사단에 대한 공간 이동을 끝마치도록 해라."

"예, 전하."

이블리스는 잠시 미네르바의 눈치를 살피더니 조심스럽게 말했다.

"마법사들이 협조를 하지 않는다면, 아니 그린레이크 전하께서 협조를 하지 않으신다면 철수 작전은 매우 어려워질 것이옵니다. 뭔가 대책을 세우셔야 하지 않겠사옵니까?"

미네르바는 이블리스의 조언을 못 들은 척 천천히 일어서서 포도주병을 잡고는 한 잔 가득히 따랐다. 이블리스가 그런 조언을 하지 않았다고 해도, 그녀는 이미 뭔가 특단의 조치를 취해야만 한다고 작심한 상태였다. 미네르바는 짐짓 시치미를 떼고 이블리스에게 물었다.

"경도 한잔할 텐가?"

"아니옵니다, 전하."

미네르바는 포도주잔을 들고 창가에 서서 밖의 경치를 보며 조금씩 마셨다. 그러다가 갑자기 이블리스에게 말했다.
"타이탄 생산 공장에 있는 마법사들을 모두 다 귀족들의 이동에 동원해라."
"예?"
"폐하께서 프루니아로 출발하신 후에 각 생산 공장에 연락을 넣도록 해라. 내일 아침부터 귀족들을 프루니아로 공간 이동시킬 것이다. 그리고 각 귀족들에게도 연락을 넣어. 마차로 그 먼 거리까지 여행할 필요 없이 황궁에서 마법진으로 출발하라고 말이야."
"그렇게 하시면……."
미네르바는 슬쩍 손을 들어 이블리스의 말을 제지하며 말을 이었다.
"경도 알다시피 프루니아로 개설되어 있는 영구 이동 마법진만 사용해서는 황족 및 그 사용인들, 그리고 황궁에서 사용되는 각종 집기들의 이동만 해도 3일은 족히 걸린다. 운이 없어서 그 전에 드래곤이 나타난다면 엄청난 손실을 입게 될 거야. 그런 만큼 놀고 있는 그 마법사들을 이용하자는 거지. 귀족들의 이동이 없다면 황궁의 물자도 이동시킬 수 있게 말이야."
"좋은 계획이시옵니다. 하오나 그렇게 하시면 그린레이크 전하와 또다시 충돌할 수밖에 없사옵니다. 기사단에 소속된 자를 제외한 마법사들은 모두 그분의 관할이 아니옵니까? 그린레이크 전하께서 가만히 계실 리 만무하옵니다."
"물론이지."
미네르바는 그 정도는 잘 알고 있다는 듯 빙긋이 미소를 지어 보였다. 그런 다음 다시금 창밖으로 시선을 돌리면서 말했다.

"처리할 일이 많을 걸세, 빨리 가 보게."
"예, 전하."
미네르바는 밖으로 나가려는 이블리스에게 뒤도 돌아보지 않은 채 시선은 창밖에 고정시키고 말했다.
"참, 가는 길에 스메르 경을 불러 주겠나?"
스메르 경이라면 제1근위대장을 말하는 것이었다. 이블리스는 왜 그를 찾는 것인지 의아함을 느끼며 대답했다.
"예, 전하."

다음 날 아침이 되자 미네르바의 예상대로 화가 머리끝까지 치민 그린레이크가 부하들을 거느리고 미네르바의 집무실로 쳐들어왔다. 그 전날에 미네르바의 무력에 꼬리를 말았던 것이 그의 분노를 더욱 재촉했는지, 그는 자신의 수하들 중에서 가장 뛰어난 실력을 가지고 있는 엘프 마법사를 무려 열두 명이나 이끌고 온 것이다.
"그린레이크 전하께옵서 오셨사옵니다."
집무실 밖에 배치되어 있던 경비병은 그린레이크가 왔음을 알렸다.
"드디어 왔군."
미네르바는 싱긋이 미소 지었다. 밖이 소란스러운 것으로 보아 화가 머리끝까지 치민 그린레이크가 부하들을 거느리고 시비를 걸려고 왔음을 알 수 있었다.
"이 정도에서 몸을 사렸다면 내가 실망했겠지. 과연 예상대로 움직이는군. 아무리 머리가 잘 돌아가는 마법사라도 분노에 가득 차서야 판단력이 흐려지는 법이지."
 그녀는 그린레이크가 이렇게 행동하도록 충동질하기 위해서 그의 관할이었던 타이탄 공장에 소속된 마법사들을 독단적으로 이동시킨 것이었으니까 말이다.
 곧이어 성이 잔뜩 난 그린레이크의 목소리가 밖에서 들려왔다.
 "에잇, 비켜라."
 "이러시면 아니 되옵니다, 전하."
 경비병의 만류 소리가 들려왔고 곧이어 쿠당하는 소리와 함께 문짝을 세차게 밀치며 그린레이크가 부하들과 함께 들어왔다. 그린레이크는 미네르바의 집무실에 들어서자마자 보고 싶지 않아도 그 안의 광경을 볼 수밖에 없었다.
 실내에는 다섯 명의 기사가 미네르바와 함께 뭔가를 의논하고 있었던 듯 그녀와 함께 앉아 있었다. 하지만 그린레이크는 그런 것은 개의치 않고 분노를 표출했다.
 "이럴 수가 있소? 내가 어제 경고했잖소. 내 권한을 침범하지 말라고 말이야."
 미네르바는 그린레이크는 본체만체한 상태로 자신의 앞에 앉아 있는 기사에게 미소를 지으며 말했다.
 "내 이럴 줄 알았지. 안 그런가? 스메르 경."
 스메르는 고개를 깊숙이 숙이며 대답했다.
 "전하의 선견지명에 감읍할 따름이옵니다."
 "좋아, 저 반란의 무리들을 모두 다 체포해라."
 "옛!"
 미네르바 입에서 반란이라는 말이 튀어나오자 그린레이크와 그를 따라온 마법사들은 어리둥절한 표정을 지었다. 하지만 곧이어 미네르바와 함께 있던 기사들이 검을 뽑아 들고 그들을 압박해 왔고, 어디에 숨어 있었는지 또 다른 10여 명의 기사들이 가세하여 포위해 왔다. 그린레이크가 보니, 그들은 모두 다 스메르가 이끄는 제1근위대 소속의 기사들이었다.

기사들은 재빨리 마법사들을 하나하나 제압하여 마법을 쓸 수 없도록 만드는 구속 장비를 채운 다음 꽁꽁 묶기 시작했다. 마법사들은 자신이 반역에 연루되었다는 말에 충격을 받아서 그런지 거의 반항조차 하지 않았다.

그린레이크는 순식간에 기사들에게 포박당한 상태에서 무릎 꿇려졌다. 그가 언제 이런 대접을 받아 본 적이 있었는가? 그는 머리 끝까지 분노하여 외쳤다.

"이게 무슨 짓이냐? 켄타로아 공작, 지금 경이 하는 짓이 어떤 결과를 가져올지 예상이나 하고 행하는 것이오?"

"물론이야. 감히 폐하께서 안 계신 틈을 타서 반란을 일으킬 궁리를 하다니."

"반란? 무슨 반란. 누가 반란을 일으켰다는 말인가?"

"당신이지 누군 누구야. 그게 아니라면 왜 이렇게 이른 아침부터 마법사들을 거느리고 내 집무실에 난입했다는 말인가?"

"그거야……."

어제 그렇게 호된 일을 경험한 만큼, 다시는 그런 일이 일어나지 않도록 하기 위해서 부하들을 끌고 온 것이다. 하지만 미네르바는 상대가 변명할 틈을 주지 않았다.

"나를 마법으로 제압한 후에 반란을 일으킬 계획이었음이 자명한데, 무슨 변명을 늘어놓으려고 하는가?"

미네르바는 기사들을 향해 명령했다.

"즉시 모두 다 끌고 가서 지하 감옥에 수감해라. 죄수들은 반란 미수죄를 적용받는 만큼 그 누구와도 접촉을 하지 못하게 해라. 폐하께서 돌아오신 후에 신문을 시작할 것이다."

"옛."

미네르바는 그린레이크를 가리키며 말했다.

"그리고 이자는 주모자인 만큼 신문할 것이 있으니 남겨 두도록."

그린레이크가 끌려가는 도중에 그의 부하들과 뭔가 의논할 수 없도록 하기 위한 조치였다. 이제 홀로 미네르바와 마주한 그린레이크는 마법을 쓸 수도 없는 상태가 되어 버렸지만 조금도 기죽지 않고 이빨을 갈며 외쳤다.

"네년이 나를 이렇게 만들고도 무사할 줄 아느냐?"

"물론 그건 나중에 결과가 나오겠지."

"폐하께서 돌아오시면, 곧이어 나의 무죄가 입증될 것이다. 그리고 네년은 나를 모함한 대가를 톡톡히 치러야 할 거야."

미네르바는 쓸쓸하게 미소 지으며 말했다.

"그럴지도 모르지. 하지만 폐하께서는 곧바로 돌아오시지는 않을 거야. 왜냐하면 이곳에서 반란이 일어났다는 보고는 올라가지 않을 것이거든."

"뭣이? 그렇다면 네년은 지금 무슨 짓을 꾸미고 있는 것이냐? 나를 가두고 진짜 반란이라도 일으킬 생각이냐?"

"훗, 그런 생각은 해 본 적도 없다. 어쨌든 그대가 지하 감옥에

갇혀 있으면 나중에는 어떻게 될지 모르겠지만, 한동안 일하기는 편하겠군."

미네르바는 그린레이크의 뒤에 살기등등하게 서 있는 기사를 향해 명령했다.

"끌고 가서 가장 깊은 지하 감옥에 가둬 둬라."

"예, 전하."

미네르바는 스메르 쪽으로 시선을 돌리며 말했다.

"뒤처리는 자네가 직접 해 줘야겠어. 아주 신속하면서도 비밀스럽게 말이야."

"예, 맡겨만 주시옵소서."

"우선 그린레이크의 심복들부터 모두 다 체포해라. 절대로 이 사실이 황제 폐하께로 흘러 들어가서는 안 된다. 아마도 드래곤은 늦어도 10일 내로 올 거야. 그때까지만이라도 폐하께서 이곳으로 오는 것을 막아야만 한다는 말이다. 알겠나?"

"옛, 이 목숨을 바쳐서라도 이행하겠사옵니다."

파괴되는 엘프리안시

 철수 작전의 가장 큰 걸림돌이었던 그린레이크에게 반란죄를 물어 지하 감옥에 가두고, 또 그의 심복 부하들도 모두 다 가둬 버렸다. 그 외에 의회나 국무부에서 일하던 인물들도 몇몇 체포되었는데, 그들이 이 사실을 황제와 함께 프루니아로 떠난 국무대신이나 의회 의장에게 알리는 것을 방지하기 위한 조치였다. 그 후 엘프리안 시내의 철수 작전은 비교적 순탄하게 진행되었다.
 황제가 황궁에서 떠난 다음 날 철수 작전은 거의 막바지에 달했다. 황궁 내의 거의 모든 값나가는 집기들과 각종 유물 등 가치 있는 것들은 모두 다 수도 밖으로 빼냈던 것이다. 겨우 하루 동안에 수백 년의 역사를 자랑하는 크루마의 문화재들을 수도 밖으로 꺼내는 것은 그야말로 인간 승리에 가까운 혹독한 중노동이었다. 그리고 그 중노동에 동원된 것은 엄청난 인구를 자랑하는 엘프리안시의 시민들이었다.
 징발된 건장한 남자들은 자신들에게 할당된 짐을 엘프리안시 외곽으로 옮기기 위해서 동원되었다. 거의 5만 명이 넘는 남자들을 동원했기에 그 엄청난 일이 하루 동안에 끝날 수 있었던 것이다.
 미네르바는 일단 큰 일거리가 끝나고 나자 그때서야 수도에서 모든 시민들의 철수를 발표했다. 수도 방위군의 남은 1개 사단과 황궁 경비대까지 출동하여 시민들의 혼란을 수습했기에, 그것도 비교적 순조롭게 행해졌다.
 대부분의 준비를 갖춘 후, 미네르바는 초조하게 기다렸다. 다크와 그 일행들이 나타나면 어떻게 대처하는 것이 좋을지 궁리하면서.

 다크 일행은 곧장 황궁 위에서 모습을 드러냈다. 그런 다음 천천히 아래쪽으로 고도를 낮추어 바닥에 내려섰다.
 "웬 놈들이냐?"
 하늘 위에서 날아서 내려온 그들을 발견한 경비병이 달려오자, 다크는 자신만만하게 외쳤다.
 "미네르바를 불러오너라."
 미네르바는 이미 자신을 찾아오는 일행들에 대해서 실례가 없도록 당부를 해 놓은 상태였기에 경비병은 공손하게 질문을 던졌다.
 "켄타로아 공작 전하를 찾아오신 분들이십니까?"
 "그렇다."
 잠시 후 경비병의 보고를 받은 미네르바가 허겁지겁 달려왔다. 그것을 보며 다크는 살기 어린 싸늘한 미소를 지었다.

"허둥대는 꼴을 보니, 자신이 지은 죄가 뭔지 알긴 아는 모양이군."

미네르바는 달려오면서 다크의 뒤에 서 있는 아르티어스를 확인했다. 역시 그녀는 복수를 하기 위해서 혼자 온 것이 아니고 드래곤을 데리고 온 것이다. 그것도 가공스러운 힘을 지닌 웜급 드래곤을. 미네르바는 다크의 앞에 서자 곧장 준비해 놨던 것을 내밀었다. 아르티어스가 직접 만들어서 다크에게 선물했던 그 검이었다. 미네르바는 다크가 검을 허리에 차는 것을 보며, 망설이지 않고 무릎을 꿇고 고개를 조아리며 사정했다.

"제발, 나 한 사람의 목숨으로 용서해 줘. 이곳에는 수많은 무고한 사람들이 살고 있어. 그들은 이번 사건이 어떻게 해서 비롯된 것인지 아무것도 몰라. 그러니 제발 그들은 용서해 주길 바라."

다크는 무표정하게 미네르바를 잠시 바라봤다. 그런 후 천천히 입을 열었다.

"용서를 구하기에 앞서서, 나한테 먼저 건네줘야 하는 것들 중에서 하나가 빠진 것 같은데?"

미네르바는 흠칫했지만, 솔직하게 털어놨다.

"물론 그럴 생각이었다. 하지만 나도 모르는 사이에 그들을 그린 레이크 공작이 데려가서 세뇌를 시키고 있었던 모양이야. 어제 그를 감옥에 수감해 버린 후 그들을 빼내기는 했지만, 도저히 너에게 건네줄 만한 상태가 아니었기에……."

"도대체 어떻게 한 것이냐?"

다크가 화가 나서 외칠 때, 뒤에서 아르티어스가 한마디 했다.

"그들을 데려오너라. 내가 치료하마."

미네르바가 고개를 살짝 까딱이자 몇몇 기사들이 달려갔다. 그들은 곧이어 다크가 오래전부터 잘 알고 있던 그들을 데리고 왔다. 하지만 어딘가 좀 이상했다. 모두들 두 눈이 풀려 있었고, 뭔가 멍청한 상태였다. 다크는 잠시 그들을 바라보다가 아르티어스에게로 간절한 시선을 담아 보냈다.
 "치료하실 수 있는 거지요?"
 "헛, 나를 뭐로 보고 그런 말을 하는 거냐? 내가 누구냐? 그 위대한 골드 일족의 후예로서 나보다도 잘난 드래곤이 있으면……."
 아르티어스는 갑자기 생각난 듯 말을 멈추고 아르티엔의 눈치를 힐끔 봤다. 아르티엔은 저런 바보탱이 아들 따위는 둔 적이 없다는 듯 먼 산을 보는 척하고 있는 중이었다. 아무리 드래곤이 자기 잘난 맛에 사는 종족이라고 하지만, 이렇게 수많은 사람들의 이목이 집중되어 있는 상태에서 저따위 소리가 나올 수 있는지 아르티엔으로서는 도저히 이해할 수 없었고, 또 이해하고 싶은 생각도 없었다.
 "고칠 수 있으면 빨리 고쳐 주세요."
 "알겠다, 그만 보채거라. 알아서 해 줄 테니까."
 아르티어스는 멍청하게 서 있는 그들에게 다가가서는 마법의 푸른 오라(Aura)를 뿜어내고 있는 손을 들어 각자의 머리 위에 살짝 올리기를 반복했다. 잠시 어느 정도의 시간이 지날 때까지 아무런 반응이 없더니 갑자기 팔시온이 입을 열어 말을 하기 시작했다.
 "어? 아르티어스 님, 여기는 어떻게 오셨습니까?"
 팔시온은 갑자기 눈앞에 아르티어스가 보이고, 또 저 앞쪽에는 다크의 모습까지 보이자 어리둥절해서 말했던 것이다. 얼마 전까지 분명히 정보부원이라고 솔직하게 자신들의 신분을 밝힌 그 개자식들에게 별의별 고문을 당했던 것 같은데, 그게 꿈이었나? 하지만 이리저리 돌아가던 팔시온의 시선에 미네르바와 그의 부하들이 잡히자 화들짝 놀랐다. 그건 꿈이 아니었던 것이다.

"저희들을 구해 주러 오셨군요, 정말 감사드립니다."

대충 사태 파악을 한 그들은 저마다 아르티어스에게 감사를 보낸 다음 다크에게로 달려갔다. 그런 다음 모두들 한마디씩 던졌다.

"너 때문에 우리들이 고생한 것을 생각하면 이빨이 갈린다구."

"그 정보부에 소속되어 있다는 개자식들……. 너도 한번 당해 보면 혀를 내두를 거야. 얼마나 지독한 놈들인지 말이야."

"정말 죽었다가 살아난 것 같다구."

다크에게 별의별 말을 다 하는 그들이었다. 하지만 그들의 얼굴은 미소로 가득 차 있었다. 신뢰를 가득 담은 미소가 말이다. 다크는 아르티어스가 동료들을 완벽하게 치료한 것이 확실하다는 것을 확인한 후 천천히 미네르바에게로 다가갔다. 미네르바 또한 시선을 딴 데로 돌리지 않고 다크를 마주 봤다. 다크는 서로 간의 거리가 아주 가까워졌다고 생각된 그 순간 발을 날렸다.

퍽!

아주 요란한 소리를 내면서 미네르바는 뒤로 나뒹굴어졌다. 그리고 사방에서 그녀의 부하들이 다크를 향해서 저마다 검을 뽑아 들며 달려들었다.

"안 돼!"

입술이 찢어져서 피가 흐르는 상태에서도 단호하게 외쳤다. 부하들은 검을 뽑아 든 상태에서 모두들 멈춰 섰다. 하지만 아직 검을 회수할 생각은 모두 하지 않고 있었다.

"모두들 검을 거둬라. 이것은 내가 뿌린 씨앗이니 내가 거둬야 옳은 것. 나 혼자만의 책임으로 끝낼 수 있게 도와 다오."

스메르는 입을 악 다물며 분노를 씹어 삼켰다. 그런 다음 장중한 어조로 부하들에게 명령했다.

"모두들 검을 넣어라. 이건 명령이다."

레디아 제1근위대의 기사들이 보고 있는 가운데, 미네르바는 정말 비 오는 날 먼지가 나도록 다크에게 두들겨 맞았다. 하지만 그렇게 두들겨 맞는 미네르바의 입가에는 희미한 미소가 서려 있었다. 다크가 이런 식으로 분노를 표출하는 것으로 봤을 때, 결코 또 다른 뒤탈을 염려할 필요는 없을 것으로 생각되었기 때문이다. 엘프리안시, 60만의 인구가 모여 사는 이 도시만 지킬 수 있다면 그녀는 그 어떤 굴욕이라도 참아 낼 수 있었다.

다크는 두들겨 팰 만큼 팼다고 생각했는지 이제 동작을 멈추고는 퉁명스럽게 말을 꺼냈다.

"나는 배반당하는 것을 무엇보다도 싫어해. 두 번 다시 나의 호의를 받아 낼 수 있다고 생각하지 마라. 나는 나를 한 번 속인 인간은 절대로 신뢰하지 않으니까 말이야."

다크는 아르티어스에게로 시선을 돌리면서 말했다.

"아빠, 갈 준비를 해 줘요."

다크의 말에 아르티어스는 어리둥절해서 말했다. 그가 아는 한 아들놈은 결코 이 정도에서 복수를 마무리할 인간이 아님을 잘 알고 있었기 때문이다.

"뭐? 벌써 가려고? 이제 시작인 거 아니냐? 너는 한 번도 이 아빠의 브레스가 얼마나 대단한지 못 봤잖아. 오늘 한번 보여 주려고 했더니."

그 말이 뜻하는 바를 잘 알고 있는 미네르바가 치를 떠는 가운데, 다크는 냉정하게 외쳤다.

"그만 가자구요. 최소한의 반항도 안 하는 상대를 무슨 재미로 계속 두들기고 있겠어요?"

아르티어스는 기죽은 어조로 대꾸했다.

"그래, 알겠다. 나는 절대로 가기 싫다고 한 것은 아니다. 이리로 와라. 아버지도 이리로 오시죠."

그런 다음 팔시온 일행에게는 갑자기 사나운 눈초리를 희번뜩거리며 말했다.

"네놈들은 그렇게 눈치가 없느냐? 알아서 재깍재깍 기어 와야 할 거 아냐?"

"옛, 어르신."

팔시온 일행이 허둥지둥 아르티어스의 주위로 모여 들고 있을 때, 아르티어스는 다크에게 다시금 다정한 시선을 보내며 사근사근한 어조로 물었다.

"그래, 어디로 가고 싶냐? 치레아로 돌아갈 거야?"

"몰라요. 어디 조용한 곳에서 친구들하고 술이나 한잔하고 싶어요."

"그것은 아주 쉬운 일이지."

아르티어스는 공간 이동을 하기 직전, 미네르바에게 사나운 눈초리를 보내면서 중얼거렸다.

"이것으로 끝났다고 생각하지 마라. 으드드득. 나를 속인 벌은 네년의 뼛속 깊이 새겨 줄 것이다."

작은 목소리였지만, 미네르바는 그것을 정확히 들었다. 미네르바는 비틀거리며 일어서서 비명을 지르듯 외쳤다.

"스메르 경!"

"예, 전하."

"모두 철수할 준비를 해라. 오늘 하루 동안은 수도를 비운다. 아무래도 이것으로 일이 끝날 것 같지가 않다. 치레아 대공은 그런대로 용서를 해 준 것 같은데, 드래곤은 그런 것 같지가 않은 모양이다. 자, 서둘러라."

"옛, 전하."

다크 일행이 공간 속으로 모습을 감추는 것을 보고 마법사는 제임스에게 정중하게 말했다.

"발렌시아드 각하, 아무래도 이것으로 끝인 모양입니다. 복수가 의외로 싱겁게 끝났군요."

"다행한 일이 아닌가? 주범인 크루마를 이 정도로 처리한 것을 보면, 본국은 별 탈 없이 넘어갈 수 있겠어. 자, 돌아갈 준비를 해 둬라."

"지금 통신으로 보고를 하시지 않고 돌아가서 직접 하시겠습니까?"

"그렇게 화급을 다투는 보고 사항은 없지 않느냐? 그건 그렇고, 정말 오늘은 멋진 광경을 봤어. 미네르바 켄타로아……. 정말 대단한 여자다. 같은 기사로서 존경하기에 부족함이 없어. 엘프리안시가 소멸하는 것을 막기 위해 저 엄청난 치욕을 참아내는 것을 보면 말이다. 그리고 치레아 대공도 대단해. 자신에게 충분히 복수할 능력이 있음에도 불구하고 저 정도에서 넘길 수 있는 것을 보면, 약자에 대한 관용이 있는 진정한 기사임을 알 수 있었다. 저렇게 훌륭한 기사들과 같은 시대를 살게 해 주신 아레스 님께 감사드린다."

마법사는 제임스의 혼잣말은 들은 척도 안 하고 말했다.
"준비가 끝났습니다, 각하."
"그래, 출발하자."

"여기면 괜찮겠냐? 그런대로 괜찮아 보이는 술집인 것 같은데 말이야."
"괜찮네요. 빨리 들어가죠."
"자, 모두들 고생했을 텐데 실컷 마시자. 계산은 내가 할 거니까."
"안 그래도 지금 수중에는 땡전 한 푼도 없어. 모두 다 압수당했거든."

저마다 자리를 잡고 앉은 가운데 팔시온이 호기롭게 외쳤다.
"이봐, 여기 주문받아."
"예, 손님, 무엇을 드시겠습니까?"
"맥주. 역시 시원한 맥주가 최고지. 모두에게 맥주 큰 걸로 한 잔씩. 그리고 소시지하고 햄, 구운 닭, 새끼돼지 통구이, 그리고 어… 미디아는 뭐 먹고 싶은 거 없어?"
"그거면 충분해."

미디아가 만족스러운 표정으로 대꾸하자, 팔시온은 아르티어스를 향해 물었다.

"저, 어르신께서는 뭘 드시겠습니까?"

"포도주……. '진홍의 망토'라는 포도주 있나? 전에 여기서 먹어 보니까 그게 제일 나은 것 같던데."

"예, 있습니다, 손님."

"그거 한 병…… 아니, 다섯 병 가져다줘. 여기에 배터지게 포도주를 마셔 보고 싶다는 분이 계시니까 말이야."

"알겠습니다, 손님. 그렇다면 맥주 큰 거 네 잔하고."

"잠깐, 어떻게 해서 네 잔이야. 다섯 잔이지."

"예? 하지만……."

점원은 다크가 아주 어리게 보였기에 설마 맥주를 마시랴 싶어서 계산에서 뺏던 것이다. 그걸 짐작한 팔시온은 점원에게 설명하기도 귀찮았기에 다짜고짜로 주문량을 확정했다.

"헛소리하지 말고 맥주 큰 거 다섯 잔하고 포도주 다섯 병, 그리고 소시지하고 햄, 구운 닭, 새끼돼지 통구이나 가져와."

"알겠습니다, 손님."

점원이 달려가고 난 후, 아르티어스는 헛기침을 해 대며 자리에서 슬그머니 일어섰다.

"어디에 가려고?"

아르티엔이 슬쩍 말을 걸자, 아르티어스는 난처하다는 듯 대꾸했다.

"저, 화장실에 잠시……."

아르티엔은 일부러 큰 소리로 되물었다.

"화장실이라고?"

"예, 그래요. 화·장·실! 금방 갔다가 올 테니까 잠시만 기다리시라구요."

"인간의 일에 너무 크게 관여하는 것은 좋지 않단다. 특히나 네 개인적인 감정만으로 그 거대한 도시를, 흡!"

아르티어스는 황급히 아르티엔의 입을 꽉 틀어막으며 귓속말을 했다.

"이런 식으로 비협조적으로 나오신다면, 그 어둑한 레어로 돌아가셔서 혼자서 쓸쓸한 시간을 보내야 할 거라는 점을 명심하세요, 아시겠어요?"

"훗, 네가 설마 나를 레어로 쫓아 보낼 실력이 있단 말이냐?"

"그게 아니라 제가 레어로 돌아가 버릴 테니까, 아버지도 여기에 계속 붙어 계시지는 못할 거라는 말이죠."

아르티어스의 협박에 아르티엔은 슬그머니 미소를 지었다. 그는 아들을 놀리려고 해 본 소리였지, 사실 호비트의 도시 하나쯤 박살내 버린다고 해도 아르티엔과는 아무런 상관도 없는 일이었던 것이다. 그리고 아들놈이 가루를 만들 작심을 하고 있던 그 도시에서 인기척이 그렇게 많이 느껴지지도 않았었다. 아무래도 그들은 이미 그에 대한 대비를 해 둔 것 같았다.

"오냐, 눈감아 주지. 대신 향기로운 포도주를 배터지게, 알겠지?"

아르티어스는 이가 갈리는 소리로 대꾸했다.

"물론이죠."

크루마 황궁 밑 지하 깊숙이 마련되어 있는 지하 감옥. 이곳은 국가 반역죄 같은 아주 악질적인 범죄를 저지른 놈들만 투옥되는 장소였다. 하지만 그곳에는 지금 그것과는 아무런 상관도 없는 사람, 아니 엘프들이 수두룩하게 갇혀 있었다.

"이봐, 네놈들이 나를 이렇게 취급하고도 멀쩡할 줄 아느냐? 지금 당장 미네르바 그 계집년을 불러와라."

노기에 가득 차서 울부짖는 그린레이크. 얼마나 괴성을 질러 댔는지 또랑또랑했던 그의 목소리는 꽉 쉬어 있었다. 하지만 그 누구도 대꾸하는 사람은 없었다. 그가 수감되어 있는 감옥 앞에는 중무장한 기사 두 명이 무표정하게 서 있을 뿐이었다. 그들 또한 처음에는 그린레이크를 달래기도 하고, 비위를 맞춰 보려고 해 봤으나 통하지 않자 아예 무시하기로 작정했던 것이다.

"젠장, 폐하께서만 돌아오신다면 네놈들을 가만두지 않을 것이다. 미네르바 네년이 무슨 못된 생각을 하고 있는지 모르지만, 결코 생각대로 되지는 않을 것이야. 네년이 아무리 황제 폐하의 귀를 막고 있다고 하지만, 그게 영원히 계속될 줄 아느냐? 조만간에 나의 충직한 부하들이 이 사실을 폐하께 고할 것이다. 폐하께서 돌아오시기만 한다면……."

그린레이크가 악을 쓰고 있을 때, 발자국 소리가 요란하게 지하에 울려 퍼졌다. 그린레이크는 자신을 방면하라는 지시를 가지고 온 전령이거나, 혹은 폐하께서 돌아오셨다는 소식을 가지고 오는 인물이기를 간절히 마음속으로 빌었다. 발걸음 소리는 더욱 가까워지더니 다급한 남자의 목소리가 지하에 울려 퍼졌다.

"켄타로아 전하의 명령이다. 철수한다. 서둘러라."

"정말이십니까? 전하께서 그런 명령을 내리셨을 리가……. 그렇다면 저 죄수들은 어떻게 합니까?"

"그에 대한 언급은 없으셨다. 최대한 빨리 수도를 이탈하라는 지시만 계셨을 뿐이다. 모두들 서둘러라. 한시가 급하다."

기사들은 잠시 웅성거리는 것 같았다. 그도 그럴 것이 이 죄수들의 패거리가 혹시나 자신들을 따돌리고 이들을 탈옥시키려고 하는 음모일 수도 있기 때문이었다. 하지만 지시를 내리고 있는 기사는 그들이 잘 알고 있는 자신들의 상관이었다. 그렇기에 그들은 모두 다 그 기사를 따라서 서둘러서 지하 감옥을 떠났다.

"그러면 그렇지. 나의 충직한 부하들이 벌써 손을 썼구먼."

그린레이크는 자신의 부하들이 몇몇 기사들을 매수하여 이곳에 있는 모든 기사들을 철수시켰다고 판단했다. 그렇지 않다면 갑자기 감옥을 경비하고 있던 기사들이 하나 둘도 아니고 모두 다 철수할 리는 없다고 판단했던 것이다. 하지만 아무리 기다려도 감옥 문을 열어 주기 위해 나타나는 마법사는 없었다.

"전하, 보소서. 골드 드래곤이옵니다!"

거대한 골드 드래곤은 갑작스럽게 모습을 드러냈다. 어마어마하게 거대한 골드 드래곤은 황금빛 찬란한 광채를 뿜어내며 그곳에 떠 있었다. 육중해 보이는 날개를 퍼덕이며 잠시 한 자리에 떠 있던 드래곤의 입에서 갑자기 흰 광선 같은 것이 폭발적인 기세로 뿜어져 나갔다. 그리고 엘프리안시는 갈가리 찢겨 나가기 시작했다. 드래곤은 잠시 자신이 만들어 놓은 작품을 감상이라도 하는 듯 엘프리안시 상공을 천천히 몇 바퀴 선회하더니 나타났을 때와 마찬

가지로 순식간에 사라져 버렸다.
 그 모습을 멍하니 바라보며 미네르바는 형언하기 힘든 감정 상태에 빠져 있었다. 엘프리안시는 그녀가 어렸을 때도 찬란한 빛을 뿜어내고 있었던 북방의 거대 도시였다. 그녀는 그 도시가 더욱더 찬란하게 성장해 나가기를 바랐고, 자신이 가지고 있는 모든 능력을 다 해서 그렇게 되도록 만들어 나갔다. 그런데 오늘 갑자기 그것이 사라져 버렸다. 폐허가 되어 버린 엘프리안시를 바라보고 있던 그녀의 눈에서는 언제부터인지 모르지만 작은 이슬이 맺히고 있었다.
 "전하, 고정하시옵소서."
 그녀와 함께 서 있던 스메르가 걱정스러운 어조로 말했다. 미네르바는 황급히 눈물을 닦은 후 근엄한 어조로 말하려고 노력하며, 명령을 내렸다.
 "스메르 경, 오랫동안 경은 나를 위해서 충성을 다해 주었네. 그것을 나는 언제나 고맙게 생각하고 있어."
 "별 말씀을 다 하시옵니다, 전하."
 "총사령관이자 근위 기사단장으로서 경에게 마지막 명령을 내리고자 한다."
 스메르는 어리둥절해서 대꾸했다.
 "예? 그건 무슨 말씀이시온지……."
 "엘프리안시가 소멸한 것을 폐하께 즉시 보고하라."
 "예, 전하."
 미네르바는 망설이지 않고 허리에 차고 있던 검을 풀어 놓으면서 비장하게 말했다.

"그리고 사태가 이렇게 되도록 만든 나를 체포하라."

그 말을 들은 주위의 모든 기사들이나 마법사들이 한쪽 무릎을 꿇고 고개를 숙였다. 여기저기서 간간히 흐느낌 소리도 들려왔다. 스메르는 자신감 있게 미네르바를 설득했다. 그만큼 미네르바에 대한 군대의 충성과 신뢰는 엄청난 것이었다.

"전하, 희망을 잃지 마시옵소서. 전하께서 제국과 황실의 안위를 살피기 위해 최선을 다하신 것을 폐하께서도 알아주실 것이옵니다."

"더 이상 이야기하고 싶지 않구나. 나를 체포해라! 스메르 경."

"전하, 한 가지 보고드릴 사항이 있사옵니다."

마법 통신을 담당하고 있는 중년의 마법사 나르데어스가 조심스럽게 말하자, 로체스터는 궁금증을 가지고 물었다. 나르데어스가 직접 자신에게까지 와서 보고하는 경우는 극히 드물었다. 왜냐하면 통신이라는 것 자체가 밖에서부터 들어온 보고를 최대한 빨리 공작에게 넘겨 주기만 하면 되는 것이기에 전령을 통해서 전달하는 쪽이 훨씬 더 효율적이었기 때문이다.

"무엇인가?"

"예, 몬스터들의 세력을 탐색하기 위해 투입한 용병 기사단에 관한 것이옵니다."

"그래서?"

"그게…, 언제나 3시 경에는 연락을 보내왔었사옵니다. 아마 식사를 마친 후에 잠시 휴식을 취하면서 연락을 해 오는 것 같았사옵니다. 그런데 오늘은… 세 시간이나 기다렸지만 아직도 연락이 오지 않고 있사옵니다. 뭔가 일이 생긴 것이 아닐까요?"

로체스터 공작은 '겨우 그런 일을 가지고 나한테 보고를 하다니' 하는 생각이 들었지만 인내심을 가지고 부하에게 대답했다.

"그럴 리가. 이제 겨우 세 시간 지났는데 말이야. 뭔가 급한 일이 있다 보면 보고 올리는 시간이 늦어질 수도 있는 것 아니겠나? 그리고 여태까지의 보고를 토대로 유추해 보면, 오늘 용병 기사단은 크로돈시 외곽에 이르게 된다. 그곳까지 몬스터의 세력이 미치고 있다는 보고는 아직 없었어."

"폐하의 말이 옳으시옵니다. 하오나 용병대장은 아무래도 몬스터 세력의 배후에 크라레스가 있지 않았나 의심하고 있었사옵니다. 만약 그것이 사실이라면, 어쩌면 크라레스의 기사단과 충돌할 가능성도 배제할 수는 없는 것 아니겠사옵니까?"

"쯧쯧, 별의별 걱정을 다 하고 있군. 일단 기다려 보기로 하세. 이만 나가 보게나."

"예, 전하."

나르데어스가 밖으로 나갈 때까지 조용히 있던 레티안은 그가 나간 후에 조심스럽게 입을 열었다.

"전하, 나르데어스의 의견도 조금은 생각해 보는 것이 좋지 않겠사옵니까? 사실 크라레스의 기사단과 맞붙었다면, 큰 곤욕을 치룰 수도 있는 것 아니겠사옵니까?"

로체스터 공작은 자신 있게 말했다. 나르데어스는 용병 기사단을 이끌고 크라레스에 가 있는 용병대장의 신분이 뭔지 모르기에 저렇게 걱정을 하는 것이겠지만, 용병대장 그가 누구인가.

"결코 어떤 일도 생길 리 없다. 경은 용병대장이 누군지 잊었나?

크라레스의 근위 기사단이 총출동한다고 해도 그를 어떻게 하지는 못해. 그녀가 직접 나선다면 혹 모르겠지만 말이야. 하지만 그녀는 지금 드래곤과 함께 크루마에 가 있지 않은가? 그러니 결과적으로 별일 아니라는 말이 되는 거지."

"예, 전하."

이때, 문밖에서 경비병이 외쳤다.

"발렌시아드 후작 각하께서 오셨사옵니다, 전하."

"오오, 벌써 왔는가? 들라고 해라."

"옛, 전하."

경비병이 문을 활짝 열자, 제임스가 들어섰다. 경비병은 제임스만을 들여보낸 후 다시금 문을 닫고 부동자세로 문 앞에 섰다.

로체스터 공작은 제임스의 안색이 아주 밝은 것을 보고 좋은 소식이라는 것을 직감했다. 하지만 사건의 전모가 어떻게 되었는지는 궁금했기에 다급하게 질문을 던졌다.

"그래, 갔던 일은 어떻게 되었나?"

"예, 전하, 일이 아주 잘 풀렸사옵니다. 전하께서도 함께 가셨으면 좋았을 텐데……. 정말 켄타로아 공작은 대단한 여걸이었사옵니다."

제임스는 방금 전에 본 광경을 흥분한 어조로 자세하게 설명했다. 부하들이 지켜보는 가운데 다크가 얼마나 그녀를 개 패듯이 패 놨는지, 그리고 그것을 끝까지 참으면서 수도를 지켜 낸 미네르바에 대한 아낌없는 칭찬까지 곁들여서 말이다.

"정말 그녀는 기사들의 귀감이 된다고 하겠사옵니다. 결코 저항하지 않는 상대를 끝까지 핍박하는 비열한 근성은 없었으니까 말이옵니다."

 제임스의 보고를 통해 코린트가 무사할 수 있다는 확신이 들자, 로체스터 공작은 마음의 여유가 생겼다. 그렇게 되자 로체스터 공작은 다크의 복수라는 것을 자신이 직접 가서 보지 않은 것이 억울하다는 느낌마저 들었다. 자신의 가장 큰 라이벌이라고 할 수 있는 미네르바가 오뉴월 개 맞듯이 맞았다는데, 그걸 못 본 것이 한스러울 정도였던 것이다.

 "호오, 대단한 구경을 했군. 나도 봤으면 10년 묵은 체증이 쑤욱 내려갔을 텐데 말이야. 미네르바가 그토록 두들겨 맞을 거라고 그 누가 상상이나 해 봤겠는가? 하하핫! 정말 직접 가서 보지 못한 것이 원통할 뿐이군."

 제임스도 밝아진 로체스터 공작의 영향을 받아 미소를 지으며 말했다.

 "전하, 일이 아주 쉽게 풀릴 것 같사옵니다. 주범이라고 할 수 있는 크루마의 처우가 그렇게 관대했던 것을 보면, 이쪽에서 사신을 보내 정중하게 예의를 갖춰 변명한다면 그냥 넘어갈 수도 있을 것 같지 않사옵니까?

 "경의 말이 옳도다, 제임스."

 "예, 전하."

 "이번에도 경이 수고해 줘야겠다. 전보다 좀 더 많은 선물을 가져가도록 하게. 드래곤은 포도주를 좋아하는 것 같으니까 최고급으로 열 상자 정도 가져가고, 그리고 최고급 브랜디(포도주를 증류한 술)도 서너 상자 가져가고 말이야. 그 외에 금은보화를 두루 갖춰 가지고 가서 변명과 함께 사과를 하는 거야. 사실 우리가 그녀에게 못할 짓을 한 것은 하나도 없지 않나? 정신계 마법에 당한 후유증을 치료하려고 노력도 많이 했고 말이야. 안 그런가?"

"맞사옵니다, 전하."

"그래, 그 부분을 확실하게 설명해 주란 말이야. 또, 그녀가 도주했을 때도 사로잡으려고만 했지, 결코 그녀를 다치게 하지 않으려고 노력했지 않았나? 그 때문에 이쪽의 피해가 엄청났던 것이고, 결국은 그녀가 달아날 수 있었던 주된 원인도 그것 아니겠나? 그 모든 것을 잘 설명하란 말이야. 그럼 잘하면 그냥 은근슬쩍 넘어갈 수 있겠지."

"알겠사옵니다, 전하. 그럼 준비가 되는 대로 즉시 출발하겠사옵니까?"

"아니, 내일 가는 것이 좋겠지. 지금은 벌써 시간이 많이 늦었어. 이쪽에서도 선물을 준비하는 데 시간이 제법 걸리겠지만, 저쪽도 오랜 시간 헤어졌던 부하들을 다독거리려면 오늘 저녁 화끈하게 술 파티를 할 것 아니겠나?"

"예, 전하, 그럼 물러가겠사옵니다."

제임스가 막 인사를 하고 나가려는 그때, 밖에서 요란한 발자국 소리가 나더니 중년의 마법사가 뛰어 들어왔다. 그는 제지하려는 경비병과 부딪치면서 방 안으로 나뒹굴며 들어왔는데, 로체스터 공작을 보고도 일어날 생각도 못하고 큰 소리로 외쳤다.

"전하, 큰일 났사옵니다."

"뭔데 그러느냐? 폐하께서 심장마비라도 걸리셨냐? 왜 이렇게······."

마법사를 나무라던 로체스터 공작의 질책은 마법사의 보고 한마디에 멈춰 버렸다.

"엘프리안시가 소멸당했다는 첩자들의 보고가 올라왔사옵니다. 거대한 골드 드래곤이 엘프리안시 상공에 갑자기 나타나서 흰 광채의 브레스를 뿜었다고 하옵니다. 그 때문에 지금 엘프리안시는 완전히 폐허가 되어 버렸다고 하옵니다."

그 보고를 들은 로체스터 공작과 제임스는 경악감에 입이 쩍 벌어진 채 굳어 버렸다. 과연 코린트의 미래는 어떻게 될 것인가?

『〈묵향15 - 외전 : 다크 레이디〉에서 계속』

다시 읽는 다크 스토리

제1부 묵향
✤ 마교의 장 ✤

　무림의 초거대 문파인 천마신교(天摩神敎)가 아수혈교(阿修血敎)라는 단체의 움직임을 포착하고 회의를 하는 장면이 〈묵향(墨香)〉의 시작이다. 아수혈교는 약 80년 전 마교에 엄청난 피해를 입혔던 혈교(血敎)의 후신이다. 여러 가지 대책이 오가다가 결국 새로운 고수들을 대량으로 육성하는 것으로 결론을 짓게 된다. 중원 각지에서 10세 미만의 어린아이 3천 명을 납치하여, 그들을 고수로 키운다는.
　그로부터 10년 후, 주인공 묵향이 등장한다. 마교가 납치한 3천 명 중 한 명이었던 그는 2044호로 불리며 성장한다. 그러다가 그가 마침내 살수(殺手)로서의 교육을 끝마쳤을 때, 묵향이라는 이름을 받게 된다. 그가 언제나 검은색 무복을 즐겨 입고, 그 외의 것들도 검은색을 너무 좋아했기에 붙여진 호칭이다.
　그런데 그에게는 한 가지 장점이자 단점이 있다. 살수로 쓰기 위해 키웠는데 그의 검술 실력이 살수로 써먹기에는 너무나도 뛰어나다는 점이다. 그 때문에 상부에서는 그를 애초 계획대로 일회용품이나 다름없는 살수로 써먹을 것인지, 아니면 좀 더 교육시켜 고수로 키워 볼 것인지 고민하게 된다. 묵향이 검술에 미쳐 있다는 것을 아는 대주는 묵향에게 따로 검술을 가르치지 않는다. 기초 검술 이외에 더 이상 검술을 배우지 못하자 묵향은 자신이 가지고 있는 검술에 대해 끊임없이 파헤치고 분석하기 시작한다.

이때, 마교의 정보망에 아수혈교의 비밀 지부 한 곳이 걸려들게 된다. 이 곳에서 수많은 강시가 제련되고 있다는 정보였다. 마교는 자신들이 직접 치는 것이 아니라 역 정보를 흘려, 정파의 핵이라고 할 수 있는 무림맹에 아수혈교 비밀 지부의 위치를 알린다. 하지만 마교의 바람과는 달리 무림맹은 황실 전복 세력이 있다는 거짓 정보를 황실에 흘려 그들을 끌어들인다. 황궁에서는 아수혈교를 모반을 일으켜 황실을 전복하려는 비밀 세력으로 오판하고 흑풍단(黑風團)이라는 황실 휘하 최강의 무력 단체를 투입한다.

결국 아수혈교의 비밀 지부는 전멸당하지만, 흑풍단 또한 강시의 위력에 쉽게 회복하기 힘든 엄청난 피해를 입어야 했다. 첩자를 통해 그 모습을 지켜본 마교는 자신들이 생각한 것 이상으로 아수혈교가 훨씬 더 막강한 세력을 지니고 있음을 깨닫고, 한 명이라도 더 많은 고수를 키우기 위해 노력하게 된다. 묵향의 운명이 결정지어지게 된 것도 이때였다. 살수로 쓰는 것이 아닌 새로운 검술 교관을 배정하여, 그의 특기인 검술을 더욱 심도 깊게 가르치기 시작하였다.

그에게 배정된 검술 교관은 환사검 유백이라는 자로, 묵향에게 절정에 이르는 편법을 일러 준다. 원래 절정의 고수가 되려면 자신이 익힌 초식의 틀에서 자유로워져야 한다는 말이 있다. 그렇기에 대부분의 고수들은 책을 읽는다든지, 아니면 초식의 연마를 잠시 접고 다른 일을 한다든지 하는 등으로 시간을 보내기도 한다. 그런데 유백이 개발해 낸 방법은 완전히 달랐다. 그는 초식을 분해하여, 더 이상 분해할 수 없을 정도까지 잘라 나가다 보면 결국에는 무초식(無招式)으로 들어갈 수 있지 않을까 하는 생각을 했었던 것이다.

묵향은 45세가 되었을 때, 사부 유백에게서 배운 편법을 완성해서 극강의 고수로 다시 태어나서는 무림에 모습을 드러내게 된다. 아직 묵향이 어느 정도 뛰어난 무공을 지니고 있는지 알지 못하고 있었던 마교의 수뇌부는 그를 낙양의 부분타주로 임명한다. 마침 낙양분타가 세력을 키우고 있는 상황이었기에, 강력한 무력이 필요하다며 마교 총단에 지원을 요청했기 때문이다.

주위의 산적을 토벌하여 낙양의 표국 신용을 높인 묵향은 3년 후 표국 점유율을 6할 대까지 끌어올린다. 이때 소연이라는 소녀를 만나 나중에 수양딸로 삼게 된다. 낙양에서의 임무를 성공적으로 수행한 후, 묵향은 그 공을 인정받아 마교 5대 무력 세력 가운데 하나인 천랑대(千狼隊)의 백인장(百人長)으로 임명된다. 그 후, 한 가지 사건을 통해 그가 상상 이상으로 강력한 검술을 익히고 있다는 것이 밝혀지고, 이에 마교의 지휘부에서는 그에게 새로운 임무를 하달한다. 그것은 당시 무림 최강의 고수들이라고 할 수 있는 3황5제(三皇五帝) 중 한 명인 뇌전검황(雷電劍皇)을 암살하라는 것이었다.

하지만 묵향은 뇌전검황을 암살하라는 명령을 무시하고, 그와 밤을 새워가며 무공에 대한 담소를 한 후 비무를 벌인다. 결국 비무에서 이기고 뇌전검황을 죽일 때 그의 정체를 묻는 뇌전검황에게 묵혼지주라 불러 달라 말한다. 뇌전검황과의 비무를 통해 그의 검술 실력이 당대 최정상급에 도달해 있다는 것을 만천하에 알린 것이다. 그리고 그 공을 인정받아 마교에서는 묵향을 부교주로 임명하게 되지만 교주의 질시를 받게 되는 것 또한 이즈음이다. 왜냐하면 교주가 봤을 때 부하로 부리기에는 묵향의 무공이 너무나도 강했기 때문이다. 마교는 강자지존(强者之尊)의 율법이 지배하는 세계, 묵향보다 무공이 떨어지는 교주로서는 그가 너무나도 부담스러웠던 것이다.

부교주가 된 묵향을 위해 교주의 명으로 현철로 묵향의 상징인 묵혼검과 묵영비가 만들어지고, 묵향의 독립 호위대인 매·란·국·죽의 사군자가 결성된다. 유백은 부교주가 되어 돌아온 묵향을 진심으로 축하해 주며 기회가 된다면 마존무고에 있는 북명신공을 꼭 보라고 권한다.

　그 후, 차분히 무공만 연마하고 있던 묵향은 어느 날 마교 뇌옥을 탈출한 천지문의 제자 세 명이 있다는 말에 신분을 숨긴 채 그들을 도와주다 그중 한 명이 자신의 수양딸인 소연임을 알게 된다. 그들을 마교에서 탈출시켜 주고 소연을 위해 천지문과 마교의 동맹을 맺어 주는 대신 5년간의 근신을 하게 된다.

　묵향은 얼마간 수련에 열중하다가 더 이상의 진전이 없자 교주에게 북명신공을 볼 수 있게 해달라고 부탁하여 북명신공을 익힌다. 그러던 어느 날, 묵향은 사천당문과 마교의 한 분타 간의 분쟁을 해결하라는 부탁을 받게 된다. 그 일을 처리하러 사천으로 가다 우연히 무림맹주의 딸인 옥령인을 납치하게 된다. 옥령인을 앞세워 사천의 일을 원만히 해결하고 마교로 돌아왔을 때, 한 가지 사건이 벌어진다. 바로 암흑마교의 장인걸이 마교와 합치자는 요청을 해 온 것이다. 이에 마교의 수뇌부는 장고 끝에 암흑마교와 재결합을 한다는 결론을 내린다.

　조용히 지내던 묵향에게 마교의 교주가 다시 하나의 부탁을 한다. 무림맹주 옥청학의 140세 생일 초대를 받아 마교 교주의 딸인 한영영을 보내는데 그녀가 워낙 안하무인이라 묵향이 동행해 주었으면 하는 부탁이었다.

　사실 옥령인이 묵향을 그리워한 나머지 할아버지 생신 때 묵향을 볼 수 있게 해 달라 조른 것이었고, 그 요청을 받은 마교 교주는 한영영을 핑계 삼아 묵향을 보낸 것이다. 무림맹주를 만난 묵향은 담소 중 현경에 오를 수 있는 방법을 가르쳐 준다. 임무를 마치고 마교로 돌아온 묵향을 기다리고 있는 것은 교주의 배신이었다.

　교주는 장인걸의 이간질에 넘어가 자신보다 강한 묵향이 적인 무림맹주에게 현경에 오를 수 있는 방법을 가르쳐 주었다는 것에 배신감을 느끼고 묵향을 제거하려 한다. 어느 날, 교주는 묵향을 비밀리에 불러 장인걸이 무림맹주의 두 손녀를 납치했을 가능성이 크다고 말하며, 그게 사실이라면 그녀들을 구출해 달라고 부탁한다. 장인걸이 그녀들을 납치한 것이 정확한 정보인지 알기 힘들었기에, 교주가 직접 손을 쓰기는 어려웠던 것이다.

이미 무림맹 맹주의 손녀 중 옥령인과 인연이 있었던 묵향은 그 부탁을 흔쾌히 수락한다. 장인걸의 거처에 몰래 침투해 그녀들을 구출해 낸 묵향은 사전에 교주와 약속한 장소를 향해 달려간다. 그곳에서 교주는 장인걸 등 마교의 혜성 같은 고수들과 함께 주연을 베풀고 있는 참이었다. 교주는 그 자리로 그녀들을 데리고 오면, 아무런 의심 없이 주연에 참석하고 있는 장인걸을 윽박질러 해치우면 될 거라고 묵향에게 말해 놨었던 것이다.

하지만 여기서 사건은 의외의 반전으로 흘러간다. 묵향과 장인걸이 싸우고 있을 때, 갑자기 교주와 또 다른 부교주 한 명이 묵향을 협공해 왔던 것이다. 묵향으로서는 무방비 상태에서 뒤통수를 맞은 거나 다름없었다. 묵향이 큰 부상을 당한 상태에서 전열을 가다듬고 있을 때, 그가 보호하고 있던 무림맹주의 손녀들이 그를 암습해 온다. 묵향이 그녀들을 구출하며 건네줬었던 그의 검과 단검을 가지고.

이 모든 것은 음모였다. 묵향을 제거하려는 마교 교주의 제안에 무림맹주 옥청학은 마교의 최고수 하나를 없앨 수 있겠다는 판단에 자신의 손녀딸들을 이용하여 묵향을 암습하게 한다. 묵향은 앞에 포진하고 있는 교주 이하 고수들을 상대로 그녀들을 보호하는 입장에서 싸우고 있었다. 그런 상황에서 그녀들에게 전혀 예상치도 못했던 급습을 받다 보니, 도저히 피할 수가 없었다.

묵향은 단전과 심장에 검상을 입은 채 도망치다 결국 탄령하(嘆靈河)라는 마교 근처를 통과해 흘러가는 거친 강줄기에 몸을 던지게 된다.

✤ 전쟁의 장 ✤

　마교에서 간신히 탈출해 생존하는 데 성공한 묵향. 하지만 그의 몸 상태는 절망적이었다. 지독하게 거친 물살에 떠밀려 내려오는 동안 그의 몸은 여기저기 짓이겨진 상태였고, 더군다나 심장과 단전에 치명적인 상처까지 입은 상태였으니.

　대 송제국의 상장군 옥상은 그런 시체나 다름없는 묵향을 낚시 도중 건져 낸 후, 그를 치료해 준다. 하지만 너무 큰 충격을 받은 탓인지, 묵향은 자신의 이름마저 기억하지 못했다. 말도 제대로 못하고, 한쪽 다리를 심하게 절며 왼손마저도 이상하게 붙어 사람들은 그를 병신이라 불렀다.

　묵향은 옥상 상장군의 집에서 하인으로 일하며 차츰 몸을 회복해 간다. 그러던 어느 날, 이를 이상하게 여긴 옥상이 의원에게 묵향을 진맥하게 하자 그의 몸에서 점차 막힌 혈도가 뚫리고, 내력이 돌아오고 있는 것으로 판명이 났다. 옥상은 묵향의 과거를 궁금해하면서 의원에게 무공을 가르치게 한다.

　의원은 묵향이 잘 따르는 옥상의 막내아들에게 공부를 가르치면 묵향이 따라 배울 거라 생각하고 가르치기 시작한다. 그러던 어느 날, 토납법을 가르치던 중 '대자연의 기' 라는 말이 나오자 묵향은 본능적으로 북명신공을 기억해 내고, 그의 몸은 엄청난 변화를 겪게 된다. 파괴됐던 단전이 복구되고, 모든 혈도가 뚫린 다음 환골탈태를 거쳐 다시 한 번 정상의 몸이 된 것이다. 모든 걸 다 잊었을지라도, 그의 몸이 그것들을 기억하고 있던 것이다.

옥상은 이런 사실을 자신의 아버지인 옥영진 대장군에게 알린다. 흑풍대의 수장인 옥영진 대장군은 과거 아수혈교와의 전투 때 막심한 피해를 입은 흑풍대의 피해를 복구하기 위해 한 명이라도 더 많은 고수를 모집하고자 동분서주하고 있었다. 옥영진 대장군은 묵향을 데려다가 본격적으로 무공을 가르치는데 국화를 광적으로 좋아해 사람들은 묵향을 국광이라는 이름으로 부른다.

옥영진 대장군의 도움으로 황궁무고에 들어간 묵향은 2년간 3천여 무공비급을 모두 읽는다. 옥영진은 청성파에서 5년간 수련하고 돌아온 손자 옥항을 제자로 삼아 가르쳐 보라고 한다. 옥항을 가르치다 보면 과거의 기억이 돌아올지도 모른다는 생각에서였다.

무공을 가르치며 소일하고 있던 묵향은, 몽고와의 전쟁이 시작되자 옥영진 대장군을 따라 흑풍대에 소속되어 전쟁에 참전하게 된다.

묵향의 매력은 그 장대한 스케일에 있다. 그 당시 중원의 동북방을 주름잡고 있었던 것은 요나라였다. 그리고 차츰 세력을 키워 나가고 있는 몽고도 무시하기 힘든 세력이었다. 그리고 제국의 안전을 위해 이들을 정벌하려고 최선을 다하고 있는 장군들의 발목을 잡는 간신배들. 그들은 자신의 권력욕에만 집착할 뿐, 대 송제국의 앞날 따위는 안중에도 없었다. 〈묵향〉 소설에서 주인공이 이끄는 주 스토리의 뒷배경에는 이런 거대한 제국 간의 정세가 인과율로서 깔려 있기에, 읽는 맛을 더해 주고 있는 것이다.

송과 요, 고려와 몽고. 이 네 개의 나라가 팽팽하게 대치하고 있을 때, 그 전환의 기회를 만든 것은 고려였다. 요가 송과의 싸움을 원활히 수행하기 위해 먼저 후방을 튼튼히 한다는 목적으로 고려를 침입했는데 그것이 최악의 수가 되고 말았다. 고려에 침입했던 요의 대군이 몰살당하자, 송으로서는 큰 기회가 찾아온 것이다.

송은 주력 부대를 이끌고 요를 향해 진격하고 싶었지만, 요와 몽고가 손을 잡으면 최악의 상황이 연출되기에 군부에서는 몽고를 어떻게 할지 고심하게 된다. 이때, 옥영진 대장군이 1만의 보병만 지원해 준다면 자신이 몽고를 토벌하겠다고 장담한다. 그 제안이 받아들여져, 묵향은 옥영진 대장군과 함께 몽고 벌판으로 달려가게 된 것이다.

옥영진 대장군이 거느린 것은 흑풍대 1만 기(騎)와 보병 1만 명이 고작이었다. 그는 이 제한된 병력만으로 몽고의 제왕이 거느린 10만 이상에 달하는 거대한 세력과 싸워 나간다. 묵향은 옥영진 대장군의 골칫거리인 찬황흑풍대 사륙 백인대장이 되고, 그곳에서 오랫동안 같이 할 수하들인 마화와 임충을 만나게 된다. 묵향의 활약으로 11만의 몽고군 중 9만을 섬멸하며 초전을 승리로 장식한다.

몽고의 마을로 간 묵향은 과거 소연과 비슷한 처지에 있는 하부르라는 소녀를 만나게 되고, 이상한 감정을 느껴 그녀를 하녀로 삼는다. 전투가 계속되면서 묵향은 어검술을 되찾게 되고, 어검술로 1대 1천의 대결을 승리로 이끈다. 몽고족은 철진천을 중심으로 12만 대군을 만들어 대항하지만 옥영진 대장군은 찬황흑풍대를 이용해 전투에 참여한 부족에게는 잔인한 공격을 가해 몽고 부족의 연합된 힘을 깬다.

몽고와의 전쟁이 서서히 막을 내릴 때 마교에서 묵향이 아직 살아 있다는 정보를 입수하게 된다. 기억을 잃어버려 예전의 무위까지는 아니지만 만약 기억을 되찾아 예전의 무위가 되살아난다면 마교에 피바람이 불 것이라고 판단, 묵향 암살 작전을 시행한다.

옥영진 대장군의 위상이 높아가는 것을 좌시할 수 없었던 간신 엄승과 묵향의 생존을 눈치 채고 호시탐탐 그를 끝장낼 기회를 노리고 있던 마교가 손을 잡은 것이다. 그들의 기습 작전은 철저하기 그지없었다. 마교에서는 묵향이 동자공을 익혔다는 것을 생각해 내고, 음희 설약벽을 보내 그를 유혹하고, 그의 뒷배를 봐 주는 옥영진 대장군을 없애려고 한다. 하지만 묵향은 동자공을 익힌 것이 아니었다.

뒤늦게 설약벽에게서 그런 사실을 알게 된 묵향은 옥영진 대장군의 집으로 가지만 옥영진은 이미 규화보전을 익힌 해공공에 의해 숨진 상태였다. 분노한 묵향은 쳐들어온 마교 천랑대의 천랑검진을 황궁의 미완성 무공인 파황천류도를 시전하여 박살을 낸다. 하지만 예전의 몸 상태가 아닌 묵향이었기에 곧 위기에 빠진다. 능비계와 해공공은 묵향이 기억을 되찾기 전에 죽이려고 추적을 하고, 도망을 가다 물에 빠진 묵향은 그제야 예전의 기억을 모두 되찾고 북명신공을 이용해 주위의 대지로부터 공력을 흡수한다.

마지막 순간에 기억을 되찾은 묵향은 자신을 죽이러 온 마교 세력들을 오히려 자신의 부하로 삼아 버린다. 그가 자신은 외인(外人)이 아니라 마교의 한식구임을 밝히고, 현 상황은 교주와 자신 간의 세력 다툼이라고 선언했기 때문이다.

전통적으로 약육강식, 강자지존의 율법을 지키는 마교는 능력만 있다면 쿠데타를 인정하는 집단이다. 그렇기에 묵향이 교주가 되겠다는 야심을 천명한 이상, 그 밑에 있는 마교의 고수들은 교주와 묵향 둘 중 하나를 택할 자유가 주어지게 되는 것이다.

어느 정도 상황이 정리되자 묵향은 자신을 이 모양으로 만든 교주와 장인걸 부교주에게 복수를 다짐한다.

✤ 혼돈의 장 ✤

묵향은 복수를 하기 위해서는 자신만의 세력이 필요하다는 사실을 깨닫고 염왕대를 흡수한 후, 옥영진 대장군의 관저에서 3백 리 떨어진 흑룡문을 접수하여 거처로 삼는다. 묵향은 곧 커다란 세력을 원활하게 운용하기 위해서는 모사(謀士)가 필요하다는 것을 느끼고 천마문의 문상이었던 설무지를 영입한다. 그러면서 살아남은 찬황흑풍대의 잔존 세력을 자신의 휘하로 끌어들인다. 자신의 무공이 천하제일일지는 모르지만 한 손이 여러 손을 당하지 못한다는 것쯤은 잘 알고 있었기 때문에 세력 확장에 최선을 다한다.

이쯤 되자 무림의 모든 이목이 묵향에게 집중된다. 그러나 묵향은 아랑곳하지 않고, 자신의 세력을 키우기 위해 무림을 휘젓고 다닌다. 그러다가 정보 단체의 필요성을 느끼고 살막을 흡수하기 위해 찾아갔지만 거절당하고, 하오문의 총타가 있는 구산 천영루를 찾아가기로 한다. 살막에서는 묵향이 하오문을 흡수하게 되면 살막의 필요성이 없어진다는 것을 알고는 필사적으로 묵향을 추적한다.

그러던 어느 날, 묵향은 어디선가 본 듯한 낯익은 검을 우연히 본 뒤 그 검을 가진 사람을 몰래 따라간다. 검의 주인이 검을 뽑자 그 검이 자신의 사부 유백의 명옥검이라는 사실을 알게 된다. 그래서 묵향은 검을 누구에게 얻었냐고 물어본다. 그는 자신에게 10년 동안 검술을 가르쳐 준 사람에게 받았다고 하자 묵향은 그 사람의 이름을 묻는다. 이름은 모르고 별호가 독고구패라고 대답하는 명옥검의 현 주인.

묵향은 독고구패가 자신의 사부를 죽이고 명옥검을 빼앗아 물려준 것이라고 생각하고 사부의 복수를 하기 위해 그 검의 주인을 잡아 모진 고문을 가한다. 그냥 쉽게 죽이기 싫었기 때문이다. 하지만 결국 독고구패와 자신의 사부 유백이 동일 인물이라는 사실을 알게 된다. 유백은 묵향이 죽었다고 오해를 하고 마교를 나와 이리저리 떠돌아다니다 자신의 검법인 무형검법이 사라질까 봐 새로운 제자를 받아들인 것이다.

묵향은 그 검의 주인과 한 번 겨루어 보고는 사부에게 제대로 배웠다는 것을 깨닫고 자신이 독고구패의 마지막 제자 묵향이란 것을 밝힌다. 묵향은 여기서 유백이 몹시 괴로워하다가 숨을 거뒀다는 말을 듣게 된다. 묵향에서의 설정은 정파 무공은 내력이 조금씩 오르지만 안전하고, 마공은 단시간 내에 급격하게 내력이 오르는 것으로 되어 있다. 하지만 마공의 단점은 어느 정도의 경지에 도달하지 못하면 죽을 때 내공이 흩어지며 엄청난 고통을 받는 것으로 되어 있다.

자신에게 문제가 생겨 기억만 잃지 않았다면 사부를 그렇게 죽게 만들지 않았을 거라는 생각이 들자 묵향은 너무나 괴로워한다. 현재 묵향의 실력이면 별 고통 없이 사부의 내공을 없애 버리고 북명신공을 이용해 죽을 때 고통스럽지 않아도 되는 새로운 공력을 채워 줄 수 있었기 때문이다.

어쩌면 사부를 극마의 경지에 오르게 해서 오래 살게 할 수도 있었을 텐데, 최악의 경우 사부가 고통받지 않고 죽도록 한 번에 베어드릴 수도 있었을 텐데하는 후회를 하게 된다. 어릴 적 기억이라고는 끌려와 혹독한 훈련만을 받았던 기억밖에 없는 묵향으로서는 자신의 진전을 아낌없이 전해 주며 관심을 주던 사부 유백이 가장 가까운 사람이었던 것이다. 자신이 옆에 없었기에, 더구나 아무것도 모르는 애송이가 옆에 있었기에 묵향이 가장 존경했던 사부는 내공이 깊은 만큼 장시간의 고통을 받았을 것이라는 걸 마교에서 자라난 묵향은 너무나 잘 알고 있었다.

묵향은 자신에게 가장 소중한 사부를 잃었다는 슬픔에 젖어 지내던 중 또 한 명의 현경 고수인 전진의 혈마를 만나게 된다. 그와의 만남에서 많은 것을 깨닫게 된 묵향. 그리고 묵향의 뒤를 추적하던 살막은 묵향에게 자신들을 받아 줄 것을 요청한다.

섬서분타로 돌아온 묵향은 마교 교주로부터 양녀로 삼은 소연을 잡고 있다는 말을 듣지만 묵살하고 전면전을 벌일 것을 선포한다. 그리고는 자신의 세력을 확장시키기 위해 비무대회를 열고 강자들만 골라서 포섭한다. 묵향은 혈마를 만나 자신이 현경의 경지에 오르고 너무 자만에 빠졌다는 것을 안 뒤 수련을 다시 시작한다.

그러던 중 마화의 부탁으로 진영 공주의 호위를 맡게 된다. 하지만 우연히 진영 공주가 묵향을 핍박하는 사건이 일어나고, 그 일로 묵향은 진영 공주에게 복수할 마음을 먹게 된다. 묵향은 진천왕이 공주를 노리고 있음을 이용하여 공주를 빼내 온갖 생색을 내며 괴롭힌다.

진천왕의 살수들이 습격을 해 오자 경공만 잘하는 표사 역할을 하며 진영 공주의 진을 다 빼놓는다. 실컷 분풀이를 한 묵향이 진천왕의 마수에서 빠져나와 진영 공주를 무사히 어림군 사령부에 인도할 때 진영 공주는 자신이 그동안 당한 걸 복수하기 위해 1만 어림군에게 묵향을 잡으라는 명을 내린다.

하지만 묵향은 오히려 진영 공주를 볼모로 삼아 오뉴월 개 패듯 두들겨 패 버린다. 어림군은 공주가 묵향 손에 잡혀 있었기 때문에 감히 손도 못쓰고 공주가 두들겨 맞는 것을 지켜볼 수밖에 없었다. 공주 신분에 맞는다는 것을 상상이나 했을까? 공주가 울면서 살려 달라고 빌자 그제야 겨우 묵향은 공주를 용서해 준다.

　한편 마교 교주는 자신이 장인걸의 꾀에 넘어가 묵향을 축출했다는 것을 깨닫고 묵향에게 장인걸의 손이 미치지 않은 마교의 세력 일부를 보낸다. 마교 교주는 그 후 마교 제일의 무력 단체인 천마혈검대까지 보내려 하지만 이미 그 수장인 구양운 장로는 장인걸의 편이 된 뒤였다. 교주의 행동을 알아차린 장인걸은 함정을 파서 교주와 무림맹주를 사로잡는 데 성공한다.

　장인걸은 교주와 그의 가족을 인질로 삼아 어찌 보면 마교에서 가장 막강한 고수 집단인 원로원의 독수마제가 마교에 개입하려는 것을 막고 안도의 한숨을 내쉰다. 그때 정파에서는 무림맹주가 실종이 되자 신임 맹주 자리를 차지하려는 세력 간의 신경전이 치열하게 벌어진다.

✢ 복수의 장 ✢

　묵향은 세력의 확장을 위해 실력이 뛰어나지만 소속된 방파가 없는 고수들의 명단을 작성하고 이들을 포섭할 계획을 세운다. 그러던 와중에 살수 흑월야사 전룡의 암습을 받는다. 전룡은 만독불침인 묵향에게 독한 몽혼약에 춘약과 산공분을 섞어서 묵향의 엉덩이를 찌른다. 하지만 그 상태에서도 일대일 대결을 한 묵향은 전룡을 꺾고 정신을 잃는다. 전룡의 실력을 높이 산 묵향은 그를 죽이는 대신, 자신의 목숨을 담보로 그를 수하로 삼는다.
　한편 장인걸은 꿈에도 그리던 마교 교주로 등극하고 마교를 완전히 장악한다. 하지만 이미 상당수의 세력이 묵향 쪽으로 넘어간 뒤라 온전한 마교가 아니었다. 이에 장인걸은 묵향을 이용해 정파 무림을 칠 계획을 세우고 그를 포섭하려 한다.
　묵향은 장인걸과 손을 잡는 척하며 마교 본산으로 가는 도중에 있는 문파를 소리 소문 없이 점령하여 3백 리마다 하나씩 보급기지를 만들면서 착실히 마교를 칠 준비를 한다. 그리고 장인걸의 제의를 수락한 것처럼 보이기 위해 정파의 몇몇 방파를 치는데 이에 장인걸은 인질로 잡혀 있던 묵향의 양녀 소연을 돌려보낸다.
　정파의 최강 정보 수집 단체인 무영문의 너구리 옥화무제는 무영문의 위상을 높이기 위해 묵향에게 정략결혼을 제안하지만 거절당한다. 이에 아랑곳하지 않고 손녀 매영인을 인질로 주면서까지 묵향과 관계를 맺는다. 그리고 황제가 죽었다는 정보를 입수하자마자 2황야를 빼돌려 그를 황제로 앉힐 계획을 세운다. 묵향은 설무지와 함께 마교 본산 공격을 준비하고 있을 때, 마침 정파에서 섬서분타를 공격한다는 정보가 입수된다.

위기를 느낀 장인걸은 원로원의 수장인 독수마제에게 묵향이 마교의 일에 외부 세력을 끌어들였다고 도움을 청하지만 마교의 율법은 바로 힘. 독수마제는 묵향이 자신보다 강하고, 또 흑풍단은 이미 해체되어 버린 단체이니 상관없다면서 자신을 비롯한 원로원은 개입하지 않겠다고 중립을 선언한다. 결국 장인걸은 더 이상 버틸 수 없다는 사실을 깨닫고 도망친다.

도망치는 장인걸을 묵향은 더 이상 쫓지 않는다. 자신이 강한 만큼 자부심도 대단했기에 장인걸 정도는 언제든 상대할 수 있다고 생각했기 때문이다. 강자지존이 원칙인 마교는 묵향을 중심으로 재편된다. 이로서 마교 내의 모든 크고 작은 일은 군사 설무지에 의해 입안되고, 수석장로 여지고를 통해 실행되게 된다.

묵향이 교주가 된 후, 교주가 지니고 있던 막대한 권한을 상당 부분 수하들에게 이양한다. 장로원의 권한을 크게 만들어 자신이 없어도 아홉 명의 장로가 설무지와 내·외총관과 협력하면 문제없이 마교를 이끌어 가리라 생각했던 것이다. 묵향의 성격상 복수를 하기 위해서 세력이 필요했을 뿐, 그 외에 다른 것은 흥미가 없었던 것이다. 이제 복수를 끝마친 이상 그의 관심은 오로지 무공으로만 집중됐다.

기분전환 겸 유유히 여행을 다니던 묵향은 우연히 한 객잔에서 전설적인 고수 구휘가 묻혀 있다는 무덤에 대한 소문을 듣게 된다. 그 무덤에는 흑묵검과 북명신공이 있다는 소문이었다. 구휘는 무림 역사상 최강자로 꼽히는 전설적인 고수로 북명신공은 그가 천하를 떠돌며 모은 무공과 그동안 깨달은 심득과 합해 적은 비급이었다. 북명신공은 원래 두 권이었고, 한 권은 자신의 아들에게 맡겼지만 다른 한 권은 품속에 지니고 있었다는 말과 함께.

묵향은 그 말을 듣자마자 그 사람들을 몰래 따라가기 시작한다. 놈들을 10일이나 따라가 철우산에 도착했고, 그는 그곳에서 함정에 빠진다. 사실 구희의 무덤은 장인걸과 혈교가 묵향을 꾀어내기 위해 만들어 낸 것이었고, 그곳에는 수많은 혈교의 고수들과 장인걸이 보유한 비장의 무기인 천령강시들이 매복하고 있었던 것이다.

묵향은 어검술로 하나씩 차분히 적들을 없애 나간다. 묵향에게 강시들이 차례차례 죽임을 당하는 것을 본 장인걸은 대천악마나진의 발동을 명령한다. 대천악마나진은 마교의 1천 년 역사에서 단 두 번밖에 사용되지 않았던 전설적인 진세로서, 마기와 요기를 지닌 인물에게는 힘을 보태어 주고, 그렇지 못한 인물들은 평상시 힘의 반도 못 내게 만드는 그런 무서운 진세였다.

하지만 미처 장인걸도 생각하지 못한 것이 있었으니, 그것은 묵향 또한 마인이라는 사실이었다. 그렇기에 그는 오히려 대천악마나진 안에서 더욱 힘을 얻었고, 결국 강시들을 모두 다 파괴해 버리는 데 성공한다.

전세가 최악의 상황으로 치닫자, 혈교도들이 앞으로 나선다. 혈교의 3백 명 고수 중에 혈교 교주와 1백 명 고수가 이상한 주문을 외우기 시작했고, 나머지 2백 명은 묵향이 도망치지 못하게 옭아매는 주문을 외운다. 혈교가 자랑하는 최고, 최강의 주문인 묵령시분술을 사용하려는 것이었다. 묵향은 그 진세에서 빠져나오려고 발버둥을 쳤지만, 그가 거기에서 빠져나오기도 전에 묵령시분술이 발동한다. 혈교 교주나 장인걸 등은 묵향의 시체도 남기지 않고 없애 버리는 것에 성공했다고 생각했지만, 사실 묵령시분술은 상대를 죽이는 술법이 아니라 상대를 차원 이동시켜 버리는 마법이었던 것이다. 그렇게 해서 묵향은 검과 마법이 난무하는 판타지의 세계로 떨어지게 된다.

　단, 4권이라는 분량이라고는 믿기지 않을 정도로 방대한 스케일에 무협의 참맛을 느낄 수 있는 호쾌함이 묻어나는 〈묵향〉 1부. 어쩌면 시시콜콜한 이야기를 배제하고 굵은 획을 긋듯 이끌어 나간 스토리가 독자들의 환상을 극점까지 끌어올렸는지 모른다. 1부를 읽다 보면 아직 끝나지 않은 수많은 이야기들이 살아 숨쉬고 있음을 절실히 느낄 수 있기 때문이다.

제2부 외전 : 다크 레이디
묵향, 판타지 세계로 가다

　혈교와 장인걸의 음모로 낯선 세상에 떨어진 묵향은 하늘에 떠 있는 달이 두 개인 것을 보고 이곳이 자신이 살던 무림이 아닌 것을 마침내 알아차린다. 4일 밤낮을 달려 인가를 발견한 묵향은 그곳에서 만난 여자 아이가 하는 말을 전혀 알아들을 수가 없었다. 묵향은 말이 통해야 자신이 어떤 상황에 처해 있는 것인지 알 수 있을 것 같았기에, 먼저 말부터 배우기로 작심한다.

　묵향은 이곳에서 생활하자면 상대편이 발음하기 편리한 이름이 하나 있어야겠다는 것을 깨닫고, 묵향과 뜻이 비슷한 다크라는 이름을 짓고는 블레어 가족들과 생활한다. 그 후 2년이라는 세월을 보내며 이곳 언어를 어느 정도 익히고, 또 약간의 돈까지 저축한 다크는 마침내 무림으로 돌아갈 방법을 찾기 위해 블레어 가족을 떠난다.

　다크는 여행 도중에 용병인 팔시온 일행을 만나 그들과 합류하게 된다. 그는 팔시온 일행과 다니며 지금 자신이 있는 세계의 많은 정보를 알게 된다. 용병이라는 직업 자체가 여기저기 돌아다니며 생명을 담보로 돈을 버는 직업이었기에 아는 것이 많았던 것이다.

　평화롭게 여행하던 것도 잠시, 그들은 우연히 한 가지 사건에 휘말리게 된다. 그 결과 악당들을 해치우고 기억이 봉인된 예쁘장한 여자 아이 한 명을 구하게 되는데 그녀의 이름은 라나였다.

2주간의 여행 끝에 트루비아의 수도 샤헨에 도착한 다크 일행은 샤헨 아카데미를 찾아간다. 다크는 그곳에서 자신이 당했던 진법을 도형으로 설명하며, 자신이 알고 있던 세계와 완전히 다른 곳으로 떨어졌다고 말한다. 이에 마법사는 그건 차원 이동 마법으로, 다른 차원으로 가는 것은 쉽지만 특정 차원으로 되돌아가기는 힘들다며 다크가 다시 원래 세계로 돌아가는 게 쉽지 않을 거라는 대답을 해 준다. 이 사실을 알게 된 다크는 절망하지만 하나의 위안도 있었다. 자신이 차원 이동을 해서 왔기 때문에 다시 차원을 넘어 자신이 예전에 살던 곳으로 돌아갈 수도 있을 거라는 희망이었다.

　샤헨 아카데미에서 마법사의 도움으로 기억을 되찾은 라나는 자신이 악당들에게 빼앗긴 물건이 '드래곤 하트'라는 것을 밝힌다. 우여곡절 끝에 트루비아의 근위 기사단장 시드미안의 요청으로 드래곤 하트를 되찾는 일을 떠맡게 된 팔시온 일행. 다크는 그 일에 동참하는 조건으로 라나와 헤어질 것을 요구한다. 한마디도 지지 않고 끝까지 따지고 들며 재수 없게 말을 찍찍 내뱉는 라나가 매우 마음에 들지 않았기 때문이었다.

　근위 기사단장 시드미안이 합류하여 더욱 전력이 증대된 상태에서 용기백배하여, 그들은 드래곤 하트를 훔쳐간 자들의 흔적을 쫓아간다. 그러던 어느 날, 그들은 잊혀져 버린 어떤 마법사의 폐가에서 다시 라나를 만나게 된다. 그리고 라나와 다크의 감정싸움이 다시 시작된다.

　이때 일행들은 그 폐가의 지하에 던전이 있다는 사실을 알게 된다. 그들은 던전을 탐험해서 그곳에 숨겨져 있는 마법 서적 등을 발견해 낸다. 고위급의 마법 서적이나 연구서는 대단한 가치를 지닌 보물이었기에, 그들로서는 희희낙락할 수밖에 없었다.

　바로 그때, 악당들의 두목이라고 할 수 있는 토지에르와 그의 제자가 등장한다. 토지에르는 5사이클 최강 마법으로 다크를 공격하지만 그게 통하지 않자, 나중에는 기사단에 연락하여 최강의 마법 병기인 타이탄까지 동원해서 공격을 가한다. 하지만 다크는 검 하나로 공격에 동원된 로메로급 타이탄들 중 한 대를 박살 내 버리고, 적들은 재빨리 후퇴해 버린다.

작전이 실패했다는 보고를 받은 토지에르는 다크가 적국인 코린트에서 보낸 소드 마스터인 줄 알고 없애기로 결심한다. 하지만 마스터급의 검객을 없애는 것이 쉬운 일은 아니다. 그렇기에 토지에르는 혹시나 하고 상대에게 저주를 걸기로 한다. 그전에 다크와 싸웠을 때, 상대가 검술은 강하지만 마법에 대해서는 무지하다는 점을 떠올렸던 것이다.

토지에르의 예상대로 다크는 어이없게 저주에 걸려 버린다. 그것도 최악의 저주라고 불리는 디스라이크에 말이다. 디스라이크는 자신이 가장 싫어하는 대상으로 변하는 저주다. 그때 다크는 라나와 함께 다니며 한참 그녀와 감정싸움을 벌이고 있는 상황이었다. 그녀에 대한 짜증과 혐오가 극도에 이른 상황이었기에, 다크는 어이없게도 라나의 모습으로 변해 버렸다. 아마도 그녀가 없었다면 다크의 모습은 장인걸의 그것으로 바뀌었겠지만…….

토지에르의 저주로 인해 검술의 궁극을 이론상으로만 완벽히 터득한 어린 여자 애가 되어 버린 다크. 팔시온 일행 중 미디아와 옷을 사러 간 다크는 남자 옷을 원하지만, 미디아는 다크에게 여자 옷을 입히는 것도 재미있을 거라는 생각을 하며 여자 옷을 주문한다. 다크는 옷을 벗지 않으려고 반항하지만 미디아의 "계속 반항하면 기절시켜서 벗긴다"는 말에 체념을 하고 만다. 천하를 오시하며 수많은 고수들을 수하로 거느렸던 다크가 그런 협박에 무너질 수밖에 없는 상황이 아이러니하다. 너무나 절망적인 상황에 다크는 매일 술을 마시며 지낸다.

토리아의 수도로 간 다크 일행은 아데나 신전을 찾는다. 아데나 신전은 신탁으로 유명한 곳이니만큼, 드래곤 하트의 행방을 찾는데 도움이 될 거라는 생각에서였다. 그곳에서 그들은 다크의 저주를 풀기 위해 축복도 받아 보지만, 다크의 모습은 변함이 없다.

아데나 신전에서 신탁을 통해 얻어낸 것은 머리에 뿔이 세 개 달린 청색 괴물이 그려진 그림이다. 그것을 보고 일행은 블루 드래곤을 떠올린다. 그 외에는 뿔이 세 개나 달린 위압적인 모습의 괴물을 생각해 낼 수 없었기 때문이다. 확실한 것을 알아내려면 블루 드래곤을 만나 물어보는 것이 가장 좋을 거라고 생각한 일행은 알카사스로 향한다.

한 달 후, 알카사스에 도착한 일행은 공간 이동을 통해 미네온으로 이동을 하고 미네온의 마법사 길드로 향한다. 마법사 길드를 찾아가서 노마법사를 만나 저주를 풀 방법을 물어봤지만 그 저주, 즉 디스라이크는 시전자밖에는 풀 수 없다는 것을 듣고 다크는 또다시 절망하게 된다. 하지만 그때 마법사는 불쌍하다는 눈빛으로 한 번 간 길을 다시 가기는 쉬운 법이라는 조언을 해 준다.

그 말에 힘을 얻은 다크는 예전에도 끈기와 집념만으로 현경의 경지를 이루었는데, 지금이라고 다시 못 할 이유가 없다 생각하고 예전 무공의 3할이라도 찾기 위해서 다시 무공을 수련하기 시작한다. 그 처음 단계로 다크는 태허무령심법을 이용하여 기초를 다지기 시작한다.

드래곤 하트의 행방을 찾아 블루 드래곤 키아드리아스를 찾아간 일행은 그곳에서 키아드리아스 대신 카렐이라는 엘프를 만나게 된다. 그에게 블루 드래곤의 생김새를 물어본 결과, 뿔이 세 개가 아니라 한 개임을 알고 일행은 한편으로는 안도의 한숨을 내쉬고, 또 한편으로는 암담함을 느낀다. 목숨을 걸고 이곳에 온 것이 헛걸음이었던 것이다.

이때 다크는 가녀린 몸매를 하고 있는 카렐이 엄청난 실력을 보유한 검객이란 걸 알아봤고, 카렐 또한 다크가 범상치 않은 인간임을 느낀다. 대화를 주고받으며 그 둘은 마음이 통했고, 다크는 자신에게 있었던 비극적인 일들을 카렐에게 솔직히 이야기한다.

　카렐은 다크에게 힘을 되찾은 후 한번 겨뤄 보자는 뜻을 전하면서, 자신이 끼고 있던 반지를 선물한다. 겉으로 봤을 때는 그리 대단해 보이지 않는 반지지만, 이 반지야말로 물의 정령왕 나이아드를 봉인해 놓은 전설의 반지였다.

✥ 다크, 나이아드의 힘을 얻다 ✥

다크 일행은 신탁으로 받은 그림이 마왕의 모습이 아닐까하는 생각에 미네온 마법사 길드를 찾는다. 그들은 그곳에서 흑마법에 정통한 인물을 찾고, 그곳에서 한 노마법사를 소개받는다. 노마법사는 신탁의 그림을 본 후, 그것과 가장 비슷한 형상을 하고 있는 것은 '어둠의 대마왕 크로네티오' 라고 알려 준다.

흑마법의 설명을 들은 다크는 하위 마신의 흑마법으로는 상위 마신과 계약을 맺은 자에게 타격을 줄 수 없다는 것을 알게 되고, 그에게 크로네티오보다 더 강한 마왕을 불러 달라고 부탁한다. 그 마왕과 계약하는 것으로 저주에서 벗어나려는 생각이었던 것이다. 하지만 노마법사는 놀라운 얘기를 해 준다. 마왕과 계약하여 흑마술사가 되면, 그 시점부터 점점 마성이 자라나 일정 시간 후에는 영혼이 마왕에게 완전히 먹혀 버린다는 사실을 말이다.

한편 코린트에서는 트루비아에서 드래곤 하트를 도난당한 사건의 조사가 진척이 없자, 자신들이 직접 개입하기로 결정한다. 발렌시아드 대공으로부터 전권을 위임받은 마법사 지오네는 부하들을 이끌고 시드미안을 찾아온다. 그는 그곳에서 시드미안에게서 지휘권을 넘겨받고, 삼류 용병쯤으로 생각한 다크 일행을 즉석에서 해고한다.

코린트에서 드래곤과 관련이 있을지도 모른다는 의견이 나와 지오네 일행은 다시 키아드리아스를 만나러 가게 된다. 시드미안은 이미 블루 드래

곧 키아드리아스를 찾아갔던 적이 있었지만, 지오네가 마음에 들지 않아 그 사실은 알려 주지 않았다. 그래서 그들은 키아드리아스가 살고 있는 그레이시온 산맥으로 간다.

한편, 지오네로부터 해고된 팔시온 일행은 따로 떨어져서 어디로 갈 것인지 의견이 분분하다. 그 틈을 이용하여 미디아는 다크를 데리고 마법 상점으로 가 장갑을 하나 선물한다. 바로 근력 증가의 마법이 걸려 있는 마법 도구였다. 두 배의 힘을 낼 수 있는 이 장갑은 지금의 다크에게 제일 필요한 것이라 생각되어 일행들이 의논해 선물한 것이다.

토지에르는 시드미안이 일행을 부른 것처럼 유인해서 다크 일행을 사로잡는다. 다크는 자신을 여자로 만든 토지에르를 보고 화가 나서 공격하지만 여자로서는 역부족. 다시 사로잡히고 만다. 토지에르는 다크가 예전에 자신이 저주를 건 그 소드 마스터라는 것을 알고 기억을 봉인하려 하지만, 마법이 전혀 통하지 않자 자세히 조사해 본다. 그 결과 그녀의 손가락에 끼여 있는 최강급의 아이템, 아쿠아 룰러의 존재를 알게 된다. 이에 토지에르는 다크를 죽이기보다는 같은 편으로 끌어들이기 위해 노력한다.

한편, 키아드리아스를 만나러 간 지오네 일행은 엘프 카렐의 집에 들어가게 되고, 거기서 보물에 눈이 먼 지오네와 그의 부하들 때문에 스톤 골렘들이 깨어난다. 이때, 집으로 돌아온 카렐은 스톤 골렘들을 보고 분노한다. 그 골렘들은 집 안의 물건을 훔쳤을 때만 깨어나기에, 저들이 도둑질을 했다는 증거였기 때문이다.

그리고 놀라운 일이 벌어진다. 카렐은 엘프답지 않게 곧바로 타이탄을 꺼냈고, 공간을 가르고 모습을 드러낸 타이탄은 골든 나이트였다. 드워프와 엘프가 공동 제작한 세상에 단 한 대밖에 없는 전설적인 타이탄으로, 단숨에 지오네와 그 부하들을 모두 해치워 버린다. 물론 시드미안과 그의 부하는 자신에게 반항하지 않았기에 살려 준다.

다크를 회유하려는 토지에르는 감금 생활이나 다름없는 상태로 지내는 다크에게 세린이라는 묘인족 노예를 붙여 준다. 토지에르 나름대로는 다크를 회유하기 위해 최선을 다했지만, 그게 다크의 마음에 들 리 만무했다. 자신의 몸을 이 모양으로 만든 원흉이 바로 토지에르였으니 말이다.

그다음부터 이어지는 내용은 과거 코린트와 어깨를 겨룰 수 있을 정도의 대 제국이었다가 몰락해 버린 크라레스 왕국이 그 판도를 넓혀 가는 과정이다. 크라레스가 가장 먼저 선택한 제물은 바로 남쪽에 있는 스바시에 왕국이다. 비밀리에 숨겨 두고 있는 기사단까지 있었기에 스바시에 왕국쯤은 단숨에 점령해 버릴 저력을 보유하고 있었지만, 크라레스 왕국은 자신들의 힘이 밖으로 드러나기를 원치 않는다. 자신들이 복수를 꿈꾸고 있다는 걸 코린트 제국이 눈치라도 채는 날에는 곧바로 멸망당하게 뻔했기 때문이다.

크라레스가 스바시에와 전쟁을 벌이기 위해 왕궁에 배속된 병력을 밖으로 돌렸을 때, 다크는 그 기회를 놓치지 않고 탈출을 감행한다. 그녀는 탈출하던 도중에 크라레스 왕국 최고의 비밀 병기인 청기사와 만나게 되고, 계약을 맺게 된다. 최선을 다해 도망쳤지만, 결국 그녀는 탈출에 실패하고 도로 붙잡혀오게 된다. 자신의 방으로 되돌아온 다크는 그곳에서 세린의 손발에 나 있는 멍 자국을 발견하게 된다. 다크의 감시를 제대로 하지 못한 세린이 문책당한 자국이었다. 울고 있는 세린을 토닥거리며 다크는 탈출을 포기한다. 힘이 없는 상태에서 탈출하면 어떤 꼴이 되는지 확실히 느꼈기 때문이다.

드디어 크라레스 왕국이 오랫동안 준비해 온 스바시에 왕국과의 전쟁이 시작된다. 크라레스는 자신들의 속셈을 숨기기 위해, 스바시에와의 전쟁에서 자신들이 지닌 전력을 몽땅 다 쥐어짜서 투입한 것처럼 꾸며, 코린트를 속이는 데 성공한다. 그 결과 크라레스가 스바시에를 멸망시켰지만, 모두들 크라레스가 간신히 이긴 것이라고 생각하게 된다.
　그리고 스바시에의 구원 요청에 응했다가, 파견했던 타이탄들을 몽땅 다 상실해 버린 이웃 왕국 치레아 역시 머지않아 멸망의 길을 걷게 된다. 그때 잃어버린 군사력을 보충할 여력이 없었던 탓이다.
　한편, 다크는 크라레스의 국왕을 만나고, 국민들을 위하는 소박한 국왕의 인품에 매료된다. 자신을 도와 달라고 요청하는 국왕. 다크는 그 요청을 받아들인다. 그 결과 다크는 크라이드 남작으로 봉해지게 된다. 그리고 자신이 여자의 몸이라는 것을 서서히 인정하면서도, 남성인 자아와 여성인 육체의 사이에서 갈등하는 다크. 하지만 그는 평소의 성격대로 더 이상 복잡하게 생각하지 않고 대범하게 넘겨 버린다.
　스바시에와의 전쟁에서 승리한 크라레스는 승전 무도회를 여는데 그곳에서 다크는 코린트의 기사 까미유를 만나게 된다. 다크가 뛰어난 정령술사라고 오해한 까미유는 그를 납치하기 위해 한바탕 난리를 친다.
　정령왕 나이아드를 봉인한 반지를 얻은 것이 행운이었을까? 아니면 불행이었을까. 나이아드는 자신과 인간계를 연결해 주는 약속의 매개체인 아쿠아 룰러를 소유할 만한 자격이 다크에게 있는지 시험한다. 그 시험은 너무나도 처절하다. 매일매일 죽도록 고생하던 다크는 천천히 무공을 회복하던 것을 포기하고, 가장 급진적인 방법을 선택한다. 하루하루가 너무나도 힘들었기에 무리수를 둔 것이었다.
　다크는 마교 최고의 속성심법인 천마구령심법에다가 북명신공까지 혼합해서 단 일주야의 수련으로 환골탈태를 이루어 낸다. 하지만 너무 심한 무리수를 둔 덕분에 다크는 마기(魔氣)가 골수까지 뻗어 이미 이성을 상실해 버린 상태였다. 하지만 아직까지 완전히 폭주하지는 않고 있는 상태, 그 상태에서 시내 구경을 하던 도중 미쳐 버린 다크. 그녀를 막기 위해 소드 마스터인 루빈스키 공작이 나서게 된다. 루빈스키 공작은 이 상황을 진압하기 위해 자존심까지 던져 가며 3대 1로, 그것도 타이탄까지 동원해서 간신히 다크를 제압한다.

이때 아무도 예상치 못했던 인물이 등장한다. 그의 이름은 아르티어스. 거대한 말토리오 산맥을 통째로 자신의 안방으로 삼고 있는 골드 드래곤이다. 그는 한눈에 다크가 손가락에 끼고 있는 반지가 아쿠아 룰러라는 사실을 파악하고, 그녀를 자신에게 넘겨줄 것을 요구한다. 정령왕의 반지가 악한의 손에 들어가지 못하게 막으려는 생각이었다. 처음 의도는 어떻든 간에 이런 사정으로 인해 희대의 고수와 골드 드래곤이 한 집에서 살게 된다.

✤ 드래곤의 아들 ✤

　지금껏 자식을 낳아 키운 적이 없었던 아르티어스는 기억을 잃은 다크를 돌보며 점차 그녀에게 빠져 들기 시작한다. 드래곤은 인간과 일정 거리 이상 가까워지기 힘들지만, 다크는 이런 독특한 상황으로 인해 드래곤의 사랑을 얻고, 부자의 연을 맺게 된다.

　다크가 나이아드의 손아귀에 떨어지는 것을 차마 방관할 수 없었던 아르티어스는 나이아드와 거래를 시도한다. 하지만 나이아드는 그녀를 놓아 줄 생각이 전혀 없었다. 다크가 아쿠아 룰러의 주인이 될 자격이 있는지 시험하던 도중, 그녀의 엄청난 능력을 발견한 나이아드는 그녀의 정신을 완전히 지배하여 자신의 계획에 이용할 심산이었던 것이다.

　그것을 안 아르티어스는 나이아드의 계획을 방해하기 위해 노력한다. 다크에게 용언 마법을 가르치는 등의 노력을 기울이지만, 성과는 없이 시간만 계속 흘러간다. 더 이상 방법이 없다고 판단한 아르티어스는 나이아드를 불러내어 다만 1년만이라도 시간 여유를 달라고 사정한다. 그 짧은 시간만이라도 자신의 사랑하는 딸이 평화로운 시간을 보내기를 바랐던 것이다.

　그럭저럭 하는 동안에 다크의 봉인된 기억이 해제된다. 기억이 되돌아온 다크는 아르티어스의 품을 떠나 자신의 자리, 즉 크라레스 왕국으로 돌아온다. 기나긴 시련을 겪는 과정에서 다크는 다시금 자신의 힘을 되찾았고, 그런 그녀에게 국왕은 총독 직위를 주어 점령지인 치레아 지구를 맡긴다.

　그리고 그녀는 국왕에게 새로운 타이탄을 한 대 지급받는데, 그것의 용도는 전투용이 아니라 연습용이었다. 그녀는 타이탄이라는 것을 단 한 번도 사용해 본 적이 없었기에, 그것의 사용법을 익혀야만 했다. 하지만 자신이 가지고 있는 청기사는 그 존재 자체도 비밀에 붙여야 하는 타이탄이었기에, 아무데서나 마음대로 꺼내어 연습용으로 사용할 수가 없었던 것이다.

치레아에 도착한 다크는 자신의 영지를 안정화시키기 위해 총력을 다한다. 그러는 과정에서 과거 자신과 함께 일했었던 동료들을 끌어들이기도 하고, 또 이전 치레아의 귀족 그란트 반 리에 카르토 자작을 포섭하기도 한다. 뛰어난 인물이라면 상대가 아무리 반역자라 하더라도 포섭해서 써먹는 그녀의 실리적인 측면이 부각된다.

그 후, 다크는 치레아와 신성 제국 아르곤 사이의 국경 지대에 우글거리던 몬스터들을 뿌리 뽑는다. 그런데 그녀는 도망치는 몬스터들을 쫓아 아르곤의 국경을 넘어가서 그들을 학살해 버렸기에, 아르곤에서는 국경 침입을 빌미 삼아 치레아를 압박하기 위해 사자를 파견해 온다.

그 소식을 들은 다크는 사자들과 복잡한 외교전을 펼치는 것을 포기하고 멀리 여행을 떠나 버린다. 총독대리에게 모든 일거리를 남겨 두고 말이다.

그 이후 이어지는 신성 제국 아르곤까지의 여행. 지미와 라빈만을 데리고 가는 단출한 여행으로, 도중에 크고 작은 사건들이 벌어진다. 그러다가 그들은 드래곤을 사냥하고자 하는 패거리들과 만난다. 최강의 생명체인 드래곤과 싸운다는 것에 꽤나 흥미가 동한 다크였기에 그녀는 두말 않고 그들과 합류한다.

한편 아르티어스는 몇 달 동안 레어 안에서 뒹굴거리다 보니, 심심하기도 하고 아들과 함께 보냈던 단란한 시간을 잊을 수 없어 크라레스 왕궁으로 다크를 찾아간다. 하지만 아르티어스가 아들에 대해 아는 거라고는 달랑 이름 몇 글자 정도. 겨우 그 정도만 가지고 무턱대고 아들을 찾다보니 황궁 수비병들과 충돌이 벌어지지 않을 수 없었다.

처음의 의도와 달리 황궁에서 대규모 전쟁이 벌어지려는 찰나, 운 좋게 진실을 포착한 황제에 의해 아르티어스와 극적인 화해가 진행된다. 아르티어스는 자신이 벌여 놓은 일을 무마하기 위해 황제에게 보검을 선물한다. 드래곤인 그가 한낱 인간의 황제에게 보검까지 선물한 것은 다 자신의 양아들을 사랑했기에 일어난 일이었다. 그녀를 잘 봐달라는 말이었으니까.

다크와 함께 드래곤을 잡으러 가는 일행들은 사실 크루마 제국의 근위 기사들이었다. 국제법상 타국에서 보물을 획득했을 때, 그 나라의 황제에게 80퍼센트의 세금을 바쳐야만 했다. 크루마는 세금을 내지 않고, 그것을 통째로 꿀꺽하려는 심산이었기에 아르곤 제국과 충돌이 벌어지지 않을 수 없었다.

그리고 크루마 제국이 몰래 드래곤 사냥을 한다는 정보를 입수한 코린트 제국이 끼어든다. 드래곤 사냥에 성공하기만 한다면, 막대한 돈을 벌어들일 수 있었다. 코린트 제국은 그 돈으로 크루마 제국이 군비 증강을 하려는 속셈임을 간파하고, 도중에 드래곤의 사체를 뺏으려고 강력한 기사단을 투입한 것이다.

드래곤을 사냥한 후 세금을 내지 않으려는 크루마, 세금을 받아내려는 아르곤, 그리고 그 중간에 끼어 드래곤의 사체를 통째로 꿀꺼덕해 버리려는 코린트. 이 세 제국이 뒤엉켜서 스토리가 흥미진진하게 진행된다.

결국 크루마는 소기의 목적대로 드래곤을 꿀꺽해 버렸고, 아르곤은 대 혈전까지 벌였지만 건진 건 하나도 없이 막대한 피해만 입는다. 그리고 그 사이에 끼어 눈치만 보던 코린트는 헛물만 켜고 만다. 그들이 이 사건을 통해 얻은 것은 엄청난 실력을 갖췄을 것이라고 생각되는 정령술사뿐. 그들은 다크를 정령술사로 오해하고, 그녀를 포섭하기 위해 코린트로 초대한다.

♣ 제1차 제국 전쟁 ♣

　크루마 제국이 감히 자신들에게 맞서려고 한다는 것을 안 코린트 제국은 크루마가 다시는 그런 망상을 품지 못하도록 철저하게 응징할 계획을 세운다. 코린트가 전쟁에 투입할 수 있는 인원과 물자는 상상을 초월할 정도로, 그 정도면 충분히 크루마 제국을 멸망시킬 수 있을 거라고 생각했다. 하지만 여기에서 계속되는 변수들이 등장하기 시작한다.
　우선 블루 드래곤 카드리안(그라세리안 드 코타스 공작)의 은퇴다. 그는 다크와 아르티어스를 만난 후, 이제 슬슬 실증을 느끼기 시작하고 있는 이번 유희를 끝낼 결심을 하게 된 것이다. 그로서 엄청난 실력을 지닌 대마법사를 전쟁도 시작해 보기 전에 잃어버리게 되는 비운을 겪게 됐다.
　크루마 제국은 코린트가 자국을 치기 위해 움직이기 시작했음을 파악하고, 그에 대한 대비를 시작한다. 그들은 전쟁터로 미란 국가 연합을 선택한다. 괜히 자국 내에서 전쟁을 벌여 봐야 좋을 게 하나도 없으므로, 코린트의 군대가 들어오는 길목에 자리 잡고 있는 미란 국가 연합을 동맹으로 포섭한 것이다.
　그리고 다른 수많은 동맹국들에 사신을 파견하여 병력 파견을 요청한다. 이때 크루마에 의외의 지원을 약속해 온 곳이 바로 크라레스 왕국이다. 그들은 크루마로서는 예상도 하지 못했던 강력한 기사단을 보내 줄 것을 약속하고, 대신 전후에 크로사나 평원의 지배권을 인정해 줄 것을 요구한다.
　크루마는 그걸 받아들인다. 사실 그들의 판단으로는 이번 전쟁을 통해 코린트를 멸망시킨다는 것은 불가능했다. 크루마가 원하는 것은 미란 국가 연합 일대에서 강력한 방어선을 치고 그곳에서 전선을 고착화시켜, 결국 전쟁에 염증을 일으킨 코린트가 휴전을 제의해 오는 것이었다. 그 정도만 해내도 승리를 이뤄 낸 것이나 다름없다고 크루마의 지휘부가 생각할 정도로 코린트는 막강한 제국이었던 것이다.

 결국 제1차 제국 전쟁이 시작된다. 대 제국인 크루마, 코린트에 대해 오랜 세월 복수를 다짐하며 전력을 키워 온 크라레스, 그리고 본의 아니게 전쟁의 중심에 서게 되어 버린 미란 국가 연합. 이들이 코린트 제국과 싸우지만, 사실 그들이 코린트를 상대로 승리할 가능성은 거의 없었다. 하지만 다크라는 인물이 거기에 끼어들어 승리를 쟁취해 내고, 결국 코린트가 천천히 무너져 가는 과정이 흥미롭게 그려진다.

 첫 번째 벌어진 국지전에서 크라레스에서 파견한 살라만더 기사단은 대승을 거뒀지만, 다른 곳은 그렇지 못했다. 그에 위협을 느낀 크루마 제국은 금지된 마법인 유성 소환 마법을 사용한다. 유성 소환 마법은 저 우주의 유성을 소환하여 목표물로 유도하는 고난이도의 마법으로써 엄청난 위력을 지니고 있긴 했지만 워낙 정확도가 떨어지는 마법이었다. 더군다나 마법을 실행한 후, 유성이 지구에 도착하는 건 한 달쯤 후였다. 그런 만큼 아예 전쟁에서 승리할 가능성이 없다고 판단하고 모든 것을 포기한 자들이 상대방에게 엄청난 피해를 주기 위해 사용하는 마법이었던 것이다.

 그럭저럭하는 동안에 전쟁의 무대는 갖춰지고 본격적인 전쟁으로 들어간다. 좌익을 희생해서라도 중앙을 보강하여, 적 중앙의 금십자 기사단 및 좌익의 은십자 기사단을 우선적으로 괴멸시켜 승리의 토대를 삼겠다는 크루마의 전략. 그리고 마지막 순간에 약점이었던 중앙을, 구입해 온 타이탄 1백 대로 충분히 보강하여 숫자로 밀어붙이려는 코린트의 전략. 미네르바의 계략이 어느 정도 모험을 한 것이었다면, 코린트 쪽은 세계 최강의 관록이 붙은 국가인 만큼 충분한 인적, 물적 자원을 대량으로 투입하여 열세한 적을 천천히 밀어붙이는 정석에 가까운 작전이었다.

이런 상황에서 크루마 쪽의 가장 큰 약점이라고 할 수 있는 곳에 자리 잡은 것이 다크가 거느린 기사단이었다. 그녀는 그곳에서 벌어진 전쟁에서 승리, 코린트 연합의 타이탄 3백여 기를 파괴하는 데 성공한다. 그리고 그쪽 방향에 의외로 강력한 기사단이 존재함에 놀란 키에리는 후방에 대기시켜 놓은 전력을 어느 한쪽으로 투입해서 가부간에 결정을 낼 생각이었는데, 이해할 수 없는 다크의 움직임 때문에 기회를 놓치고 시간 낭비를 해 버리고 만다. 그의 조심성이 가져다 준 뼈아픈 실책 때문에, 키에리는 가장 신뢰하던 친구들 중의 한 명을 잃게 된다.

✤ 크로나사 전기 ✤

다크의 도움 없이는 승리도 없음을 파악한 미네르바 공작은 다크에게 사정하여 그녀를 끌어들인다. 미네르바가 그녀에게 부탁한 것은 단 하나. 키에리를 막아 달라는 것뿐이었다.

다크는 자신의 타이탄 청기사를 동원하여 키에리 발렌시아드와 장엄한 대결을 펼친다. 물론 그랜드 마스터급인 둘의 실력은 막상막하. 하지만 타이탄의 성능은 다크가 훨씬 위였다. 그 덕분에 다크는 크게 힘들이지 않고 키에리를 상대로 승리를 얻어 낸다. 키에리가 중상을 입고 쓰러진 순간, 마스터급의 기사들인 제임스와 까미유가 가세하여 그를 구출해 낸다. 물론 겉모습은 그랬지만, 사실 다크가 손을 쓰지 않고 그들을 놔준 것이었다. 지금은 키에리가 살아 있는 편이 유리했기 때문이다.

코린트의 황제는 패전의 책임을 물어 키에리를 참수해 버린다. 그런 다음 그 후임으로 로체스터 공작을 임명한다.

대회전의 패배로 인해 크루마 연합군은 파죽지세처럼 진격. 코린트의 작센 평원을 손에 넣게 된다. 드넓은 평원에서 코린트는 게릴라전에 들어간다. 로체스터 공작은 크루마의 군대를 평원에 분산시켜 각개 격파시켜 버릴 심산이었던 것이다.

그러는 와중에 크로나사 평원에 대한 크라레스의 침략이 벌어진다. 로체스터 공작은 크라레스에 대해서도 크루마와 같은 방식으로 처리한다. 끝없는 게릴라전으로 적들의 진격 속도를 둔화시키며 기회를 노리는 것이다.

제임스와 까미유로부터 다크의 무서움을 전해들은 로체스터 공작은 크루마부터 박살을 내 버린 후, 그녀가 있는 크라레스와는 휴전을 하든지 하는 식으로 전후 처리를 할 생각이었다. 그런데 그때 등장하는 변수가 바로 그로체스 공작이다. 그로체스 공작은 키에리 발렌시아드가 사라진 후, 황제의 환심을 사면서 전면에 등장한 간신배다. 그는 군부의 세력이 위축된 지금이야말로 자신이 권력을 잡을 수 있는 호기라고 판단하고, 황제를 설득하여 지휘권을 얻어 내기 위해 노력한다.

　그로체스 공작이 세운 작전은 로체스터 공작의 것과 정반대다. 대국인 크루마와 빨리 휴전을 해버린 후, 그쪽에 투입되어 있던 병력까지 몽땅 다 크라레스 쪽으로 돌려 승리를 쟁취한다는 것이었다. 그로체스 공작이 이런 오판을 내린 것은 크라레스가 지닌 저력이 얼마나 엄청난 것인지 미처 파악하지 못했기 때문이었다.

　그로체스 공작은 황제에게 간하여 제대로 된 전쟁을 수행하지 못하고 있는 로체스터 공작으로부터 지휘권을 뺏어 낸다. 그런 다음 계획대로 크루마와는 휴전을, 그리고 크라레스와는 전쟁을 선택한다. 그러면서 남부전선의 책임자로 투입한 인물이 다리엔 후작이다. 그는 은십자 기사단의 절반이나 되는 세력까지 지원받은 채, 크라레스 제국을 상대한다.

　로체스터 공작은 까미유의 보고에 의해 다크의 실체가 드래곤이라는 보고를 받게 된다. 만약 그녀가 드래곤임이 확실하다면, 그녀와의 싸움은 절대로 불가능하다. 그렇기에 로체스터 공작은 한발 뒤로 물러서서, 그로체스 공작이 크라레스 왕국과 싸우는 것을 지켜보기로 한다. 괜히 그녀와 싸움을 벌였다가 또다시 패배하게 된다면, 그 역시도 친구인 발렌시아드의 뒤를 이어 숙청당할 것이 뻔했기 때문이다.

　각 국가 간의 이해관계가 얽혀 가는 가운데, 코린트 제국과 크라레스 왕국과의 전쟁은 점점 더 격하게 진행된다. 서로가 상대를 제압하고 보다 유리한 위치를 잡기 위해 싸우는 가운데, 전세는 조금씩 크라레스 쪽으로 기울어 가기 시작한다. 미란과 크루마에서 방대한 병력을 지원받아 그런대로 보급로만이라도 유지할 수 있게 되었던 것이다.

✥ 미투랑 전투와 나이아드와의 대결 ✥

　크루마가 전개한 유성 소환 마법 중 하나가 실수로 레드 드래곤 브로마네스의 영토에 떨어진다. 거대 도시라도 그 한 방으로 가루로 만들어 버릴 정도의 엄청난 위력을 지닌 유성이었지만, 브로마네스는 브레스 한 방으로 유성을 박살 내 버린다. 로체스터 공작은 재빨리 브로마네스에게 까미유를 파견한다. 그쪽으로 유성을 날린 것은 크루마의 짓임을 고자질하기 위함이었다.

　이윽고 자신의 머리 위로 떨어져 내리던 유성이 어디서 온 것인지 알아낸 브로마네스는 크루마를 찾아가고, 그곳에서 많은 대가를 얻어 낸다. 그런 다음 그는 절대로 수행해 낼 수 없는 조건 한 가지를 제시한다. 만약 그걸 해내지 못한다면 크루마의 수도 엘프리안을 가루로 만들겠다는 말과 함께 말이다.

　브로마네스가 요구한 조건은 자신의 새로운 레어가 만들어졌을 때, 그곳에 자신의 옛 친구 아르티어스를 초청해 놓으라는 것이었다. 그건 실현 불가능한 조건이었다. 광폭한 아르티어스가 인간들의 말에 절대로 움직일 리 없었으니 말이다.

　그것도 모르는 크루마의 그린레이크 공작은 아르티어스를 찾아 동분서주한다. 그러다가 마침내 아르티어스를 찾아낸다. 엄청난 양의 선물을 준비해서 그의 레어를 방문했을 때, 아르티어스는 단 한마디의 말도 들어 보지 않고 강력한 공격을 가해 침입자들을 처치해 버린다.

결국 그린레이크는 이 일에 미네르바를 끌어들인다. 어떻게 보면 자신의 정적인 그녀를 처리해 버릴 수 있는 최고의 기회이기도 했으니 말이다.

미네르바는 그곳에서 아르티어스와 다크를 발견하고, 혼란에 빠진다. 과연 다크는 드래곤일까? 아니면 사람일까.

그러는 와중에 양국의 전력은 미투랑 요새에 집결한다. 미투랑 요새는 코린트 방어군의 중심이었고, 그것을 파악해 낸 크라레스의 기사단은 미투랑을 파괴하기 위해 집결했던 것이다. 로체스터 공작 또한 이 일을 알고 있었지만, 그곳에 자신의 기사단을 일부러 투입하지 않는다. 그곳의 전투에서 패하는 것이 오히려 조국의 미래에 도움이 될 것이라고 판단했던 것이다. 결국 로체스터 공작의 예상대로 코린트군은 괴멸당하고, 그와 동시에 군권까지 쥐고자 했던 그로체스 공작의 꿈은 박살 난다. 그리고 다시금 남부 전선의 지휘권은 로체스터 공작에게로 돌아온다.

로체스터 공작은 서둘러 크라레스와 휴전 조약을 맺는다. 다크가 뒤에 있는 한, 절대로 전쟁은 불가하다는 것을 깨달았기 때문이다.

그리고 평화가 오는 듯하지만, 다크에게는 나이아드와의 2차 접전이 기다리고 있다. 나이아드는 약속한 1년이 지나자, 다크를 자신이 만든 공간으로 끌어들여 부하로 만들려고 한다. 하지만 나이아드는 여지없이 박살 나고 만다. 원래의 힘을 되찾은 다크의 힘은 그만큼 가공스러웠던 것이다.

그 뒤 나이아드와의 인연이 끝나는가 싶었지만, 이상한 형태로 진행된다. 이쪽 세상에서는 절대로 다크를 이길 수 없다는 것을 깨달은 나이아드가 그녀를 자신의 세계로 끌고 가 버렸기 때문이다.

정령계라는 새로운 차원으로 날아가자 다크의 몸은 저주에서 풀려 원래의 상태로 되돌아간다. 그것을 깨달은 다크는 크게 기뻐하지만, 기쁨도 잠시. 정령계의 다섯 지배자들 중 하나인 나이아드가 나타난다. 정령계에서 나이아드가 지닌 능력은 거의 신(神)에 필적하는 정도다. 그런 그를 어떻게 인간인 다크가 이길 수 있겠는가. 싸우면 싸울수록 절망감만 깊어질 뿐이다.

한편 다크가 사라지자 아르티어스는 아들을 구출하기 위해 동분서주하기 시작한다. 그는 다크가 정령계로 끌려갔음을 깨닫고, 아들을 구출해 달라며 자신이 보낼 수 있는 모든 정령왕들을 정령계로 보내기 시작한다.

자신이 소통하고 있는 바람의 정령왕 아리엘, 엘프 카렐이 사용하는 불의 정령왕 이프리드, 그리고 엘프 카렐의 동반자인 블루 드래곤 키아드리아스와 소통하고 있는 전기의 정령왕 카르스타. 이들 정령왕 셋이 동원되자, 물의 정령왕 나이아드와 대지의 정령왕 다오는 항복하지 않을 수 없었다. 각 정령왕들의 힘은 동급이었기에, 숫자에서 밀리는 이상 승산이 전혀 없었기 때문이다.

그렇게 되어 다크는 무사히 아르티어스의 품으로 돌아오지만, 나이아드는 아르티어스와 다크에게 무한한 증오심을 품게 된다.

✣ 제2차 제국 전쟁 ✣

    1차 제국 전쟁의 여파로 각국이 군비 확장에 여념이 없는 가운데, 다크는 제2황자와 함께 미란 국가 연합으로 간다. 과거 미란은 동맹의 조건으로 혼인을 제의했었다. 이미 황태자는 크루마의 여성과 혼인해 버린 상태였기에, 대신 제2황자가 그 약속을 지키기 위해 그쪽으로 간 것이다.
    미란과 크라레스의 관계가 더욱 깊어지는 듯하자, 미네르바는 긴장하지 않을 수 없었다. 미란 국가 연합은 과거에는 혈맹이었지만, 지금은 크루마의 영토가 되어 버린 쟉센 평원으로 들어가는 길을 막고 있는 방해물에 불과했다. 속마음 같아서는 곧바로 병력을 투입해서 병합해 버리고 싶은 그녀였지만, 미란의 뒤에 있는 크라레스의 존재로 인해 아직까지 군사적인 행동까지는 하지 못하고 있는 상태다. 그런데 미란과 크라레스의 사이가 더욱 가까워지려고 하니 그녀의 심기가 편할 리 없었던 것이다.
    이에 미네르바는 파죽지세로 확대되고 있는 크라레스의 기운을 누그러뜨리기 위해 그 핵심 인물들 중 한 명인 토지에르를 암살해 버릴 계획을 세운다. 물론 그런 인물을 암살한다는 게 쉬운 일은 아니었지만, 미네르바로서는 그를 없앨 수 있다는 확신이 있었다. 왜냐하면 현재 크라레스의 황태자는 이미 세뇌 작업을 통해 그녀의 손아귀에 들어와 있는 상태였기 때문이다.
    결국 토지에르에 대한 암살 작전이 실행되고, 그는 치명적인 중상을 당한 상태로 간신히 탈출한다. 그가 죽지 않고 살아남을 수 있었던 것은, 공간 이동을 할 수 있는 반지를 끼고 있었던 덕분이었다.

　루빈스키 공작은 황제의 명에 따라 토지에르의 암살에 관련된 자들에 대한 조사를 은밀히 시작하고, 결국 황태자가 유폐되는 것으로 사건은 일단락 지어진다. 그리고 코린트가 비밀리에 엄청난 규모로 최신형 타이탄들을 생산하고 있었음을 알게 된 미네르바는 그 작전을 실행했던 것을 후회하지만, 때는 이미 늦어 있었다.

　코린트 제국이 '적기사Ⅱ'라는 최신형 타이탄을 31대나 제작하는 등 엄청나게 군비를 확장하자, 크라레스는 그에 큰 위협을 느끼지 않을 수 없었다. 그렇기에 크라레스는 코린트의 힘을 약화시키기 위해 한 가지 계략을 수립한다. 그것은 바로 '코린트 동맹'의 해체였다.

　코린트는 수많은 국가들과 동맹을 맺고 있었다. 그리고 그 동맹국들은 코린트가 위험할 때 병력을 파병해 준다. 그런만큼 코린트의 동맹국들이 줄어든다는 것은 곧, 코린트의 군사력이 약화된다는 말이 되는 것이다.

　크라레스는 자신의 동맹국을 충동질하여 코린트의 동맹국을 공격하는 방식을 취한다. 크라레스가 직접 관여하는 것이 아니기에, 코린트로서도 국지적인 분쟁에 참여할 명분이 없는 셈이다.

　여러 동맹국들이 타국에 병합되는 것을 지켜만 보고 있었던 코린트는 드디어 전쟁에 개입하기로 결정한다. 이번 사태의 뒤에 크라레스가 있음을 눈치 챘기 때문이다.

　결국 양국의 동맹국들끼리 싸우는 소규모 전쟁터에서 다시 한 번 코린트와 크라레스의 정규 기사단들이 맞부딪친다. 물론 처음에는 그들도 정면 대결을 할 생각은 전혀 없었다. 하지만 서로에 대한 오해와 부족한 정보, 판단을 내리는 데 필요한 정보와 시간의 부족 등등……. 여러 악조건들이 겹치며 양쪽은 정면충돌을 해 버리고 말았고, 크라레스의 기사단은 막심한 피해를 입고 만다.

 이제 곤란하게 된 것은 크라레스 쪽이 된다. 코린트의 기사단에게 대패했다는 소식이 사방에 알려지면, 동맹국들이 자신을 어떻게 생각하겠는가? 또, 코린트라는 대국으로부터 보호를 요청하기에 크라레스는 너무 약하다는 판단을 동맹국들이 내리게 되는 날에는 되려 '크라레스 동맹'이 해체될 우려마저 있는 것이다.

 그래서 크라레스는 대규모 기사단을 파병하고, 두 번째 전투가 시작된다. 이번 전투에서는 크라레스의 대승. 결국 방금 전까지 크라레스가 고민하고 있었던 부분을 코린트가 고민할 수밖에 없도록 만든 전투였다.

 서로 간의 체면과 동맹국들에 대한 과시. 이 모든 부분이 작용하며 코린트와 크라레스는 전투를 되풀이하며 그 규모를 삽시간에 키워 버린다. 서로 간에 전면전으로 들어갈 이유가 전혀 없는 상황이었음에도 불구하고, 어느덧 양국의 지도자들이 정신을 차렸을 때는 전면전이 시작되어 버린 후였다.

 물론 이때 크라레스 제국에 토지에르 공작이 자리를 지키고 있었다면, 본격적인 대 전쟁으로까지 연결되지는 않았을 것이다. 하지만 그는 얼마 전의 암살 미수 사건으로 인해 모처에서 치료를 받고 있는 중이었기에 대처가 한 발 늦고 말았다.

 양쪽 다 전쟁을 할 생각은 전혀 없었지만, 이미 꼬일 대로 꼬여 버린 상황이라 발을 뺄 수도 없는 상태다. 그러다가 벌어진 다크에 의한 대 학살극. 대량의 타이탄을 상실하며 대패를 당한 코린트는 이제 더 이상 선택의 여지가 없게 된다. 너무나도 큰 피해를 당한 상황이었기에, 만약 여기서 물러난다면 코린트 동맹 자체가 와해될 우려마저도 있었다.

 결국 전쟁을 선택한 코린트는 알카사스와 크루마, 그리고 아르곤을 끌어들이기로 한다. 다크라는 존재가 뒤에 있는 한, 그 정도 동맹국들을 끌어들여야 승리를 보장할 수 있다고 생각했기 때문이다. 코린트는 각국에 사신을 파견하여, 이해득실을 논하며 크라레스와의 전쟁에 동참해 줄 것을 제의한다.

알카사스와 아르곤은 곧바로 참전을 승낙했다. 코린트가 크루마의 대답을 기다리고 있을 때, 크라레스로부터 의외의 제안이 들어온다. 그것은 곧 쓸데없는 다툼은 그만 두고 협상을 하자는 것이었다. 로체스터 공작은 상대의 제안을 의심하지 않을 수 없었다. 이미 협상을 하자고 한 후, 한 번 기습을 당한 상태가 아닌가? 그런데 그런 꾐에 또다시 빠질 수는 없는 노릇이었다. 코린트는 협상에 응하는 척하면서 기습 공격을 준비한다.

루빈스키 대공이 소수의 호위들만을 거느린 채 협상장에 모습을 드러냈을 때, 코린트는 크라레스에 대한 대대적인 기습 공격을 시작한다. 루빈스키는 중상을 당한 채 협상장에서 가까스로 탈출에 성공하지만, 바로 그날 크라레스는 기사단 전력의 절반을 상실할 정도로 막심한 타격을 받는다.

자신이 지금껏 상대에게 저질러 놓은 행동은 생각도 하지 않고, 크라레스의 황제는 분노에 가득 차 다크를 소환한다. 그녀에게 적의 기사단을 제압하라는 명령이 떨어지고, 그녀는 곧바로 자신의 기사단을 이끌고 코린트의 금십자 기사단이 있는 곳으로 공간 이동한다. 하지만 그곳에는 아무도 없었다.

오래전부터 그녀의 곁에 붙어 있었던 첩자에 의해 그녀의 행동은 낱낱이 코린트의 상층부에 보고된다. 그리고 그 정보를 이용해서 코린트는 그녀와 정면충돌을 회피하는 한편, 크라레스의 다른 기사단들을 철저하게 파괴해 나가는 방식으로 대응한다.

결국 헛물만 켜 버린 다크는 자신의 주위에 첩자가 붙어 있음을 깨닫고, 그에 따른 대응책을 강구한다. 이제 그녀의 행동은 어떻게 전개될 것인가?